마음 心자에 사람 人자를 세워 뫼 山자를 만들어
사람과 산이 하나 되게 하였다.
마음에 산이 서면 사람도 산처럼 살 수 있다.
이 속에는 높은 산의 기개와
아름다운 폭포와 굽이치는 계곡이 있다.

내 속에 산을 얻었으니

글 그림 사진 / 신용명

초판 1쇄 인쇄/2004년 2월 20일
초판 1쇄 발행/2004년 2월 28일

펴낸곳 / 도솔출판사
펴낸이 / 최정환

등록번호 / 제1-867호   등록일자 / 1989년 1월 17일
주소 / 110-775 서울시 종로구 경운동 수운회관 510호
전화 / 02-738-0931 팩스 / 02-720-3469
E-mail / editor@dosolbooks.com
http://www.dosolbooks.com

저작권자 ⓒ 2004, 신용명

ISBN 89-7220-146-4   03810

내 속에 산을 얻었으니

수천 번의
죽을 고비로
터득한 삼각산

우리 몸의 세포 하나도 30억 개의 정보로 움직이고, 우주의 세포인 지구도 6×10^{24} kg의 질량으로 시속 1,670km로 46억년을 활동해오면서 150만종 이상의 생명체를 키우는 살아있는 물체다.

이 살아있는 지구의 거대한 골격이 산이다.

움직이지 않는 듯 온몸의 움직임을 지탱해주는 뼈대처럼 산과 능선은 지각의 모든 힘을 받고 풀어내며 조율을 한다. 그래서 산을 타다보면 탈수록 뭔가의 특이한 힘이 은밀하게 작용하고 있다는 것을 느끼게 된다.

대부분의 사람들은 산행을 하여도 쉽게 보거나 바닥만 보고 오르기에 램 (Ram)의 기능처럼 제 속에 산을 심지 못한다. 그래서 그토록 많은 산행을 하여도 체력이 좀 좋아졌거나, 등반 기능이 나아졌거나, 약초 몇 뿌리 더 캘 정도다.

나는 장엄하고 섬세한 산의 감탄을 감동으로 저장(하드 기능)시켜 삶에서 다각도로 응용할 수 있는 소프트웨어 기능을 만들었다. 오랜 세월을 그렇게 하다 보니 산의 구조와 용도를 볼 수 있게 되어 산과 마을의 모습에도 사람처럼 품위와 관상이 있다는 것을 알게 되었다. 이것이 풍수지리의 진의다.

많은 산 중에 수도와 2천만의 인구를 거느린 삼각산(북한산)과 도봉산은 최고의 격이다. 그 특별함에 빠져 13년 동안 위험한 암벽 능선을 맨몸으로 1,200번도 더 오르며, 삼사천 번도 더 죽음의 공포에 떨면서, 바위와 나무와 풀꽃들과 같은 생명으로 어울리다보니 산의 의미와 기상을 생명의 능률로 흡수할 수 있었다.

책의 구성은 백운봉을 중심으로 5곳의 능선을 9장으로 나누고, 각 장의 첫 페이지는 그 장의 개요와 대표적인 풍경을 붙였다. 등반 거리와 오르는 바위는 직접 재었고, 바위의 홀드 위치와 오르는 방법, 길 안내는 상세히 기록하였다.

이제까지 어느 책이나 누구도 분명하게 말하지 못했던 서울의 풍수지리를 구조 분해하듯이 나누어 구조와 작용의 의미를 누구든지 이해할 수 있도록 설명하였다.

삼각산과 북−한산성에 관한 잘못된 역사와 지형에 대하여 답사와 많은 사료를 대조하여 규명하였다.

사람들은 형제도 다르게 보면서 여러 모습의 산을 같은 산으로 본다. 그러나 산도 우리 행정 구역이나 직제처럼 규모와 특성이 있다. 그것을 6가지로 분류하여 산을 구분하는 기준을 만들었다.

이런 것이 쉬울 것 같지만 아직 아무도 못했다. 그것은 산을 단순한 풍류 감상이나 오르는 행위로만 하였지 산에 작용되는 섭리가 곧 우리 삶을 이끄는 근원임을 깊이 탐구하지 않았기 때문에 그 깊이와 용도를 몰라서 못한 것이다.

나는 30년의 등반에서 얻고 터득한 의미를 이 책에 담기 위하여 목숨 걸고 죽도록 노력했다. 그래서 누구나 오르는 산이지만 아무도 이루지 못했던 산의 능률을 인생의 능률로 터득하였기에 내 속에 산을 얻을 수 있었다.

이렇게 유별난 나 때문에 고생하시는 어머니의 노고가 무겁고, 그런 내 대신에 아들 노릇을 해준 친가 외가의 형님들과 동생들의 고마움이 크다. 그리고 졸지에 덮어쓴 가난에 잘 적응하면서 위험한 바위에서 나를 도와주고 제 목표를 이루어내는 내 아이들이 너무 장하다(마누라는 내 복이 제 복이고).

9년의 집필은 정말 한계를 넘는 고달픈 길이었지만 내겐 어려울 때마다 도와주던 산처럼 고마운 친구와 배려 깊은 고교동창들이 있다. 그리고 詩山의 오래된 詩兄들, 직장 시절의 좋은 사람들, 재경 선후배와 언제나 고마운 두 사람, 또 산과 세상에서 익힌 많은 사람들이 풀어준 마음들은 얼마나 고마운 행복이었는지!

이처럼 많은 사람들의 협력 덕택에 하고 싶던 꿈을 이루어 일생을 집필할 시작이 되었다. 그리고 내 문학의 모체인 남지고등학교와 은사이신 故 김강한 교장선생님과의 학생 때의 약속을 실천하게 되었고, 정말 별났던 나를 잘 거두어주신 여러 선생님들께 실망시키지 않은 제자가 되었다.

더불어 고달픈 환경과 무서운 절벽을 극복하여 오늘을 만들고, 계속 버티어줄 내 의지에 가장 고마운 칭찬과 격려를 보낸다.

9년의 집필을 마치며
2004. 2.
신 용 명

차례

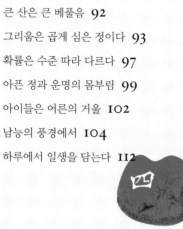

산처럼 가만히

세상은
가질수록 부족해지는 이상한 혼란

산에서
산처럼 가만히 세상을 보면
사람들은 작은 것에 날카롭고
정말 소중한 것을 잊고 살기에
피나게 살아도
남는 것은 역시 혼란

나무가 왜!
고통으로 피운 잎을 떨어뜨려야 하는지
그것을 몰라 놓지 못하는 색깔과 욕심
그래서 어두운 앞날

가만히…
산처럼 가만히 세상을 보면
지는 잎 속에서 굵어가는 등걸처럼
풀면서 두터워지는
편안한 깊이를 읽을 수 있는데
가만히 보는
그것이 그리 어렵나

태슬랩의 바위벽

산을 인생으로 느끼는 원효봉

원효봉! 거대한 슬랩의 급경사를 쳐오르면
정말 내 무게가 힘겹다.
이 바위만큼 힘든 인생을 오르기 위하여
비우고 비우며 살아도 아슬한 절벽에 서면
자꾸만 떨리고 기울어진다.
목숨을 물고 있는 욕심의 무게가 얼마나 질기고 위험한 것인지!
의지는 맑은 힘이 되어도 욕심은 부작용의 부피만 된다.
정상 옆 암반에 다리 펴고 누우면
살랑거리는 억새 사이로 보이는 하늘은
먼 것이 아니라 바로 위에서 덮고 있다.
세상의 모든 생명들은
하나의 방안에서 같은 숨을 쉬며 함께 살아간다.

개연폭포에서 올려다 본 원효봉의 봄

산은 사람들과 다르지 않다

버스에서 내려 ⛰길을 들어서면 훤한 공간을 양분하고 있는 봉우리 중에 좌측에서 둥글래 솟은 능선이 원효봉이고, 우측에 솟구치듯이 뽑아 올린 형세가 의상봉이다. 한 시대 동문수학했던 원효대사와 의상대사가 주석(駐錫)하였던 것에서 붙여진 이름이라고, 북-한산성을 축성할 때 감독 겸 팔도도총섭이던 성능스님의 북한지(北漢誌,1745)에 기록되어 있다.

가만히 바라보면 선택된 산들이 묘하게도 자신들의 성품 같다. 희한한 우연이다. 하여 취향이라는 것은 자신 속에 감추어진 이미지로, 선택하는 모든 것들은 은연중에 보여주는 또 다른 자기 얼굴이다.

매표소를 지나 좌측의 계곡 가는 길로 들어선다.

부드러운 능선으로 담담히 앉은 원효봉에 나무들이 자라면서 분할해놓은 절벽은 꼭 사람 사람들이 저마다의 업으로 일구어놓은 운명의 밭떼기 같고, 한편은 원효대사의 누더기 가사를 펼쳐놓은 듯이 편안하다. 만약 저 원효봉의 기세가 험하였다면 원효대사와 연이 닿지 않았을 것이다.

가만히 눈앞에 펼쳐진 여러 개의 봉우리를 대하고 있으면 그 모습 속에 나타나는 품위와 능선의 움직임에 골들의 성질. 그 선과 면에 골짜기가 띠는 모습들은 마치 사람들의 얼굴에 나타나는 성격이나 관상 같다. 그래서 산을 대하고 있으면 사람들처럼 저만이 가지고 있는 이미지가 느껴진다.

60억의 인구 중에 같은 사람이 없고, 수없이 많은 산이지만 하나도 같은 산이 없다. 어디를 비교해보아도 우리가 범할 수 없는 저 높이와 넓이 앞에 친한 사람을 만나듯, 좋은 분을 뵈옵듯이 찾아들면 그 속에 있는 다양한 의미들과 어울릴 수 있다.

우리보다 점잖으며, 우리보다 부지런하며, 우리처럼 작은 것에 변하지 않는 산은 형이하와 형이상의 다양한 프로그램을 수준에 따라 느낄 수 있도록 만들어 놓은, 세상에서 가장 큰 교육장이자 섭리를 가르치는 지도자다.

산이 그저 땅 위에 솟아 있는 것이 아니라 수억 년의 환경에 적응하며 다듬어진 봉우리와 능선이다. 그래서 언제나 좋은 친구처럼 늘 그대로 있고, 자상한 선생님처럼 반갑게 맞아주지만, 거칠게 휘두를 때는 무섭게 질책하는 신의 모습이다.

지구라는 하나의 방 안에서 존재하는 모든 생명체는 박테리아에서부터 동식물까지 같은 원리의 유전자로 되어 있고, 조합 방식에 따라 분류되어 생명의 사슬을 구성하고 있다. 그래서 세상은 이질적인 것들이 따로 사는 것이 아니라 하나의 기원에서 맞추어진 것들이 다른 방식으로 협력하며 살아가는 것이다.

우리가 조금만 더 부드러워지면 서로 잘 어울리듯이, 산에서도 조금만 더 깊이 바라보면 산속의 꽃들과 새들이 나무와 바위에 어울리듯이 통할 수 있는 것이 자연 속의 생명이다.

계절이 흐르는 계곡의 풍경들

숨듯이 휘어지고 감춘 듯이 오므린 계곡을 즐기며 다른 세상처럼 펼쳐놓은 풍경 속을 한가롭게 걸어간다. 몰려오던 물이 쉬면서 산과 하늘을 담는 경국사 앞을 지나면 집채같이 듬성듬성 서있는 바위들이 세속에서 달고 온 기분을 툭- 툭- 떨어뜨려준다.

얼마나 긴 세월을 닦았는지 모를 바닥의 넓고 좁은 홈에 물들이 흐르며 커내는 옥타브 다른 화음을 즐기다보면 계곡은 참 깊은 모습으로 푸른 산을 담고 있고, 나는 작은 폭포들이 바글거리는 하얀 포말처럼 부풀다가 풀쩍풀쩍 튀는 소금쟁이가 된다.

사월이면 바위 틈마다 고운 색으로 핀 꽃들이 밝은 빛깔로 터지는 잎들과 어울려 사람의 맘을 얼마나 헝클어놓는지…

눈에는 색이 들어 꽃이 피고, 마음엔 바람 든 잎이 터지는 아득한 어느 기억 속의 꽃바람 길을 걸어간다.

물과 바위가 세속의 감성을 씻어주는 계곡 풍치

물소리에 바람이 스쳐 가면 주변이 공허해지고, 저 위에서 흘러오던 꽃잎 하나 언뜻 사라져 홀연히 무상함에 휘감긴다.

큰 바위가 열어놓은 석문을 지나 궁- 궁- 울리는 바위 속으로 들어가면 생각보다 넓은 공간이 굉음에 차 있다. 불어난 물이 떨어지며 켜내는 굵은 소리에 솟구치고 굽이치는 요란한 포말소리가 어울려 울리면서 거대한 혼란의 극대화를 이룬다. 그 속에 밀려서 출렁이고 감돌아 찰랑거리며 흘러가는 소리들을 익히다 보면 마치 음이 다른 여러 가락들이 정신 없이 연주하는 합주마냥 공간 속을 꽉 채운다.

엄청난 소리 속에 휩쓸려 돌다가 문득 거대한 공명이 일어나는가 싶더니 언제부터인지 잘 엮어내는 가락으로 즐기고 있다.

그렇게 거대한 소리 속에 있다가 밖으로 나오면 하도 조용하고 너무 느려서 어찌 다른 세상으로 나온 기분이다.

등반을 수행으로

가다가 편안한 곳에 서서 조용히 산을 담아 본다. 산으로 들기 전 산이 풍겨내는 체취, 마치 흐르는 물 속의 기포처럼 바람에 묻어오는 나무와 꽃들, 낙엽과 흙, 바위들이 풍겨내는 내음들을 살며시 향유하고 있으면 산이 감추고 있는 분위기가 느껴진다. 그저 들어가는 산이 아니라 바람이 멈추는 물에 산 그림자 비치듯이 마음에 산을 투영시키면서 그 분위기를 익힌다.

우리가 산에 와서 억겁을 다스려온 저 장엄한 질량을 고요히 느껴보려 한다

면, 마디 같은 계절을 억 년으로 다듬어온 산의 섭리를 인생으로 깨달을 수 있어 등반으로도 생활 속의 도(道)를 이루는 삶을 행할 수 있다.

사실 도란 종교인들만의 것이 아니다. 누구나 바르게 살아가려는 노력에서 더 깊이 깨어나는 생각을 실행하며 사는 것에서, 방법에 따라 터득의 질도 다르다.

안정된 환경 속에서 보고들은 종교 지식을 깨달음으로 여기는 착각도 있고, 생각과 명상으로 이론을 깨우쳐 가는 깨달음도 있고, 세속에서 겪고 겪는 일을 진리로 다듬어내는 터득이 있다.

이 모든 것이 그 과정을 겪은 수준만이 알 수 있는 것으로, 아무리 깨달음이 깊다 해도 죽음과 물려서 터득하지 못하면 결코 변하는 환경 앞에서 흔들리지 않는 산이 되기 어렵다. 하여 일상생활에서의 깨달음이란 안정된 종교적 수행과 다르다. 세속이라는 골짜기처럼 거친 어려움의 온갖 유혹에 빠졌다 나왔다 하면서도 맑아지려는 노력을 멈추지 않는다면 저 계곡물처럼 청량하고 힘찬 도를 터득하게 될 것이다.

생각해보면 감감하다. 그러나 골짜기에서는 보이지 않던 지형도 오르면서 서서히 보인다. 하여 배낭을 지고 오르는 한걸음 한걸음의 인내로 인생을 다스리다보면, 오르지 않는 사람들은 결

꿈결처럼 산벚꽃 뽀얗게 흩날리는 백운봉의 봄

코 볼 수 없는 봉우리의 눈높이를 갖게 된다. 그렇게 시야가 높아지면 할 일과 하지 말아야 할 것들이 자연스레 구분되면서 세속을 떠나지 않고도 운명을 개선시킬 능력을 터득하게 된다. 즉 가장 어려운 생활의 도를 터득하게 되어 산처럼 살 수 있고, 죽어도 잘 익은 씨앗처럼 새롭게 피울 곳으로 옮겨가는 과정이 될 것이다.

다물질의 생명체인 지구는 거대한 우주와 조율되어 감히 인간이 예상할 수 없는 오묘한 현상을 지니고 있다. 그 속에 방대한 높이와 넓이로 작용하는 산의 능률에 마음을 감응되게 한다면, 마치 성질 틀리는 화학 물질들이 융합되어 새 물질을 만들어내듯이 정신과 육신을 새로운 패턴으로 전환시킬 수 있다.

나는 미숙한 존재

보리사를 지나 백운봉 가는 길 따라 310m 더 가면 개연폭포 위다.

결 고운 하얀 암반이 유연한 볼륨으로 두드러진 폭포는 성 내에서 가장 높고 물줄기가 유연히 휘어지는 3단 폭포다.

물이 세월을 문질러온 하얀 바위는 사포로 고르듯이 깔끔하고, 미끄러지는 물들의 천진한 리듬은 은근히 눈과 귀를 잡는다. 폭포 아래는 하늘과 나무들로부터 비친 옥색 물이 빛 그림자 차랑차랑하게 찰랑거리고, 그 투명한 해맑음 위로 물들이 떨어지면서 만들어내는 무수한 진주 구슬은 마음에 구르듯이 밝다.

사월이면 계곡 따라 깨어나는 밝은 연둣빛 속으로 화사하게 피어나는 산벚꽃의 하얀 꽃잎들이 암반의 물결을 타고 흘러오면, 저기 꽃잎 속에서 흔들리는 백운봉은 환상의 꿈속이다.

　그 화사한 봄이 물길에 흘러가던 안타까운 그때처럼, 산에서 맑아진 물은 세속을 씻기 위하여 흘러 흘러가야 하고, 세속을 떠나온 나는 저 물처럼 맑게 내려오기 위하여 높이 높이 스며오르며 나를 지워야 한다.

　계곡 따라 오르다가 좌측의 슬랩을 84m 오르면 소나무 아래 닿는다. 이곳에서부터 길이 선명치 않아 올라온 일직선에서 우향 18°의 좌표를 잡고 찾아 오른다.

　숲 속은 방향에 따라 다른 모습이 되어 잠시만 딴 생각을 하면 헷갈려버린다. 그래서 목표물과 주변을 꾸준히 점검하여야 환경에 회유되지 않지만, 감각에 의존하면 자신도 모르게 목표를 놓쳐버리는 것이 숲 속이다.

　산이라는 거대한 구조 속에는 새들과 동식물, 곤충들 그리고 물과 바람이 숲의 장막 속에서 은근히 설렁거리며 사람을 유인하고 회유시키는 미묘함이 있다. 특히 혼자 산행을 하다보면 산이 사람을 가지고 놀듯이 흔들어 확인하며 가는데도 가다보면 다르게 가고 있다. 무수한 갈래로 엮어진 시간의 길에서 다른 시간으로 들어버린 줄도 모르고 가다가 한참 어긋나야 정신이 들지만, 잃어버린 감성의 폭이 클수록 시간의 오차도 심하게 헷갈려 때로는 지도와 나침판으로 맞추어도 틀릴 때가 있다.

　이 숲에서 조금만 정신을 놓으면 나도 모르게 헝클려 시간을 헤맨다. 생각해 보면 지금까지 욕심의 숲에 흔들려 얼마나 목숨을 낭비하고 살았는지…. 그래서 잘못된 것을 알면 헷갈리기 이전까지 과감하게 후퇴하여야 잊어버리기 전과 연결된다. 그런데도 조금 되돌아가는 것이 귀찮아 지름길을 찾으려하면 흔들려 있는 감성이 제 위치를 찾지 못하여 더 많이 헤매다가 결국 깨어진다. 사실 이 짧은 거리도 나무들 사이를 헤쳐서 정확하게 목적지를 찾기란 쉽지 않다. 새삼 숲이 휘감는 기운에 무력해진다.

　우리가 뭘 많이 알고 있는 것 같아도 기껏 다른 사람이 만들어놓은 몇 가지를 잘 쓸 뿐인데도 똑똑한 것으로 착각하고 산다. 정말 세상 지식의 숲은 엄청난데도 얼마만큼 모르는지 몰라서 '잘 안다' 거나 '많이 안다' 는 위험한 말을 쉽게 할 수 있는 것이다.

산을 타다보면 배어있는 폼과 몇 마디의 말로 그 수준을 알 수 있는 내 앞에서 떠드는 사람을 본다. 생각해보면 나 역시 나보다 깊은 사람 앞에서 떠들면서도 상대가 나를 봐주고 있다는 것을 모른다. 미숙하다는 것은 세상의 두께를 모르기에 얇은 자신을 그렇게 흔들어댈 수 있는 것이다. 그런데도 기껏 생각한 것들을 작은 편리에 소모시키다보니 세상 앞에서 함부로 흔들다가 쉽게 팔랑거려버린다. 그 습성에 밀려 세상보다 깊은 숲의 기운에 흔들려 방황하나 바로잡지 못하는…

알면 알수록 나는 이렇게 미숙한 존재다.

첫 바위에서 잘 통해야

위치가 바뀌는 숲을 헤아려 제대로 찾으면 물빛 검은 블라인더처럼 자잘한 주름을 드리워놓은 7m 바위가 대슬랩 아래 ▲첫바위다.

어떤 때 이곳에 있으면 산의 에너지가 벽면으로 새어나오듯이 설렁거려 꼭 보이지 않는 무엇과 있는 듯하다.

첫바위에 손을 대고 반가움을 나누며 오늘 등반에서 최선을 다할 것을 내 속에 심는다. 이렇게 바위에 손끝을 꾹꾹 누르면 콕콕 쏘는 자극이 바위의 기운을 싣고 온몸으로 순환되면서 스캐너에 걸린 바코드처럼 한 주일 동안의 행적이 검

까다로운 첫 바위. 셋째딸 청아, 둘째딸 해, 동행인 선자. '95

증된다.

이 첫바위에 대한 예의는 무서운 절벽의 수없는 난관에서 아차하면 깨어질 목숨을 부탁하는 기도다. 이처럼 진지하게 나를 간추리지 않으면 세속의 허상에 부풀려져 있는 정신으로는 절벽의 거친 힘을 극복하기가 정말 어렵다. 더욱이 일상에서는 할 수 없는 대단한 위험을 싸구려 스릴로 즐기게 되면 목숨도 헐값으로 넘길 수 있는 것이다.

목숨과 정신, 그리고 등반과 극복의 의미!

육신 속에는 정신이라는 다른 개체가 있다. 하지만 어떻게 찾아야 할지 모른다. 그래서 현실에 잠겨 살다보면 이상하게도 물질은 가질수록 부족해지고, 좋은 일은 작아도 큰일을 했듯이 넉넉해지는 평온이다. 생각해보면 생명은 분명히 소유의 풍요가 아니라 협력하는 기쁨이다. 그 여유로 내 수준을 넓혀가는 삶이 정신을 찾아내는 생활이 된다.

산에 오면 바위에서 무사하기 위하여 마음을 비운다. 그러나 세속으로 가면 달라지는 욕심에 변해진다. 그러다 산에 오면 또 결심한다. 이렇게 반복하다보면 문득 세상의 모든 것이 무수한 반복 속에서 존재하고 있다.

행성과 계절과 낮과 밤, 이 봄과 작년 봄, 더 먼 봄, 그런 여름과 가을, 그리고 겨울이 수없이 되풀이되듯이, 태어나고 태어나며 죽고 죽어가는 생명 역시 똑같은 과정을 되풀이하고 있다. 생각해보면 산다는 것이 미완의 프로그램 속에서 어떤 의미를 터득하기 위하여 배우고 단련하는 과정이라는 것을 알게 된다. 그 환경으로 생각을 깨우쳐 자기 깊이를 만들고 협력할 넓이를 만드는 것이 최선의 삶이다.

정리해보면 그런 논리인데도 물질의 맛에 당기도록 설정된 육신의 유혹을 정리하지 못하고 살다보니 정신이 깨어나지 않는 것이다.

우주의 거대한 부피도 블랙홀을 만나면 속수무책이고, 내가 아무리 세속에 통한다 하여도 바위 앞에 서면 정말 가소로울 뿐이다. 역시 세속의 다양한 물질의 필요 앞에 부딪히면 질량 약한 정신은 교묘히 변해버린다. 그래서 이 절벽을 찾아와 하나뿐인 목숨을 걸고 떨고 떨면서 내 지혜를 높이는 것이다. 이런 의미의 등반이기에 이 첫바위에서 지난 주일의 행적을 검증받으며 인생의 전체가 물려 있는 오늘을 당부하는 것이다.

살아 움직이는 대슬랩

벽면의 좁은 모서리들은 정말 애매하다. 딱 한 칸만 올라서면 잡을 수 있는 모서리지만, 언제나 바위는 애매한 한 칸을 두고 마음을 깔짝거리게 하는, 그것을 참지 못하면 확률 90% 이상의 참사가 뻔하다.

걸릴 곳이 없어 손끝을 눌러 당기는 푸시홀드에 힘이 실리는 순간, 살짝 왼발을 올리며 왼손으로 위의 턱을 잡는다. 올라서면 넓게 쏟아 내리는 높이와 부딪히면서 멈췄던 숨이 펄떡대기 시작한다.

참 넓게 펼쳐진 122m의 긴 바닥 위로 흘러내리듯이 너울대는 거무스레한 물 자국을 거슬러오르다 보면, 꼭 쏟아지는 물살을 치고가듯이 흔들리고 밀리는 느낌이다.

슬랩 우측엔 바위를 잘라낸 듯한 벽이 위에서부터 긴 담을 치다가, 아래쪽에서부터 석축을 쌓듯이 길고 큰 바위를 포개놓았는데, 큼직한 거석의 단순

손끝으로 눌러당기는 푸시홀드

호흡과 신경이 흔들리는 대슬랩

한 구성은 시원한 스케일이다. 거기서 자라는 소나무들 역시 담담한 바위와 자연스레 어울린 운치에서 세월 먹은 자연미가 천연히 배어나는 풍경이다.

참나무 한그루 펴주는 그늘에서 호흡을 추스르며 땀을 닦는다. 삭막한 급경사의 맨 바위에 용케 뿌리내리고 흙을 모은 나무는 대슬랩의 주인으로, 작열하는 뙤약볕을 가려주는 이 그늘은 정말이지 사려 깊은 주인의 조용한 베풀음이다.

힘든 슬랩에서 입으로 하는 호흡은 깊이 들지 않고 수분을 탈수시켜 갈증과 운동 능률을 저하시킨다. 코로만 숨을 쉴 수 있을 정도로 오르면서 최대한 깊이 들이면, 스펀지에 스며드는 물처럼 자연의 생기가 노폐물을 중화시키고 세포를 초기화하는 촉매작용으로 인체의 선도(鮮度)를 높여준다.

산이라는 거대한 질량 속엔 감히 예상할 수 없는 신비한 에너지가 있어 적응하는 수준에 따라 불치의 병도 치유되는 대단한 효율이 있다. 어차피 쉴 수밖에 없는 숨을 조금만 더 깊이 끌어내리면 인체는 새로운 패턴으로 전환되어 54년생도 74년생처럼 싱싱할 수 있다.

오래 살자는 것이 아니라, 사는 날까지 하고 싶은 일에 내 몸을 내 마음대로 쓰기 위하여 건강을 잘 다듬자는 것이다.

슬랩자세

찌는 땡볕의 열기를 뿜어내는 바위에서 오르막을 지탱하는 발의 고역을 들어주려고 잠깐 멈춰 있는데, 문득 슬랩이 움직이는 듯하여 바라보다가 그만 너울거리는 검은 무늬에 홀려 흐르는 물 가운데 있듯이 유노운동(誘導連動)의 착시에 흔들린다.

조용한 바위 같지만 이 바위가 풍기는 힘은 참으로 밀도 높은 기운이 되어 내 숨이 조금만 달라져도 슬그머니 휘감는다. 사람들과 같이 있을 땐 사람끼리 교류되는 기운에 잘 감지되지 않던 바위의 힘도, 혼자 있으면 젖어드는 무게처럼 나도 모르게 의지가 움츠러든다. 어쩌면 내게 배어있던 세속의 오염체가 산의 에너지에 방출되듯이 으스스하게 기력이 떨어진다.

이 흔들림에 휩쓸리지 않으려고 정신을 집중시키며 다그쳐도 자꾸만 일어나는 바닥이 되어 몸을 낮추게 되고, 그럴수록 경사도는 높아져 직벽에 붙어있듯이 다리가 털털 떨린다.

문득 푸른색에 고개를 들면 조난자가 섬을 만난 기분이다. 경사면에 걸쳐진 바위를 기점으로 물푸레나무와 풀들이 자라면서 소중하게 모으고 있는 흙을 피하여 앉으면, 까칠하게 늘어진 꽃과 이파리들은 가뭄에 지쳐 있다.

이 나리꽃은 제대로 자라지도 못하여 왜소하다. 그런데도 찾아오는 벌과 나비

어려워도 인정을 풀어주는 털중나리꽃

를 위하여 두툼하게 준비한 꽃가루는 억
척스러운 모성애 같아 가슴이 아프다. 모
두가 힘든 가뭄이지만 이럴 때 나누는 것
이 진한 인정임을 깨우쳐주는 꽃에게 마
실 물을 나누어주고 간다.

가다보니 옆 걸음으로 오르는 어려운
곳인데도 쉽게 가는 것이 이상하다. 생각
해보니 방금 나리꽃과 어울리면서 바위에
잡힌 신경이 풀려진 덕이다. 이처럼 무심
으로 통하면 무심히 혜택이 오는 것이다.

올라와 소나무 바람 아래서 수고한 발
을 주물러 풀어준다.

등반으로 높이는 의지

서쪽 숲으로 가다가 큰 소나무가 드리운 반반한 바위에 올라서면 원효봉의 높
고 넓은 벽면이 참 압도적이다. 높이서 내려친 물자국은 검은 휘장을 드리우듯
바위를 더 우람하게 만들어놓았다.

가을이면 숲 속의 띄엄띄엄한 햇볕 아래 피어 있는 산부추꽃이 참 예쁘다. 살
팍진 꽃대에 주렁주렁한 자주색 꽃망울은 고운 루비 알알이 달고 있듯이 영롱하
여 볼수록 화사한 앙증스러움이다.

자주 빛 고운 루비 알알이 맺히는 산부추

고공길 입구를 오르고 있는 해와 선자

　　절벽 아래 돌들이 널브러져 있는 곳을 올라서면 소나무 뒤의 막장이 고공길
오르는 입구다.
　　올라서면 생각보다 넓은 모서리에서 마음이 풀리다가, 철렁한 절벽 끝에 포개
진 돌을 넘을 때는 같이 무너질 것 같아 살그머니 올라선다. 그 앞에 또 길게 쪼

개진 큰 바위가 절벽 끝에 비스듬히 걸쳐있는데, 틀림없이 내 차례에서 떨어질 느낌이다. 살살 아주 살살 숨죽여가면 지긋이 끌어당기는 허공의 힘에 바위가 스르르 가라앉듯이 심장이 서늘하게 뜬다.

이렇게 깊은 허공 위에서 목숨을 떨어보아야 보이지 않는 힘이 이토록 무섭고, 알 수 없는 이 작용 앞에 내가 얼마나 보잘것없는 물체인지… 이파리 하나 허공에 감돌다 사라진다.

세속에서는 이토록 꾸준할 수 없는 어려움을 등반으로 탐구하다보면, 골짜기에서 능선을 오르듯이 점차 안목이 높아지고 위험에서 발달되는 집중력에서 생각이 정렬된다. 하여 능선과 골짜기를 풀어 자락을 꾸려가는 봉우리처럼 할 일과 버릴 일들이 구분되면서 세상을 담담히 볼 수 있게 된다.

이렇게 낮은 곳에서 모으고 높이 서서 풀어내는 봉우리를 오르다보면 내 속에 기상을 모으고 잠재시키는 산행이 된다. 이렇게 몇 년에서 몇십 년을 하다보면 자석에 붙어있던 쇠붙이가 떨어져도 자성을 가지듯이, 모으고 솟구치는 산의 기상이 내 속에 스며들어 산처럼 탄탄한 의지가 형성된다.

그 효율을 잘 정리해보면, 뭔가 잘 풀리지 않던 사람도 등반을 하면서부터 높아지던 인내와 의지에 의하여 하던 일들이 서서히 나아지고, 반면에 등반을 멀리하면서부터 그 집중력이 풀리면서 결국 어려워지는 것도 보았다. 하여 산에서 만든 의지와 집중력을 잘 쓰면 얼마나 능률적인지!

혼란한 세속에서는 얻을 수 없는 집중력이 산에 있기에 산처럼 고요히 생각하고 풀꽃처럼 순수하다보면, 감응되는 산이 등 뒤를 밀어주는 바람처럼 알게 모르게 능률을 높여준다.

열심히 믿으면서 간절히 원하면 신이 들어준다는 종교처럼, 아니 종교보다 더 가까운 능률의 에너지가 산에 있기에 등반은 방법에 따라 자신의 의지를 산으로 깨울 수 있는 것이다.

원효봉의 풍경과 마음

쑥부쟁이가 억새들 속에서 뻗어내는 가지들을 조심하며 봉우리로 올라간다. 아직은 여름의 힘에 푸른 잎들이 활개를 치지만, 내가 두어 번 지나갈 때쯤이면 하얗게 부풀린 억새꽃과 연보라 빛의 쑥부쟁이가 해맑은 바람을 타는 가을이 와 있을 것이다.

사람들이 세월을 겪으면서 인생과 계절을 아는 것 같아도 정작은 세속의 유행에 흔들려 살기에 자연을 익힐 깊이가 없다. 그래서 다가올 날들을 준비된 계절로 맞이하는 등걸이 되지 못하고 무언가 다르다 느낄 때면 계절의 소모품인 이파리 목숨이 되어 있다.

저 나무들이 더 성장할 다음 해를 위하여 가을을 준비하듯이, 나 역시 현실의 어려움을 계절 다른 다음 생을 위하여 인성을 다듬고 지혜를 높이는 여건으로 받아들인다면, 한 세상을 잘 사용한 영혼이 되어 빛깔보다 깊은 향기로 돌아갈 것이다.

봉우리 옆의 작은 억새밭엔 밟히고 꺾인 무수한 흔적들, 무질서한 인간의 습성이 약한 생명들에겐 얼마나 치명적인 횡포가 되는지를 보여준다. 제 꽃밭을 챙기듯이 비껴가면 잘 자란 억새와 풀꽃들이 멋진 가을 풍경을 꾸려줄 것인데….

평평한 바위에 벌러덩 누우면 하늘은 잠결의 천장처럼 아늑하다. 바위고랑 따라 열을 지은 씩씩한 억새들 사이로 출렁이는 의상능선은 선걸음치듯이 급한데 실루엣이 겹으로 밀리는 비봉능선은 하염없이 흘러간다. 눈을 떨구면 기린봉(북장대지)이 몽실하게 솟아있고, 그 위로 잘 깎은 노적봉이 탄탄한 뽈처럼 서있다.

문득 미풍에 스며오는 진한 향기 더듬어보니 귀한 구절초 내음이다. 언행의 일치를 이루는 고매한 사람처럼 꽃과 잎이 같은 향기를 내는 구절초다.

그래서 꽃이 없어도 향기가 난다.

꽃이 피면 소박한 해맑음은 아름다움 이상으로 청순하고 첫서리에서 더 청초해진다. 그 향기 역시 어느 꽃보다도 진하지만 오로지 맑기만 할 뿐이다. 저렇게 꺾인 몸을 휘어 세워서라도 제 본분인 꽃봉오리를 만들려는 구절초의 의지에서, 사는 것은 여건이 아니라 목적을 위한 성실임을 보여주는 초연함에 숙연해진다.

이 건강한 봉우리에 쉬고 있으면 바람을 잡은 억새의 이야기가 하늘로 흘러가면서 세속의 일들은 아득히 멀어진다.

원효봉! 이 봉우리……!

두드러지지 않지만 낮지 않고, 높은 곳에 있어도 위태롭지 않은 것은 원효대사 대중 불심이 이곳에도 머물기 때문인가! 맑아야 인성의 꽃이 향기로 피어날 수 있는 것임을 안다면, 정신을 부패시키는 욕심의 집착이야말로 일생의 적이 되는 것 아닌가.

원효 대자비 무량 앞에 무엇이 필요한가!

영겁의 영혼에 세속의 소유란 찰나일 뿐, 잠깐의 사용 앞에 영원의 인과를 만들 귀한 목숨을 낭비시켜야할 이유 없네. 그저 빛살처럼 풀어주고 바람처럼 흘러주며 열심히 살다가 맺힘 없이 가야 하는……

아 – 아 – –

눈앞에 펼쳐지는 산과 하늘이 좋고, 바람에 실리는 향기도 좋아, 행복도 괴로움처럼 가슴이 미어진다.

원효봉의 풀숲으로 보이는 삼각산의 봉우리들

원효봉에서

길 없는 바위
허공에 밀리는 목숨을 달고 오르면
품고 또 감춘 욕심들
목숨은 그 부피에 스스로 떨고

절벽 끝 노송 아래 앉으면
바람과 나무의 세상 이야기
밀어가는 능선들과 당기는 봉우리들
바람의 가지 사이로
일어나고 쓰러지는 세상사

문득 은은한 향기
그윽이 가슴을 열고 맞으면
구절초 내음이 날아가는 해맑은 허공

원효 대자비
그 앞에 무엇이 더 필요한가!
영겁을 담을 마음
잠깐의 욕심으로 채울 수 없네

별을 닮아 훤한 빛을 풍기는 산여지꽃

성곽 옆 풍성한 싸리나무 길을 내려간다. 6월이면 산여지(산딸나무) 뽀얀 꽃이 숲 속에서 훤하게 빛난다. 반반하게 펼친 층층의 잔가지 위에 촘촘히 깔아놓고 한꺼번에 피워낸 뽀얀 꽃들은 결코 아름다운 빛깔이 아닌데도 다른 꽃에 견줄 수 없을 만큼 은근히 매료시킨다.

별처럼 활짝 벌린 네 쪽의 꽃잎이 거침없이 드러낸 꽃술의 대담한 노출은 소박한 빛깔에 비하여 아무래도 대책 없는 용기 같다. 그러나 화려하면서도 내숭을 떠는 꽃들과 다른 당찬 대담성은 이 계절에 가장 튀는 꽃이다. 어쩌면 하늘에서 떨어진 별들의 화신이 모였듯이 한낮의 숲에서 낮보다 더 훤하다.

안부에 닿으면 북문이다(입구에서 3,602m).

이 문은 북-한산성의 6대문 중 하나로 홍예와 초루가 있었으나 영조 25년 (1774 갑오년)의 재변에 초루가 손실된 채 방치되어 있다. 내려오면서 복원된 성곽의 여장을 보면 꼭꼭 끼어 맞추듯이 잘 짜였고 근총안과 타구도 적절하다. 다만 옥개석이 옛것보다 틱지만 전체적으로 결점이 없어 고맙다. 바깥으로 나가서 옛 성벽을 바라보면 크기 다른 돌들이 끼워주고 끼우며 다독다독 품고 있는 짜임새, 참으로 세월을 얽어온 쫀득한 정이 모자이크처럼 물려 있다.

5월과 6월 사이엔 꽃자주색 엉겅퀴가 하나 둘 또는 여럿이 돌 틈 여기저기 피어 있는데, 꼭 돌담 아래 서있는 옛 처녀들처럼 곱고 순진하다. 교태로운 제비나비 한 마리 바람에 사뿐히 날아들면, 꽃빛과 날개짓에 어울린 좋은 계절의 분방한 자유가 좋다. 접고 펼칠 때마다 까만 몸체에서 살아나는 날개 끝의 붉은 무늬는 세련미 극치의 우아한 자태로 순진한 꽃을 매혹스런 날갯짓으로 홀리고 있다.

꽃과 나비들이 어울려 한때를 즐기는 저 아름다운 농도는 길게 사는 우리 생명에 비하여 하나도 모자라지 않는 세련됨이다.

고운 엉겅퀴와 바람의 제비나비

영취봉

二

목숨의 용도를 깨우는 영취봉

북문에서 영취봉을 올려다보면 배포바위 불룩한 절벽이

허공을 양분시킨 수직 포물선이 참 호기롭다.

힘들게 올라오다가 어려운 곳에 걸려 무섭게 떨면서도

더 모질게 버티면 나도 모르고 있는 생명의 능력이 얼마나 대단한지,

새삼 내 속에 감추어진 극복의 능력에 감동하게 된다.

생명은 죽음에 걸려보아야 비로소 감추어진 능력을 알 수 있기에

떨고 비는 위험 속에서 최선을 다한다.

절대의 최선이야말로 내 속에 감추어진 나를 찾아내는

가장 높은 방법이기 때문이다.

오로지 자기 책임이다

　북문을 떠나 성곽 옆의 숲길을 130m 가면 관리공단에서 설치한 두 번째 위험 경고판과 만난다. 내용은 몇 년간의 사망자와 중상자의 현황을 기록해놓아 등반 중 죽을 수도 있다는 강한 경고와 그러니 가지 말라는 간곡한 당부가 담겨 있다.

　국립공원은 자손 만대와 공유해야 할 가장 아름다운 자연이기에 경관을 훼손시키는 시설물 설치에는 신중해야 한다. 또 귀찮은 사고 때문에 자연보호를 앞세워 무조건 통제하면 서울의 수많은 인구가 다른 곳의 훼손을 가중시킬 것이 뻔하다. 여기처럼 간단한 표지판으로 경고와 당부를 하는 방법은 자연보호와 예산 절감 그리고 등반자를 생각한 최선이라 여겨진다.

　위험 등산로란 곳곳에 목숨을 잡는 무서운 곳이 감추어져 있다. 이런 등반을 위하여 나는 경험자들과 등산학교와 서적으로 수없이 익히며 1,200번도 넘게 올랐지만 아직도 신경이 감전될 정도로 위험할 때가 많다. 그런데도 오랫동안 익혔기에 잘 오른다고 생각하지 않고 쉽게만 보여 "저 정도면 나도 할 수 있겠다"며 객기를 부리다가 어려운 곳에 걸려 중상이나 사망으로 저 현황판을 수정시키는 것이다.

　이렇게 위험한 릿지 등반을 하다보면 목숨을 몇 개의 여분으로 가졌듯이 설치는 사람들을 보게 된다. 그 용감함은 마치 겁이라는 프로그램을 삭제한 사이보그(인조인간) 같고, 또는 높은 곳에서 튀는 바위 파편처럼 황당하다. 그래서 겁이 없다는 것은 또 다른 불행을 안고 있다는 것을 알게 된다.

　겁이라는 것은 고통을 예감하는 유전자가 위험을 방어하기 위하여 반응을 보이는 신체 프로그램이다. 물고 물리는 사슬법칙에서 공포감을 느끼지 못하면 생명의 방어력이 부실하여 살아남을 확률이 낮다. 사람도 공포감을 갖지 못하고 태어나면 대부분 서른을 넘기기가 어렵다한다.

적당한 겁은 어떤 상황에서 보다 구체적이 되어 실수를 줄이고 능률을 높여준다. 특히 등반중의 실수는 신체의 일부를 훼손시키거나 세상에서 순간적으로 사라질 수 있는 무서운 것이다. 그런데도 세상에서 필요한 사람으로 살지 않았기에 없어도 될 사람처럼 함부로 목숨을 쓸 수 있는 것이다.

아침에 산에 간다고 싱싱하게 설치던 사람이 오후에는 부수어져 응급실에 있다거나, 영안실 냉동고에 있다고 통보되는 이것이 등반에서 가장 염려하는 것이다.

내가 바위에 빠져들기 시작한 90년부터 자주 만났던 사람들을 보기가 어려워졌다. 바위에서는 언제부터 보이지 않는다고 생각이 들면 지방으로 이사를 갔거나, 아니면 목숨이 이사를 갔던지, 또는 바위를 탈 수 없을 정도로 깨어졌다고 여기면 된다.

사실 바위는 너무 잘 타도 문제고 못 타도 문제다. 그러나 배우던 사람이 잘 타게 될 때까지보다, 잘 타던 사람이 보이지 않는 것이 더 빠르다. 그래서 사고를 내는 대부분이 잘 탄다고 설치거나 함부로 오르는 사람들이다.

산은 수백 년 전에도 이곳에 있었고 또 수백 년 후에도 여기 있을 것이다. 배워서 올라야 할 바위를 남 따라 가다가 중환자실이나 저승길에서 후회하지 말고, 또 잘 탈수록 처음처럼 두려움을 잃지 않아야 바위의 무게가 익혀져 목숨을 날릴 확률이 낮아진다.

요즘처럼 편리로 보호된 세상에서 산이 아니면 어디에서 이런 거대한 두려움과 인내를 체험할 수 있을까. 이 산의 다양한 코스는 전국에서 둘째가지 않을 만큼 위험하다. 저 경고판을 보고도 함부로 오르다가 초래하는 사고는 다른 사람들이 만든 인재(人災)도, 자연이 만든 천재(天災)도 아닌, 스스로 선택한 자해(自害)로 인생보다 위험한 등반은 오로지 자기 책임이다.

산과 바위는 빠르게 탄다거나 10년 20년의 무사고를 자랑할 것이 아니라, 죽을 때까지 엄한 스승처럼 두렵게 보며, 반가운 친구처럼 가깝게 대하며,

그래서 생각을 산처럼 깨우고 마음을 자락처럼 평온하게 쉬는 그런 사이로 함께 하자는 것이다.

쉴 곳에 쉬면서 잘 느끼는

숲을 벗어나 울퉁불퉁한 바위를 거슬러올라 큰 소나무 아래 닿으면, 바위벽과 나무들 사이에 복도 같은 공간이 있어 몸이 먼저 자리를 찍는다. 아늑한 공간에서 심신을 안정시키고 있으면 알 수 없는 낭만이 번져온다. 이 은근한 평온을 미숫가루 한 컵에 타서 오래오래 마시며 만끽한다.

대다수 사람들이 등산을 하여도 떠들거나 바닥만 보고 걷기에 주변을 둘러볼 여유를 갖지 못하여 풍경 속의 기상을 에너지로 흡수하지 못한다. 그런 방식으로는 아무리 많은 산행을 하였더라도 담아 와야 할 자루를 빈 것으로 들고 오는 아마추어다.

아래서 봉우리 하나를 점으로 보던 일차원적 산이, 또 다른 봉우리와 연결된 능선을 걷고 오르는 인내로 이차원적 산을 익히게 된다. 둘러보면 여기 봉우리와 저기 봉우리가 높이 또는 멀리 능선을 놓고, 골짜기가 깊게 또는 넓게 형성한 삼차원의 공간에서 거대한 스케일이 만든 입체감을 멋으로 힘으로 느낀다. 그 속에 나무와 풀꽃과 바위가 세월에 어울려 풍경을 다듬어가는 존재와 변화의 의미를 생각하게 되면서, 삼차원의 공간 속에 작용하는 거대한 사차원의 의미를 깨닫게 되는 것이다.

흐르는 물처럼 거슬러오르는 바람처럼 산 따라 흐르면서, 묘한 곳에서는 감탄으로 서고, 좋으면 멈추어 탄식에 잠기고, 힘들면 감돌아가다가, 내킬 때는 한껏 겨루고 극복하다보면 마치 밑도 끝도 없는 마음의 줄기가 장엄한 산을 안고 가는데도 몸은 전혀 무게를 모른다. 그러다 정말 좋은 곳을 만나 몸도 마음도 풀어놓고 행복에 빠지면, 풍경을 품은 물처럼 거대한 산 그림자가 내 속에 드리워진다.

이렇게 산의 분위기를 느끼게 되면 자연의 기가 감성에 흡수되어 새로운 활력이 된다. 하여 산행의 막바지에 몸이 뜨는 가벼움이나 새로운 힘이 일어나지 않는다면 힘들게 운동만 했을 뿐 산기운을 받은 산행이 못되었다는 것이다.

계곡을 흐르는 물을 보면 그저 흐르는 것 같아도, 여건대로 흐르면서 멈출 곳에서는 조용히 잠기고, 어떤 곳에서는 감돌아가다가, 때로는 접전을 벌이며 치고 간다. 거친 물살은 바위에 부딪치기 전 앞의 물살이 튕겨주는 힘을 타고 비켜간다. 그렇게 극히 적은 힘으로 거대한 현실을 끌어가는 역학의 원리가 자연에 있다.

여름 한낮의 산 분위기

50m의 바위를 오르면 속에서부터 발화되어 나오는 숨이 연신 화근내를 풍긴다. 늙은 성첩(城堞)을 지키는 소나무의 무료한 가지에 나도 늘어지듯이 지나오면 소나무 한 그루 지켜 선 4.5m의 바위벽이 길을 막고 있다. 벽면엔 북-한산성 공사 때 파놓은 홀드가 양호한데도 굳이 나무를 밟고 올라 상처투성이를 만들었다. 제 아픔엔 그토록 민감하면서도 다른 아픔은 너무 무감하게 여기는 인간들

이 만든 상처에 손을 얹고는 기운 내라 격려하고 바위로 올라간다.

벽면 앞의 큰 소나무가 한가롭게 늘어진 아래 몸을 앉힌다.

이제 한낮의 햇볕이 최고로 이글거리고, 풀과 나뭇잎들도 오수를 타듯이 축 늘어져 모든 것들이 마술에 걸린 세상이다.

팔월!

한낮의 태양에 달구어진 바위가 가쁜 숨처럼 뿜어내는 단내, 약간의 마른 흙 냄새와 나무들이 뿜어내는 미지근한 녹향이 뭉클한 숨으로 들어오면, 아릿하게 자극하는 내음에서 느린 숨처럼 가물가물한 어느 날의 얄궂은 기억이 희미하다.

언제이던가, 그때! 가슴 뛰던 숨소리. 몸도 마음도 불 속을 뛰어들듯이 타던 그 단내가 불현듯이 땡볕에서 풍겨져오고, 언뜻 언뜻 살아나는 아련한 사연이 뿌연 공간에서 희끗거린다.

'..! ....'

먼 공간이 멍 – 하게 멈추어 있는…

이 넓은 정적은 너무 가라앉아 있어 마치 세상을 다른 곳으로 옮겨온 분위기다. 바람이 없는데도 눈앞의 상수리나무는 용하게도 큰 잎을 사각거리고, 소나무는 긍정도 부정도 않고 들다가 가끔 긴 가지 끝을 꺼덕이며 졸다가 뜨다가 하는…

이 무거운 산을 지나 저 아득한 공간 속에서 움직이는 봉우리와 능선의 활동. 잡고 달리다 늦추고 떨어지며, 기다리고 또 헤어지는 인연 줄기 같은 자락들. 모진 결심의 절벽과 우뚝 선 봉우리, 그 각과 힘에도 능선이 있어 받아주고 풀어가는 억 년의 이해. 그래서 산을 보고 있으면 삶이 고요해진다.

산과 산이 도형으로 서고 공간으로 견제하는 속에서 능선이 협력하는 비례의 의미. 어스레한 운무 속에서 산이 산을 낳고 골이 다시 골을 열 듯이 우리 삶도 그렇게 이어지는 어스름한 운명 속에서 노력으로 만들어가는 미래…

도대체 세상 어디에서 이토록 아득히 깊은 힘과 저렇게 솟은 활기를 느낄 수 있을까. 거대한 형상들의 균형과 힘이 만드는 자력과 자력 사이의 물체처럼 내가 떠있다.

배포바위 포물선의 여유

슬랩으로 올라가는 바닥의 계단은 북-한산성 공사 때 파놓은 것이다. 292년 전 짚신을 신고 고생하던 옛 사람들과 달리 좋은 신발로 낭만처럼 오르는 격세지감이 왠지 무겁다.

올라서면 높은 절벽이 쏘아올린 깔끔한 수직 포물선이 영취봉 배포바위다.

불룩한 절벽이 탄탄한 곡선으로 튕겨 낸 포물선은 산과 하늘을 시원하게 등분하여 배경 없는 허공을 불룩하게 튕겨내고 있는 저 구조는, 팽창된 산의 힘과 은근한 허공의 힘이 선으로 겨루고 있는 영취봉만의 멋이다.

깨끗한 바위의 환한 여백이 다듬은 결 사이에 서있는 활기찬 소나무들의 호젓한 경관은 단조로우면서도 볼수록 보통이 넘는 깔끔함이다.

가만히 보고 있노라면 뱃속 깊이 들어간 숨이 저 포물선처럼 빵빵해지면 절벽처럼 탄탄한 힘

탄탄한 힘을 튕기는 배포바위

이 몸 전체를 채운다.

　이런 표현을 사람들은 과장이 심하다 하겠지만, 경험과 관찰의 다양한 표현을 과장으로 보이는 눈엔 당연히 내가 보고 느끼는 산의 활기가 느껴지지 않을 것이다.

　어떤 작품을 모양으로만 볼 때보다 의도와 역할을 읽으려하면 그 속엔 얼마나 많은 의미들이 움직이고 있는지! 그래서 같은 것에도 이해의 범위에 따라 너무 다르게 보이고, 사람도 밖의 모습보다 마음 안으로 보면 너무 다른 수준들이 움직이고 있다.

　잘 모르는 경기를 보면 선수들이 아무리 열심히 뛰어도 흥미가 일어나지 않듯이, 보편적인 사람들의 눈에는 저 절벽이 좀 깔끔하게 서있기는 하여도 그렇게 넘칠만할까 한다. 그러나 잘 아는 경기를 즐기다보면 그 박진감에 빠져 뛰는 선수들보다 더 흥분하고 설치게 된다.

　나는 저 거대한 스케일로 구성된 산의 다양한 모습을 각각의 개성으로 뛰는 선수들처럼 그 감을 읽으며 즐기는 것이다.

개선은 새 생명이다

　우측 벽 아래로 오르면 고랑 앞의 두둑을 타고 오르는 🔺고랑바위다. 올라가다가 보이는 아래는 아찔한 깊이가 다 드러나 몸을 고랑 안쪽으로 붙인다. 그러면 균형이 밀려 더 위험해지기에 바깥의 모서리를 타야 하는데도 공간 깊은 절벽 앞에 감히 용기를 내지 못한다. 그러나 많은 경험자들이 말하는 방법은 안전과 효율을 갖추고 있기에 믿고 실행해보면 두려움 속에서도 그 능률을 실감할 수 있다.

생활 속에서 새로운 능률을 보고도 낡은 습관을 고치지 못한다면 고칠 수 없을 만큼 자신이 낡았다는 것이다.

계곡 물은 부수어지면서도 여러 환경과 어울리기에 새로운 공기를 함유할 수 있어 청량하고, 연못물은 제 속에만 앉아 있기에 탁해진다. 언제나 상대성을 수용할 수 있어야 나만의 습성에 낡아가는 헌 생각들을 싱싱한 것들로 흐르게 할 수 있다.

흐른다는 것은 늘 변화를 맞는 것이다. 산다는 일도 돌아서면 새로워지기에 내 방법이 다른 사람들로부터 긍정적이지 못하면 그것은 이미 한물간 것이다. 내 주장을 덮고 가만히 주변을 관찰해보면 세상에는 내 생각보다 좋은 방법들이 얼마나 많은지, 세삼 세상이라는 넓은 효율을 감탄하게 된다. 그런데도 이제까지의 습성에 새로운 방법은 아무래도 귀찮고 어려워 그대로 살아보려하지만, 세상은 서서히 무시하다가 튕겨내어버린다.

비행기 타기가 무서운 고소공포증을 안고 바위를 오르기란 지옥처럼 무서웠다. 그러나 떨고 떨면서도 포기하지 않는 도전으로 나를 바꾸었기에 두려움 속에서도 혼자 절벽을 즐기는 능력을 이루고, 세상 한 칸을 내다볼 수 있게 되었다. 하여 다른 것에도 이렇게 노력하면 그만큼 유능해질 것이기에 나를 가만둘 수 없다.

어제는 사람들과 같은 수준에서 머무른 날일지라도, 더 열심히 오늘을 쓰면 내일은 결코 같은 수준으로 공유할 날이 아니다. 삶은 새롭기 위하여 노력하여야 정체되지 않는 현실로부터 미래의 깊이까지 준비 가능한 것이다.

세상의 경쟁에서 조건은 없다. 오로지 새로운 생각과 실행만이 힘이다. 한계 속의 육신은 늙어갈지라도 무한의 정신은 늙게 할 수 없다. 나는 정말 내 속에 감추어진 높은 세상과의 약속을 알기에 결코 내 미래를 세월 까먹은 늙은이로 만들 수 없다.

모서리에서 바깥으로 발을 내어 정확한 자세를 삽아 보면 아찔한 깊이가 무섭다. 그래도 오르다보면 불편한 것 하나를 버렸듯이 홀가분하다. 문득 두려움 속에서 느껴지는 편안함이 얼마나 대범한 자유인지!

자유란 있어서 누려지는 것이 아니다. 이 두려운 바위에서 균형을 잡듯이 자유에는 반드시 자유를 막고 있는 귀찮은 것들에서 능숙해져야 풍상을 먹고 자란 호젓한 고목처럼 늙어갈 수 있다.

운명에도 예방 백신이 있다

생각을 바꾼다는 것은 내 속에 감추어진 능력을 알아내려는 것이다. 습성은 언제나 쓰던 문만을 사용하려 하기에 내 속에 얼마나 많은 방들이 얼마나 많은 능력을 저장해놓고 있는지 모른다. 그 많은 것들을 그냥 썩히면 억울해서 어떻게 죽을 수 있을까?

닫혀 있던 다른 문을 열고 가듯이 바뀐 생각으로 도랑 바위를 올라서면 능선 모서리에 소나무 한 그루 바람을 닮은 가지를 펼쳐서 고고히 버티고 있다.

세월이 비틀고 휘어낸 가지마다 삶의 의지가 배어있

어려운 바위에서 시련을 극복한 소나무의 고고함

는 이 나무는 풍상을 거쳐온 사람처럼 특유의 오묘함을 풍기고 있다. 동병상련의 심정으로 다가가 가지에 손을 얹고 있으면 내 마음을 안다는 듯이 바람의 진동으로 격려해준다.

고요한 물이 풍경을 담듯이 맑은 마음엔 만물의 삶이 비쳐들기에 세상의 어려움을 제 아픔처럼 느끼게 된다.

세상엔 병도 있지만 약도 있듯이 상대적이면서도 상호보완적인 섭리로 되어 있다. 그래서 자신이 치러야 할 일들을 운명으로 안고 나왔지만 신은 자비롭게도 업그레이드 버전을 만들 수 있는 상대성을 주셨기에 태어난 여건과 달리 제 노력으로 바꾸어갈 수 있는 운명이다.

거울을 보고 내 얼굴을 닦아내듯이 남의 아픔을 내 아픔처럼 공감하거나 넘치지 않게 협력한다면, 상대의 인과를 방해하지 않는 알맞은 도움이 되면서 그 간접 경험이 내게 잠재된 비슷한 프로그램에 백신작용이 되어 낮아지거나 소멸될 수 있다.

사람에겐 만물과 공감할 수 있는 능력이 잠재되어 있어 공감대를 이루는 깊이만큼 향상된다. 그래서 운명도 제 하기에 따라 당하지 않고도 바뀌어지는 것이다.

세상에서 가장 무서운 것이 잠재된 불행으로 그것은 마치 보이지 않는 적이 언제 어떻게 일상을 파괴시킬지 모르는 불안이다. 그래서 자기 안에 잠재된 불행으로부터 벗어나고 자기 밖의 불행에 해당되지 않기 위해서는, 남의 아픔을 이해하여 자기 안의 백신을 만들고 봉사와 나눔으로 좋은 둘레를 만들어 자기 밖을 보존시켜야 하는 것이다.

나를 잘 써야 내 안의 세상이 밝아진다.

아무리 큰 이익을 취하여도 옳지 않는 것이라면 내어놓을 기쁨이 못되어 내 안의 어두운 그림자가 되고, 작아도 좋은 것은 누구나 보기 좋아 세상에 기여가 되면서 목숨 속의 빛이 된다.

우리가 국가보다는 자신을 위하여 저축을 하듯이, 좋은 일 역시 세상을 위하면서도 자신을 위해서다. 진짜 멋진 욕심은 홀로 잘 살려는 것이 아니라 잘 풀어서 제 둘레를 잘 어울리게 넓히는 것이다. 그래서 현자들은 기꺼이 풀어주고 마음을 받들었던 것이다.

능선의 틈 사이를 올라가다가 돌아보면, 건너편의 절벽이 반반한 직벽을 사등분하고 갈라진 틈마다 소나무 한 그루씩 키우고 있다. 없듯이 잔잔한 저 운치는 아름다움에 곰삭은 눈이 아니면 결코 쉽게 보이는 그림이 아니다.

사실 좀 깔끔할 뿐 특별한 의미가 없는 듯하지만 조금만 진지하게 대하고 있으면, 몇 그루의 소나무들이 삭막한 바위를 살아있는 풍경으로 만들어낸 협력을 볼 수 있다. 우리 삶도 저 바위와 소나무처럼 육신과 정신이 잘 협력되어야 인생도 잘 살아날 것이다.

틈이 깊은 바위를 건너뛰어 벽면 우측 끝을 올라 모서리를 오르면 V 자로 벌어진 홈이 4.9m 떨어져 있는 ⛰️벌림바위다.

아래 보이는 풋홀드에 내려, 그 홀드를 잡고 한 칸 더 내리면, 딛고 잡기가

영취봉에서 까다로운 벌림바위

너무 애매하고 불안하여 성급한 사람들은 뛰어내린다. 바로 서서 볼 때와 달리 매달려서 내려다보는 바위는 원근 착시의 오차에 균형도 틀어져 반사신경도 작용하지 못하고 다치게 된다.

세상의 시험이야 떨어져도 다른 기회가 있지만, 절벽에서 떨어지면 상영이 중단될 수 있기에 최선을 다한다.

갈 곳을 보면 영취봉 정상의 바위 형상이 재미있다. 무슨 소문을 조용히 일러주는 물개와 상황을 추측하듯이 껌뻑거리는 열대어는 진지한 듯 천진스러워 동화 속의 그림 한 장이다.

반반한 테라스에 앉으면 상원사가 깊은 물 속의 수초처럼 숲의 품에서 낮 꿈

바위의 표정이 동화 속의 한 장면 같은 영취봉 정상바위

을 꾸듯이 멈추어 있고, 고개 들면 낮은 산을 밀어내고 딱지처럼 앉은 목동, 김포, 일산을 빙 둘러 뽀얀 비단자락을 끌고 가던 한강이 481km의 장정을 끝내고 임진강과 해후하여 바다로 들어간다.

낮은 듯 길게 겹쳐가는 서북쪽의 능선들이 제법 장중한 음영을 쳐놓은 맨 끝의 뾰족한 곳이 송악산(개성)이다. 시야에 가늠되는 55km지만 갈 수 없는 저 하늘 아래는 그저 구름만 바라보아야 한다. 한번만 단 한번만 마음을 털면 따로 흘러와도 함께 바다로 드는 저 강물처럼 어울릴 터인데…

하늘에 금이 없듯이 역사 속의 경계란 얼마나 부질없는지!

의지의 불을 지피는 촉매

북쪽으로 내려가는 ⛰곰보바위 코스는 발 디딜 벽을 한번만 쳐다보면 간단할 것을 보지 않고 발로만 더듬기에 목숨이 새빠진다.

앞의 바위에 올라서 능선을 내려다보면 작은 봉우리가 도톰하게 솟아있고, 오른쪽엔 날개 모양의 바위가 백운봉으로 너울너울 날아가고 있는 모습이다. 통실하면서도 매끈하게 빠진 부드러운 날개 모양은 꼭 가오리가 너울거리는 율동이다.

날개바위 죽지 아래는 아늑한 품처럼 쉴 곳이 있어 이 더위엔 더없이 시원한 그늘이다.

초여름 바위 안쪽에서 금마타리가 피면 침침한 구석이 얼마나 훤한지! 동글한 톱니 모양의 귀여운 근생엽 위로 펼친 경엽은 단풍나무 이파리처럼 대조적이다.

너울거리는 날개짓처럼 유연한 날개바위

같은 뿌리에서도 너무 다르게 생긴 이파리 위로 쭉 올라온 대궁이 잘잘한 노랑 꽃들을 송송하게 피워내면 여느 곳의 금마타리보다 훨씬 깜찍하다.

흙도 햇빛도 물기도 없는 이곳에서 햇빛이 없어도 반사되는 자외선을 끌어 쓰고, 물기가 없어도 바위틈의 온도 차이로 습기를 얻고, 별빛을 달지 못하여도 노란 제 빛깔로 바위 속의 별이 되는 금마타리.

좋은 환경의 식물들에 비하여 이 부족한 조건에도 저리 또랑또랑한 꽃을 피운 영특함에서 부족한 환경을 극복해낸 강인한 생명력이 밝은 꽃빛으로 풍겨나온다.

생활에서 부족한 것과 넉넉한 것은 대단한 차이다. 그러나 물질의 넉넉함은 여유이기보다는 생명의 질이 떨어지는 풍성함이 되지만, 모자라는 것은 구비의 욕구가 의지의 힘을 지펴서 조건을 채우고 더 큰 것을 볼 수 있는 능력을 만들게 된다.

　역사 속의 인재들 중에는 보통사람들보다 부족함이 많았던 콤플렉스를 극복하는 노력에서 보통사람들보다 뛰어날 수 있었다. 나 역시 틈만 나면 찔러대는 부족한 것에 대하여 다른 사람들보다 질기게 노력한다. 그 속에서 새로운 능률을 이룰 때마다 운명을 극복한 이 꽃들처럼 내 속에 피어나는 밝은 빛이 느껴진다.

　날갯죽지를 나와 허물어진 성첩 옆으로 걸어간다.

　가을이 되면 주변 숲은 유난히 단풍 빛이 맑다. 특히 안개가 끼는 날이면 색감 찬란한 물빛을 머금은 이파리 속에서 쑥쑥 드러나는 시커먼 가지들이 침침한 안개를 타고 어물어물 움직이면, 화사한 빛깔과 을씬한 가지들의 희한한 부조화가 이루어내는 야릇한 분위기는 꼭 마법의 세상에 있듯이 괴이한 기분이다.

　안부에 닿으면 백운봉 북능과 연결된다.

바위 속에서 의지로 꽃을 피워낸 금마타리

밝은 색과 꺼먼 가지가 안개 속에서 어울리면 야릇한 마법의 세상이 된다.

백운봉 북능 홍

회
개
하고

뉘
우
치는

백
운
봉
북
능
에서

북능의 바위들을 타고 가면

사람의 마음을 나뭇잎처럼 흔들어대는

절벽의 힘에 후들거리는 목숨을 지키기가 정말 어렵다.

말바위 절벽 그 좁은 모서리를 건너갈 때면

지나온 자취가 목숨을 저울질하는데,

아무리 살아도 가치가 없을 것이면 떨어질 것이다.

회개하고 약속하며 비몽사몽간에 건너고 나면

또 검증하는 구석바위와 다짐받는 개구멍바위.

정말 죄 많은 인간이

오지 못할 곳임을 절실히 겪고도 찾아오는 것은,

이승과 저승이 순간에 기웃거리는 무서운 공포에 떨어야

세상의 욕심에서 죽은 셈치고 나를 떼어놓을 수 있기 때문이다.

회개의 북능길

무슨 업이 무거워
이 무서운 절벽을 가야 하는지
돌아갈 수도
건너갈 수도 없는
이것이 이승의 마지막을 가는 것인지!

죄 값이 클수록
절벽으로 기울어지는 목숨은 파르르
파르르 후회에 떤다

말 바위 절벽 끝에서
고백하고 뉘우친 죄가 생각보다 무거워
개구멍바위에서
기어가며 다시 회개하는…

백운봉 높이 서면
목숨의 실감
이 밝은 천지에 새겨보는 감사의 의미

다시는 죄 짓지 않으리라

흐르는 세월에 용도 잃은 성곽은 풍상에 삭고, 세월을 차고 오르는 나무들과 사람들의 발길에 하나 둘 흩어지면서 환원의 수순에 들은 모습이다. 이렇게 끊임없이 회복하려는 자연의 복원력에 맡겨두면 어느 날 문득 낯선 세상처럼 무성해진다. 가중시키지 않으면 회복되는 우리 세포의 치유 능력이 이 자연의 생리다.

좌측의 커다란 바위가 시자봉(侍者峯)으로 결코 제 이름을 가질만한 규모의 봉우리가 아니다. 그러나 먼 곳에서 바라보면 백운봉 아래서 공손히 굽히고 있는 형상이 되어 백운봉을 제왕의 위상으로 보았던 옛 사람들이 시자봉으로 이름을 붙여 위상에 맞는 격을 갖추어 주었다. 그러니까 옛 사람들은 자연에도 그에 맞는 격을 갖추어 줄줄 아는 안목의 멋이 있었다.

안부에서 오르면 1.5m의 아담한 벽이 막고 있어 쯤이야 싶은 사람들이 튀어보려고 덤빈다. 그러나 딱 버티고 어디 한번 해보라는 당찬 기질만큼 만만찮아 대부분 몇 번을 반복하다가 결국 받쳐주어야 올라간다. 그래서 이 바위가 🏔️만만쌀쌀 바위다. 단순한 이곳을 자력으로 오르지 못하면 갈수록 무서운 난관을 어떻게 할까! 위쪽엔 좀더 복잡하고 어려운 🏔️난감바위가 기다리고 있는데….

5월과 6월의 주변엔 순백의 산목련(함박꽃)이 푸른 잎 속에서 해맑은 순결함을 피워낸다. 빨간 꽃술을 품고 있는 하얀 꽃잎 속은 꼭 청순한 얼굴에 홍조를 띠듯이 고

순백의 순정을 품고 있는 산목련

고운 향기가 마음을 설레게 하는 정향나무꽃

와서 아득한 날의 상기된 얼굴이 떠오른다.

깊이 묻었던 어느 기억이 고운 빛깔 속에서 진한 그리움으로 살아나면 마음은 왠지 망연한 허무에 흔들린다.

'꽃빛과 그리움' 이 화사하고 청순한 아름다움은 언제나 순진한 바람으로 다가와서 깊이 잠긴 기억을 살려내는 애틋한 연서다.

올라서 좌측 바위 사이로 돌아가면 침니와 크랙이 혼합된 20m 코스다. 비가온 뒤나 겨울철의 바위엔 흙이 붙어 있어 밟으면 밀리거나, 뒷사람의 눈으로 떨어지기에 신발을 잘 털고 오른다. 신발에 흙이 묻으면 제일 먼저 자신이 위험하고, 그 흙이 바위에 묻혀지면 다음 사람이 위험하다. 그런데도 함부로 발라놓은 흙에 다른 사람까지 위험하게 해놓았다.

삶에서 자기 위주로 생각하는 습성이 자신도 모르게 마음의 눈을 닫아버렸다. 그래서 우리는 맹인처럼 앞만 더듬고 살아 제 자취로 남은 얼룩이 보이지 않는 것이다.

내 옷에처럼 바위에 흙 묻히지 않는 매너라야 바위도 나를 피 묻히게 하지 않는다.

길을 가다보면 언젠가 느껴본 향기에 마음이 끌린다. 가만히 바람으로 내음을 잡아보면 절벽 끝에 핀 정향나무 꽃이다. 눈에 띌 만한 꽃들은 아니지만, 진한 향기는 마음 깊이에서 살아나는 아득한 어느 날의 내음이다.

언제던가 그 여름밤. 바람을 타고 들뜬 숨으로 스며들던 야릇한 향기. 심장은 왜 그렇게 크게 뛰는지…, 숨소리를 감추며 홀리듯이 다가가던 그 내음…….

이렇게 향기 속에 서 있으면 세월을 일렁거리던 마음 덩어리가 기억의 연못에 떨어져 그리움 겹겹이 넘실대는 파문으로 번져간다.

돈은 기계 사이의 윤활유처럼

능선 위로 떠오르는 둥근 바위 쪽으로 가다가 우측의 바위를 보면, 분수를 모르는 욕심의 무서운 결과를 자연의 모습으로 절묘하게 심판해놓은 형상이다.

쥐 같이 생긴 바위가 덩어리 하나 물었다. 물고 보니 너무 커서 삼키지도 뱉지도 못하는 것이 황당하지만 저것이 욕심에 잡혀있는 우리 모습이라 생각하면, 섬뜩한 지옥이 느껴진다.

평소 노력보다 부피에 치중하면 알지도 못하는 무엇에 쫓기게 되어 기회만 보이면 좋고 나쁜 의미를 생각할 여유도 없이 덤벙 물고 본다. 그것이 미끼의 유혹에 걸린 물고기처럼 벗어날 수 없는 저 바위 모습이다.

자기 범주. 즉 가난하게 태어나 극복해야 할 운명은 물질이 부족해야 꾸준한 노력을 하게 되어 아이들도 강해지고 어려움을 바르게 극복할 수 있어 가정의 미래가 밝아진다. 그런데 노력과 맞지 않는 돈이 많아지면 갖추어지지 못한 수준이 장마철의 넝쿨처럼 함부로 얽히게 되면서 불행을 키우며 살게 된다. 사실 수준에 맞지 않는 돈이 많아지면 돈을 쓰느라 얼마나 복잡해지는지. 그 아까운 시간을 돈에 맞추느라 헤픈 거품으로 날려보낸다.

바른 노력으로 돈을 번 사람은 아무리 돈이 많아도 헤프지 않다. 자신이나 가족들의 쓰임새가 마음에서 절제되고 손끝에서 걸리지 않는다면 그것은 불순물이 유입된 돈이거나, 돈 버는 수고를 모를 만큼 잘못 길들여진 관념이다.

고산을 등반하기 위하여 아래에서부터 천천히 기압에 적응해야 하고, 겉자란 나무가 세월을 버티어내지 못하듯이, 수준과 돈이 맞지 않으면 인생은 돈이라는 종이에 팔랑거리는 삶이 된다.

돈의 영악성. 사람이 만든 돈이지만 오랜 세월에 수없는 사람들의 갖은 방법을 섭렵하면서 지능처럼 발달된 용도가 사람보다 높아져 있다. 그래서 똑똑하던 사람도 돈이 많아지면서 마음이 변하는 것이다. 비유해보면 돈의 지능은 천재급인 140 정도이고, 돈에 속박되지 않는 사람은 경제에 무감한 70 이하거나, 초월할 수 있는 140 이상의 고 능력자다. 그런데도 졸부들은 돈이 자기 인생을 가지고 논다는 것을 모르고 잘 쓰고 있다고 착각한다.

돈에는 돈을 다스릴 수 있는 수준이 되어야 기계와 기계 사이의 윤활유처럼 사람과 사람 사이에 잘 쓸 수 있다. 그렇게 돈을 인격으로 쓸 수 있다면 운명과 삶의 마찰에 효율성이 높아져 낙원이 된다. 쉬울 것 같아도 우리 대부분이 못하고 살기에 세상에 돈 많은 사람은 많아도 돈보다 멋진 사람은 귀한 것이다.

어려울수록 논리를 세워야

둥근 바위를 돌아가면 ▲말바위다. 미끄러운 슬랩을 조심스레 올라 모서리를 내려다보면 냉한 공기만 횡하여 은근히 무섭다. 그나마 절벽 틈에 얹힌 작은 테라스에 마음이 좀 놓이지만…

벽 아래의 홀드를 잡고 모서리에 배를 걸치고, 다리를 내려서 왼발로 벽을 버티고, 오른발을 뒤로 쭉 빼어 딛는다. 이곳을 이렇게 조심스레 내리지 않으면 아래 크랙에 발이 빠져 뒤로 넘어지면서 그대로 떨어지게 된다.

몇 번의 심호흡으로 마음을 진정시키고 모퉁이를 내다보면 언제보아도 판자 모서리 같이 끔찍한 길이 절벽 중간에 황망히 걸쳐 있다. 깊은 바닥에서 일렁

아득한 절벽 위의 모서리를 건너는 말바위

거리는 푸른 잎들은 절벽 아래의 물결 같아서 발이 떨어지지 않는다.

황한 절벽 끝에서 두세 걸음 올라 발바닥보다 좁은 모서리에 발을 얹으면 발 아래 빈 공간의 인력이 얼마나 센지, 아차하면 떨어질 무서움이다. 언뜻 옆의 크랙에 발을 끼우면 안전할 것 같지만 아주 위험해진다.

당기는 허공과 미끄러질 불안에 어깨를 왼쪽 벽에 살짝 기대어 바닥의 양쪽 모서리를 두 손으로 잡고, 고양이가 담을 타고 가듯이 오르면 온 몸이 쪼글쪼글 해지다가 조금 넓은 곳에 닿으면 약간 풀린다.

이 절벽은 깊은 막장이라 떨어지면 백골이 되도록 발견되지 않을 수 있겠구나! 아니, 어쩌면 누군가가 그렇게 되어있지 않을까 하고 내려다보는데, 문득 바닥의 나무들이 흔들리는가 싶더니 퍽 덮쳐오는 두려움에 주변이 움직이기 시작한다.

단단히 정신을 챙겨도 이미 설치기 시작한 주변의 공간들은 블랙홀처럼 빨아들이고, 기울어지는 절벽에서 떨어지지 않으려고 벽으로 밀착하다가 크랙에 발이 끼이는 사태가 일어나…

간신히 얹혀 있는 모서리에서 덫처럼 걸린 발을 빼려다 균형이 깨지면 발목이 뚝 부러지면서 저 아래서 터진다. 숨을 멈추고 왼발을 살살 움직여보지만 어림 없다. 머리를 조이는 공포에 지난 날들이 뒤섞이는 혼란에도 천천히… 천천히… 더… 천- 천- 히… 좀 통하던 말을 뇌까려보지만 도대체 효과가 없다.

지금 나는 수억 원의 물건을 만 원권 몇 장으로 재어보듯이 가소롭게 버티면서 살아날 수만 있다면 이제까지보다 깨끗한 인간이 될 것을 되뇌고 있을 뿐이다. 사실 어려울 때마다 하는 이 절실한 약속도 벗어나기만 하면 이 순간만큼 실천하지 않았기에 그래서 더 불안하다. 하여 이나마 감각이라도 상실되기 전에 정신을 집중시킬 문제가 있어야 공포를 이완시킬 수 있지만 지독하게 걸린 이 상황에…

문득 운동 제 3법칙. 끌고가려는 만큼 당기는 힘처럼 내가 두려움을 떨치려할

수록 두려움은 저 절벽의 힘과 합세한 반작용으로 나를 흔들어댄다. 이럴 땐 두려움을 이기려는 내 집착을 포기하면 나를 잡는 두려움도 제로가 되고, 그 상태에서 펼쳐질 제 2법칙, 힘이 큰 쪽으로 작용된다. 그런데도 그렇게 하기엔 걸린 것이 목숨이라 워낙 큰 투기라 쉽지 않은 것이다.

하지만 투기 속에도 나름대로의 성공적인 확률이 있고, 그 확률은 평소 쌓아온 객관성이 높을수록 성공률도 높다. 더는 지금처럼 선택의 여지가 없는 상황이면 조금이라도 여력이 있을 때 시도해야 할 것이다.

정말… 정말… 떨어지면서 후회하지 않기 위하여 마음대로 하라며 온몸의 힘을 풀어버린다.

왠지 세상에서 소외된 외로움이 아픔처럼 느껴지는가 싶더니 문득 헐렁해지는 느낌에 풀려난 벌레처럼 본능적으로 올라가버린다.

내려다보면, 오! 저 짧은 거리에 그 많은 생각과 시간이 존재했었는지!

내가 그렇게 겨루다가 포기할 수 있었는지! 정말 신기하다.

초연한 여유로 허공을 즐기는 탑바위

저 곳에서 움직이지 못했던 것은 두려움에 눌려 몸이 굳어 있었기 때문이다. 그렇게 빠지지 않던 발도 마음을 풀어버리니 새는 물처럼 풀려날 수 있었다. 하여 같은 머리 속이라도 내 생각에만 잡혀있을 때는 얼음처럼 딱딱하고, 풀어서 수용하면 흐르고 스며드는 물이 된다. 그래서 마음은 수용의 폭에 따라 세상과 융합을 이룰 수 있을 만큼 무한임을 깨닫는다.

이렇게 극한 상황으로 각성시켜도 세속으로만 가면 나도 모르게 내 편리대로 바꾸어버리던 습성이 바위에 걸려서 떨고 떨며 후회하는 것이다. 그런데도 찾아오고 찾아오는 것은 바위와 겨루려는 것이 아니라, 이렇게 떨고 떨어야 저 무서운 공간처럼 고요히 사는 방법을 터득할 수 있어 내 자신과 싸우는 필사의 수업이다.

목숨이란 냄새 같은 요령으로 오래 살 것이 아니라, 짧아도 향기 있는 삶이여야 하기에 죽도록 노력하며 산 속의 작은 풀꽃처럼 없듯이 살고 있다.

올려다보면 백운봉은 참 당당하고, 절벽 끝에 절묘하게 얹힌 자연의 돌탑은 망연히 허공을 즐기고 있다.

내 눈의 50%는 착각

안부를 건너서 우뚝 솟은 바위를 오르면 어렵지 않지만 워낙 삭막한 절벽에 쫄렸던 몸이라 잘 풀어지지 않는다. 더욱 골 아래서 쳐오는 바람과 절벽 틈에서 흘러나오는 냉기 섞인 음향은 파상(波狀)적으로 마음을 치는 음산한 주문이 되어 몸이 굳는다.

좌측으로 올라가면 8.3m 직각코너를 내려가는 ▲▲구석바위다. 우측으로 오르면 8m의 로프 하강코스에 간단히 해결되지만 내려가는 것은 어렵고, 또 절벽 틈을 엎드려 가는 개구멍바위가 무섭다. 그래서 이 수직 위에 서면 편하게 가려는 마음과 위험을 극복하려는 마음이 실랑이한다. 그러나 목숨에 대하여 방종하지 않고 최선을 다한다면 산이 내치지 않는다는 것을 알기에 또 한번 생명을 여과시킬 것이다.

맨 위의 홀드를 잡고 뒤로 내려 왼발 크랙 속에, 오른발 벽면을 딛고 내려간다.

크랙 속의 촉스톤(끼어있는 돌)이 훌륭하지만 미끄럽고 바로 선 벽면에서 흔들리는 돌을 점검할 여유가 없다. 그러다보면 팔이 긁히고, 그것에 신경쓰다보면 그냥 뚝 떨어져 돌바닥에 동댕이칠 것이기에, 목숨이 달린 발을 한 칸 한 칸 집중하여 내린다.

까마득히 살아갈 날들을 위하여 이 짧은 시간을 천천히 가라앉히면, 움직일 때마다 바닥은 조금씩 다가오고 위는 서서히 멀어진다. 느린 것이 결코 느리지 않는 안정감으로 이동시켜 가는 것에서 정말 위험한 것은 내가 만들어내는 조급함이다.

이 위험을 타듯이 천천히 세월 속으로 옮겨가다 보면 내가 느린 것이 아니라 스

찰나에 떨어질 수 있는 구석바위

인수봉에서 본 숨은벽(앞)과 북능(뒤). 뒷 능선의 우측 바위가 시자봉, 왼쪽 높은 바위가 개구멍바위, 앞능선 중간이 숨은벽 정수리

내 편견을 깨우쳐주는 개구멍바위

스로 급해진 사람들이 습관적인 헛바퀴를 돌고 있다. 그래서 하는 일은 많아도 쓸만한 것은 별로 없다.

내려와서 올려다보면 오감이 떨며 내려왔는데도 달라진 상황이라고 '그랬을까!' 싶다. 사람이란 것이 제 편리에 얼마나 빨리 변해버리는 얄팍한 존재인지…

모퉁이를 돌아가면 절벽을 가로지른 7m의 틈이 ⛰️개구멍바위다. 바닥의 볼록한 곳에 올라타듯이 엎드려 다리를 벌리면 자세가 참 야하다. 그렇게 균형을 잡고 손으로 바닥을 버티며 애벌레 기어가듯이 천천히 밀고가면, 눈 아래 절벽이 빙빙 돌지만 조금씩 옮겨진다.

가다보면 안쪽으로 끼어들어가 불편한데도 바깥쪽이 안전할 것이라 생각하지 못한다. 이처럼 내 눈에 비치는 현실이란 이미 절벽의 두려움을 아는 측두엽의 편견에 의하여 50% 이상 편집되어 시각 피질에 전달되어 있기에 실제와는 오차가 큰데도 모르고 있다. 마치 답답한 상황에 처한 사람이 제 생각대로 편집되어 하는 행동을 보고 "맛이 갔다"하는데도 본인은 전혀 모른다. 그래서 내 생각보다 더 과감하게 바깥으로 균형을 잡아준다.

중간 지점의 좀 넓은 곳에서 몸을 돌려 얕은 홀드를 손바닥으로 눌러 잡고 옆으로 건너간다. 끝에는 세 가닥 뿌리로 겨우 지탱하고 있는 가엾은 참나무를 밟을세라 조심스레 넘어간다.

우리가 저 절벽의 틈에서 살겠다고 팔다리를 벌려 균형을 잡고 안간힘을 쓰듯이, 사람들에게 훼손된 이 나무도 바위틈을 잡은 몇 가닥 뿌리로 목숨을 붙이고 있는 처참한 몰골이다.

무지한 침입자들 앞에 순한 것들이 얼마나 고통을 받는지!

이제 북능 중 어려운 구간을 다 통과하였다. 사람들은 어려운 곳은 잘 통과하고 쉬운 것에서 깨어지곤 한다. 그것은 쉬운 것을 쉽도록 잘 보는 것이 아니라 어려움을 넘긴 자만심만큼 낮추어 보기에 판단은 이미 빗나간 것이 되기 때문이다.

바위는 짧거나 쉽게 보여도 그것만이 감추고 있는 함정성이 있다. 그래서 쉬운 것도 낮춰보지 않고 잘 맞춰주어야 자만과 선입견에 떠리는 나를 보존할 수 있고, 쉬운 것의 편안한 반복이 이제까지의 일들을 안목의 깊이로 착상시키는 여유가 된다.

여기까지 오면서 넘긴 숱한 위험들, 그 속에 있었던 몇 번의 미심쩍은 순간을 넘긴 것이 내 실력이 아니라 요행이었다는 것에서, 목숨을 투기한 배임 행위에도 살아있는 것이 아찔하다.

공포를 버티며 목숨을 지키려는 절벽에서의 동작, 그 삶과 죽음의 공간에서 찰나로 연결되는 생명에게 그토록 집중하여도 다 챙길 수 없는 것은, 목숨이 얼마나 광범위한 작용 속에 있는지…

보이는 것도 바로 보지 못하면서 보이지 않게 작용되는 거대한 힘으로부터 나를 지킬 수 있을지…

나라의 종산(宗山) 백운봉

흰 구름 천천히 움직이는 하늘에 서면 거슬림 없는 사방이 열린 풍경으로 가슴을 틔워준다.

여러 봉우리들이 난립한 덩치 큰 산에 비하여 이 백운봉을 중심으로 섬기듯이 정렬을 이룬 봉우리들의 지세에서 타고난 제왕을 실감한다. 그래서 이곳에 있는 나도 사방으로부터 경배를 받듯이 근엄해진다.

요소 요소에 포진한 강건한 봉우리들과 치고 달리는 능선들, 틀어서 균형을 잡는 자락들의 활동은 마치 출중한 장수들이 건장한 병사들을 능숙하게 조련시키는 활기찬 지세다.

당찬 힘으로 간결하게 정리한 능선을 끌고가는 봉우리들처럼, 강건한 원칙으로 부지런히 신념을 펼칠 통치자가 나와서 역사 속의 그때처럼 나라의 기상과 신뢰를 펼쳐낼 수 있을 것인지! 내 생에 그런 의지를 볼 수 있을 것인지!

남쪽의 관악산은 경복궁에서 볼 때와 달리 충직하고, 고분고분한 서쪽의 부지런한 들녘 멀리 수평선이 땅 끝을 알린다. 북쪽 멀리 임진북례성남정맥(마식령산맥)의 아스라한 하늘 금 앞으로 첩첩이 울을 쳐도 저항세가 없는 활발함이다.

백제 때부터 서울의 일대를 한산이라 하고, 이 산은 부아악 또는 부아산(負兒山)으로 부르다가 고려 성종 12년(993 고려사)에 산의 모습이 세 개의 뿔이 돋은 형상 같아서 삼각산으로 부르게 되어 국립공원이 지정(1983.4)되기까지 990년을 불러온 이름이다.

일제 때 조선 총독부의 「조선고적보고서」를 보면 "북한산은 경성 북방에 있는 조선의 명산으로 삼각산이라 하고 또는 화산으로 부르기도 한다"라며 본명을 거론하면서도 북한산으로 썼다. 그러나 우리 백성들은 삼각산으로 불렀고, 아직도

제왕의 힘으로 한산의 질서를 잡은 백운봉

이 산의 옛 절들은 삼각산 ○○사로 되어있지 한곳도 북한산이라 쓴 곳이 없다. 그런데도 국립공원이 왜 북한산으로 공식화하였는지!

삼각산은 세 개의 바위 봉우리가 굽히지 않는 힘을 하늘로 치솟아내는 기상이다. 그런 암시성을 지우려했던 일제의 의도를 국립공원이 굳이 승계할 필요가 있었을까! 아니면 단순히 남–한산성과 북–한산성을 두고 비교할 수 없는 제왕과 하급 신하를 같은 격으로 취급한 무지는 아닌지!

사람의 운명처럼 산도 타고난 격이 있어 어떤 곳은 촌락이 되고 어떤 곳은 도읍지가 된다.

세월 따라 지명도 바뀔 수 있지만, 아득한 옛날의 선인들이 의미를 깨우쳐서 이름을 만들고 수없는 사람들과 역사가 불러온 이름을 의미도 모르는 사람들이 탁상공론의 말 만들기를 하다가 순식간에 바꾸어버린 것을 용납할 수 없다. 더는 나라의 수도를 품고 있는 종산인데도 역사에 대한 규명도 없이 선택한 그 무지를 인정할 수 없다는 것이다.

만약에 어느 날 누가 자신의 이름을 바꾸어버리면, 그것도 이미지 맞지 않는 이름이면 매사에 얼마나 혼란과 갈등이 일어날까. 일제가 민족의 기상을 지우려고 주산의 이름을 바꾸었듯이, 어쩌면 국립공원이 지정되던 때 국민의 저항을 바꾸려했던 정치적 의도에 의한 것은 아닌지!

이 백운봉(白雲峯)도 지금은 백운대(白雲臺)라 부르지만 이것도 잘못되었다. 원래 대(臺)라는 것은 멀리 볼 수 있게 사람이 만든 돈대(墩臺)로 평평한 산정을 대라고도 부르지만, 그러나 어디에도 산군(山群)의 주봉우리를 '대'로 부르는 경우는 없다.

이 땅의 어느 산군에서 그 산의 으뜸이 되는 자연의 주산을 인공적인 대(臺)로 격하시킨 곳이 있는가!

그래서 조선실록에는 언제나 백운봉이다. 다만 조선 후기 일부 선비들이 표기한 백운대는 봉우리 옆의 마당바위를 지칭했을 것이다. 그리고 북한산이라는 의미는 한산 지역의 북쪽을 뜻하는 것이지 산 이름이 아니다.

또 북한산성 역시 한산의 북쪽에 있는 성이기에 북–한산성으로 해야지 붙여 놓으면 '북한 산성'으로 잘못 알게 된다.

사람 중에 높은 사람이 왕이고, 마을 중의 가장 큰 마을은 도읍지며, 가문 중에 중심은 종가다. 이 삼각산은 도읍지를 품고 나라의 역사를 이끌어가는 격 높은 종산이며, 백운봉은 그 시조(始祖) 산이다. 그런 격을 알면 감히 봉우리를 대라고 낮추어 부를 수 없다. 무지인지 의도인지는 모르지만 수도를 지키는 이 산이 철저히 무시된 격과 오류 투성이의 역사로 방치되어 있다.

삼각산은 독립된 산군이다

조선시대엔 이 삼각산을 한북정맥의 끝이라 하였다. 그러나 전체 지형을 관찰해보면 사방 백리 안에 이 산을 거슬릴 기운을 갖은 산이 없는데다가, 한북정맥이 양주 땅으로 들면서 기운이 살아오는 능선이 없어 아무리 보아도 아니다.

택리지(이중환 1690~1752)에 보면 "함경도 철령에서 나온 한 맥이 오륙 백리를 달리다 양주로 들어와 자잘한 산이 되었다가 동으로 돌아서 갑자기 솟아나 도봉산이 되었다." 하였고, 산경표(신경준1712-1781)에는 "주엽산, 축석령, 불곡산, 홍복산, 도봉산으로 이어졌다"고 하였다. 그러나 축석령(의정부 위의 43번국도 축석휴게소)에서 이어지는 능선은 한북정맥이 이어오는 능선이 아니라, 포천의 왕방산(737)에서 의정부 금오동 뒤쪽의 천보산(337)까지 제방을 쌓듯이 독자적으로 형성된 능선이지 결코 한북정맥이 이어지는 구조가 아니다. 설령 능선을 타고 와도 불국산까지는 하천과 논밭을 피하여 살아가는 선이 없다.

대간이나 정맥은 물이 넘지 못하는 분수령으로 산줄기가 이어가야 하는 산경표의 기준처럼, 능선의 골격이 살아있어야 계보가 이어지는 것이다. 사패산이나 호명산에서 전체를 관찰하고 43번 국도 주변을 답사해보면 개울과 개울 사이의 낮은 땅을 분수령의 선으로 보지 못한다.

삼각산은 백운봉(836.5)을 기점으로, 북으로 도봉산(739)을 솟구쳐서 사패산(562) 홍복산(347) 호명산(423) 불곡산(470)을 지나 양주군 은현면의 도락산(440)까지다. 남으로는 만경봉(800)에서 문수봉, 형제봉(467) 북악산(342) 인왕산(338) 남산(262)에서 옥수동의 응봉(175)까지, 그 전체 길이가 약47km에 이른다.

주능선의 문수봉에서 한줄기가 내려서 칠성봉을 이루고, 여기서 두 갈래로 나누어지면서 큰 줄기는 비봉(560), 향림봉(535)을 거쳐 탕춘대성 능선으로 내려오다 구기터널을 지나 또 두 개로 갈라진다. 거기서 한 능선은 인왕산 옆의 모래내에서 수량에 따라 붙고 떨어지면서 협력하고, 한 능선은 홍은동 뒤의 백련산(215)을 만들어 홍제천에서 멈추어 인왕산이 놓은 안산과 협력하여 충정로까지 인왕산의 뒤쪽을 둘러주는 울이 된다.

그렇게 서울의 자연은 인왕산을 구심으로 구도를 잡고 있어 동향이 되어야 그 균형이 안정감을 이루게 된다.

삼각산

거산은 아니지만
탄탄한 조율은 당찬 구성이다

준엄한 봉우리는
기상을 일으켜 민족의 정신을 만들고
부지런한 들녘은
큰 강을 품고 억척스레 움직인다

저것이 불굴의 힘이다.

장엄하고 넉넉한 지리의 인정처럼
자락마다 사람을 품고
힘있고 지혜로운 설악의 기상처럼
기(氣)와 예(睿)를 잡았다

거산의 덕(德)과 명산의 지(智)를 모아
대륙을 바라보며 기상을 끌어가는
삼각산
산중에 높은 종산(宗山)이다

나라를 훼손시기는…

백두산이 머리에 해당된다면 삼각산의 한산 지역(서울 일대)은 복부다. 모든 것이 복부로 들어와 그곳에서 분해되어 다시 온 몸으로 분배되듯이 서울은 모든 것이 모여들고 전국으로 나누어지면서 그 기력이 연결되지 않는 곳이 없다.

서울은 곧 역사와 현실의 구심점이다.

백운봉을 중심으로 사방 백리 안에 넘보는 산이 없고 사람들의 기상을 이끌어 줄 탄탄한 위엄이 넓은 토지를 거느리며 해로와 접속된 강이 이상적인 인문지리를 이루었다.

정도 600년을 지켜온 이 산은 수난도 많아 한때는 일본이 민족 정기 말살로 여러 봉우리에 철심을 박기도 하였다. 우리 역시 오늘날까지 안전과 개발로 수없는 철심을 박고 능선을 자르고 관통시켜 수십억 년을 흐르던 자연의 질서를 잔혹하게 훼손시켰다.

거대한 지구 에너지가 가장 많이 작용하는 곳이 산이며, 산은 자연환경과 인문지리의 구심점이자 분수령이 되어 풍토를 조성한다. 삼각산 역시 반도의 복부인 한산 지역의 으뜸산이 되어 서울을 품고 그 풍토를 만들기에 삼각산이 건강하여야 나라의 구심인 서울의 기운이 살아나 국가가 건강해진다.

그런 상황인데도 현실은 주 에너지가 협력되는 사패산 아래로 터널을 관통시키려하고 있다.

어떤 물체든 에너지가 전달되는 구조는 힘이 조율되어 있어 그 능률이 유지될 수 있지만, 그 축이 훼손되면 전체는 위험이다. 가령 운동의 힘을 전달하는 축에 구멍을 뚫어놓으면 그 능률과 수명은 어떻게 될까?

사패산에 터널을 뚫겠다는 것은 서울의 기를 약화시켜 인심을 바싹하게 말려서 혼란에 빠뜨리겠다는 것이다.

84

꼭 새 도로가 필요하다면 굳이 산을 뚫어 터널을 만들기보다는 의정부에서 송추로 넘어가는 39번 도로 위에 2층 터널을 만들어 순환도로와 국도로 쓰고 그 위에 흙을 덮으면 도로로 끊어진 지금의 능선이 살아나면서 동물의 이동 길도 되고 서울의 기운도 더 살아난다. 일거다득에 자연보호단체와 개발팀과의 대립도 간단할 것이다.

서울의 생명인 이 산을 눈앞의 편리로 보면 영구 혜택은 계산되지 않고 불편만 보여 개발하려 한다. 그것은 발전이 아니라 작은 불편에 급해지는 냄비의 습성이 만드는 영구 후유증이다.

작은 욕심엔 그렇게 예민하면서도 영구적인 산의 혜택은 자기 손에 주어지지 않는 현금이라고 실감하지 못한다. 그렇게 지금의 사람들과 행정은 다음 세대들을 위하여 쓸만한 여백 하나 남겨두지 못할 정도로 뭔가 저지르지 않으면 불안해하는 조급증 환자다. 그래서 작은 불편 한 켠 뒤에 있는 영구 효율을 보지 못하는 딜레마에 빠져 있다. 그런 습성으로는 자연과 수준이 맞지 않아 정책마다 거대한 손실과 훼손이 후유증을 만들게 된다.

급하게 했던 일은 언제나 후회와 늘 애물덩어리다.

가시거리 짧은 조급증 환자들이 설치는 이 시대의 자연보호가들을 우리 후손들은 독립운동가처럼 장하게 인정해줄 것이다.

인생 같은 산길을 돌아보며

아침부터(8:30) 걸어 온 5,013m의 길에 해가 기울은(6:40) 지금까지를 생각하면 정말 요행 속을 지나온 아득한 느낌이다.

그 의미를 새기듯이 지나온 바윗길을 찬찬히 내려다보면 참 많은 사연이 끼어 있다. 때로는 두려워 떨기도 하고, 때로는 멈추어 사리다가 우회하기도 하며, 나약해지는 의지에 저항이라도 하듯이 쳐오르다가 어려움에 잡혀 후회하고… 그 중에 꽃들과 나무와 바위들이 풀어주던 배려에서 호흡을 고르고 마음을 추스르며 한 코스 한 코스를 해결하고 온 것이, 꼭 수없이 걸어온 인생을 돌아보듯이 아득하다.

산다는 세속에서 슬프거나 아플 때는 하늘을 보는 산처럼 견디고, 기쁠 때도 하늘을 보고 고마워하던…

그런 삶의 의미도 생명의 정상인 정신의 높이를 오르는 것이기에 오르고 오르는 산행으로 마음을 깨우고 인생을 다듬어간다.

올라왔다가 내려갈 수 있는 등산에 비하여 인생이라는 산은, 한번 오르면 내려갈 수 없는 절벽을 끝도 없이 오르는 등반이기에 중간에서 떨어지지 않으려고 최선을 다한다.

이렇게 걷고 오르면서 힘들 때는 쉴 수도 있지만 포기할 수는 없다. 더욱이 태어난 의미가 인고 속에서 지혜를 터득해 가는 일생이기에 오르막에서 호흡을 끌고 가듯이 질기게 단련시켜 간다.

이런 내게 저 산들이 세운 힘과 펼쳐놓은 공간들은 내 안을 깨우며 밖을 만들어가는 명제들이다. 이 거대한 두려움과 마주하여 거친 숨으로 목숨을 떨지 않았더라면 내 오만함이 어디에서 깨어질 수 있으며, 누구로부터 살아있는 이 거대한 가르침을 받을 수 있을 것인지.

그런 의미를 품고 인생의 길을 가는 이 산의 등반은 인간 세상에서 만날 수 없는 최고의 스승으로부터 받는 고도의 수련이다.

인생도 산처럼 능선과 봉우리에 골짜기가 있다.

만경대에서 본 백운봉.

四

하루에서 일생을 느끼는 백운봉 남릉

백운봉 남쪽의 갓바위 그늘에 앉으면 온유한 바람이 좋다.

저녁 무렵 노원 벌판을 거쳐 불암산 위에서

살아나는 삼각산의 그림자에 종산(宗山)의 신비가 서린다.

흔들리는 절벽을 내려가면 깊은 공포에 한없이 왜소해지는데,

세상의 물빛을 바꾸는 석양이 육중한 백운봉을 웅혼하게 물들인다.

그 벽에서 배어나오는 질감 높은 무게는 참으로 거대한 세월을 배태한 힘이다.

등반 끝의 이 저녁처럼 내 인생이 저물 때면

돌아갈 세상을 저 산처럼 담담히 기다릴 수 있을까!

큰 산과 깊은 사람

걸 많은 삶일지라도
남이 쉴 수 있는 여유를 풀어놓는
그것이 사람 속에 깊은 사람

백운봉은 이 높은 곳에
마당바위 펼쳐서 누구나 쉬라 하는데
내 속에
자리 하나 놓지 못하는 나는

사람이 무엇인지
무엇이 사람 사는 의미인지 몰라서
고작 몇 개의 재주로
그 많은 부실을 가리고 산다

이 산의 넓은 자락처럼
흐르고 품으며
있는 대로 내어놓고 오는 대로 받아주는
그것이 큰 산이고
사람 속에 깊은 사람이지

큰 산은 큰 베풂

봉우리 바로 아래의 마당바위는 정상을 조망하고 내려와 편안하게 쉴 수 있다. 일컬어 이곳을 백운대(臺)라고 한다.

저렇게 펼친 자락을 돌보면서 이렇게 산정 곁에 넓은 자리를 내어놓고 힘들게 올라온 사람들을 쉴 수 있게 해주는 봉우리의 배려가 참 넉넉하다. 이 산처럼 나도 내 이상을 일구면서 주변을 배려하는 마음자리 하나쯤 펼쳐놓아야 내 자락으로 오는 사람들을 편안하게 품어줄 수 있을 것이다.

정말 큰 것을 아는 사람들은 작은 욕심이나 사소한 생각들이 큰 일에 얼마나 방해되는지를 안다. 그래서 작은 생각들을 주저없이 버릴 수 있어 남의 작은 것과 겨루지 않아 작은 것에 휘말리는 손실이 적다.

산과 산이 여러 갈래로 서로 물고 있어도 자기 책임에 충실하기에 다투지 않고 서로 다른 개성으로 풍경을 꾸려낸다.

저기 작은 골이 산 속을 돌다가 다른 골과 합쳐지면서 튼튼한 구도를 잡고 넓은 골을 튼다. 내 속의 생각도 처음은 작다. 그러나 세상의 광범위한 패턴과 융합을 이루어갈수록 넓이는 바다를 그리워하며 산을 감돌아 강을 찾아가는 물길과 같을 것이다.

세상이란 것이 생각만큼 볼 수 있고 협력의 범위만큼 교류될 수 있다. 그런데도 부딪히는 것들을 자기 관념대로 잘라버리기에 자기 생각 밖의 수많은 정보와 협력을 얼마나 잃고 사는지…

가만히 펼쳐지는 산세를 보면 설 곳에 봉우리가 서고 갈 곳으로 능선이 가면서 저 넓은 세상과 저 많은 인구 하나도 외면하지 않는다. 그래서 이 산의 품에서 서울이 자라고 있는 것이다.

그리움은 곱게 심은 정이다

마당바위에서 갓바위 쪽으로 가면 오래된 수수꽃다리(라일락)가 있다. 5월만 되면 잘 다듬어진 다복한 수형이 화사하게 피운 꽃으로 매혹스런 향기를 풀어주었는데…

96년의 봄이다. 한 주일 전에 보고 간 봉오리의 그윽한 향기를 기대하고 왔는데 그대로 아물려 있는 것이 이상하여 살펴보니 생기 마른 가지에 미라처럼 쪼그라져 있다. 문득 두 주일 전 매표소 앞에서 나누어주던 비료가 생각나는 순간 캄캄해진다. 뿌리 주변의 흙을 후벼내어 봉우리 동쪽의 깨끗한 흙으로 채워주면서 산의 나무엔 독약 같은 비료를 함부로 배포하게 한 비료회사와 관리공단이 정말 무지하게 여겨졌다.

바위의 나무들은 잎에서 끌어들인 원소를 바위 속의 성분과 합성하여 필요한 물질로 변환시키는 특수한 체질이라 뿌리 가까이 비료를 놓으면 그 화학작용에 유전자가 일시에 교란되어 죽게 된다.

그렇게 사경을 헤매던 나무는 그 해

천상의 향기를 풍겨주던 수수꽃다리. '95

여름이 넘어갈 무렵에야 겨우 한쪽 줄기가 깨어나더니 97년엔 꽃은 없어도 잎이 돋고, 98년은 말라죽은 꺼먼 가지 곁에서 조금의 꽃이 피었는데, 사경을 넘기고 소생한 생명이 얼마나 가엾고 대견스러웠는지!

그렇게 버티더니 결국 2002년엔 완전히 고사하고 말았다.

봉우리에 오를 때마다 만나던 수수꽃다리는 오래전부터 익혀진 정이 깊었는데…

이제 천상의 향기를 풀어주던 그 아름다움을 만날 수 없지만 내 속엔 그때의 빛깔과 향기가 저장되어 있어 이 봉우리에 오르면 그리움으로 살아난다. 5월이 되면 어디선가 날아와 은근히 휘감는 내음은 마치 내 곁에 있듯이 조우하는 느낌이다.

우리에겐 기억이라는 저장 방법에 의하여 한때의 일들을 수십 년이 지나도 생각할 수 있고, 특별하거나 사무친 일들은 그 깊이가 배어있어 세월이 지나도 웃음으로 또는 그립고 아픈 눈물로 감정을 재생시켜낸다.

이 산의 나무와 풀꽃들의 고운 봉사도 만날 때마다 반가워하다보면 그 의미가 내 속에 저장된다. 그래서 그곳을 지날 때면 그 빛깔과 향기가 잊지 못하는 추억처럼 살아난다.

이렇게 정 깊은 등반을 하면서, 바위산의 어려운 환경을 극복하고 아름다움을 다듬어낸 나무와 꽃들을 살갑게 여겨주면 서로를 인식하는 반가움이 고맙게 교류되면서 얼마나 깊은 충고와 용기를 주는지! 그런 나무와 꽃들은 이제 오래 사귄 친구 같아 만날 때마다 서로를 격려하는 인사를 잊지 않는다.

이 능선엔 풍상을 극복한 우아한 나무와 예쁜 꽃들이 많았지만, 해가 갈수록 사람들에게 치이고 또 원인 모르게 하나 둘 사라져 간다. 마치 오랜만에 고향을 가보면 옛 기억이 배인 사람들이 하나 둘 사라지고 무상한 골목길만 비어있듯이….

세월은 그렇게 흘러가면서 알게 모르게 주변의 것들을 다른 곳으로 옮겨간다. 없던 내가 오고 있던 사람들이 없어지면서 그 사이에 남은 것은 함께 할 때 켜켜이 쌓아온 인정만 세월을 거슬러 통하는 그리움이 되어 그리워지는 것이다.

내가 이 산을 오르면서 나무뿌리를 밟지 않고 풀꽃들의 예쁜 수고를 밝게 대하였기에 언제나 즐겁게 만날 수 있다. 그러다 어느 날 없어진 그들을 생각하면 더 아껴주지 못했던 것에 안타까움이 든다. 하여 그리움이란 볼 수 있을 때 곱게 어울려야 상대 속에 자리잡을 수 있고, 뿌리와 가지가 서로를 키워내듯이 서로의 가슴에 정으로 커가는 것이다.

내가 이곳을 지나다가 없어진 나무들을 그리워하듯이, 어느 날 내가 사라지고 나면 찾아주지 않는 나를 저 바위와 나무들이 그리워해 줄 것이기에 우리는 마음에 남는 친구가 되지 않을 수 없다.

갓바위로 내려오면 갓의 챙처럼 덮고 있는 그늘이 시원하고, 뒤를 받쳐주는 비스듬한 바위가 아늑하다. 절벽 앞을 지나가던 바람이 회절되어 일렁거려주는 선선함에 오감이 나릇하다.

비스듬한 벽에 슬그머니 등을 기대면 노원 벌판의 아파트들이 도미노처럼 가지런하고, 수락산과 불암산이 왜소하지도 두껍지도 않게 열을 지어 이 산을 호위하고 있다.

어느 가을날 이곳에서 저녁 무렵의 불암산을 바라보다 문득 이상한 음영이 허공에 떠있어 살펴보니 이 산이 드리우는 거대한 삼각 그림자가 노원구를 거쳐 불암산 위의 희부연 허공에다 환영 같은 꼭지점을 세웠다. 빛을 받은 뿌연 가스들이 그림자 주변을 밝히면 은은한 광배(光背)가 빛나는 모습이다.

그렇게 산 위에 산을 세워놓던 삼각산의 그림자는 어느 산에서도 보기 어려운 왕도의 종산이 빚어내는 또 다른 진가다.

노원구를 거쳐 불암산에 그림자를 세운 삼각산

기댄 곳에서 좌측으로 가면 붙으려다 멈춘 것 같은 바위가 영화 속의 비밀 통로처럼 있다. 어깨를 틀어서 들어가보면 모르고 있던 뒤쪽의 세상이 이런가 싶을 정도로 아득한 절벽 위에 다락처럼 앉은 공간이 예상 밖의 훤한 풍경을 펼치고 있다.

아까부터 무엇인가 걸리는 느낌이 있어 조용히 점검해보니 나만한 바위가 차지하고 있는 이 공간에 내가 들어와 에너지 구조를 변화시킨 간섭작용에 혼자가 아닌 느낌이다.

어떤 물체가 차지하고 있는 공간엔 그 물체의 부피와 무게가 형성한 위치에너지가 있는데, 다른 물체가 들어오면 기류, 밀도, 인력 등에 의하여 운동에너지가 발생된다. 심신이 고도의 긴장이나 평온에 있으면 이 은밀한 간섭이 감지되는 것이다.

　이 논리를 깨닫지 못했을 땐 계곡이나 바위 사이에서의 기운이 참 야릇하여
꼭 어떤 영들이 서성이는 것 같아 둘러보곤 하였다.

확률은 수준 따라 다르다

　내려가는 절벽 끝의 ⛰ 갓바위 길
에 서면 41.2m 깊이에 마음이 떨린
다. 천천히 신발끈을 조이고 고르며
마음도 단단히 당긴다.

　보조 벨트를 차고 2.5인치 프렌
드에 1.5m 로프를 연결한다. 크랙
맨 끝 1.7m의 오버행에서 내 실력
을 믿지 못할 때가 있기에 귀찮은
준비지만 마지막처럼 챙긴다. 이것
이 내 목숨을 연장시켜줄 것이라 생
각하면 도구를 챙기는 순간이 참 감
회스럽다.

　마당바위에서 보던 갓바위 아래
는 깎은 듯이 그어버린 매끈한 곡선

고도감이 무서운 갓바위에서 첫째와 둘째. '96

이 보기도 두렵더니 역시 내려다보니 중간이 생략되어버린 먼 바다만 아득하여 정말 '클라이밍 다운'(도구를 사용하지 않고 내려가는 방법)이 가능할까 의심이 든다. 그러나 바위는 난이도가 주는 위험도 크지만 정작은 사람 소리와 시선을 의식하게 되면 감성이 분열되어 하지 않아야 할 실수를 만들 것이 더 위험하다.

구경꾼들이란 늘 극적인 장면이 희망사항이라 조심스레 보고 있어도 은근히 돌발사태를 기대하면서 '저러다가 떨어지지' 한다. 이 순간 실수라도 하게 되면 보는 사람들을 다 예언자로 만들어준다. 떨어지는 순간 놀라기는 하여도 '그래 그럴 것 같더라니까! 위험하다 싶더니 역시 내 예감이 틀림없다니까'라며 자신의 예언성이 높다고 착각하게 된다.

누구나 바위에서의 사고율은 높다고 생각할 것이고, 더욱이 아슬아슬한 위험에서는 떨어질 수 있다고 여길 것이다. 당연히 그런데도 그것을 자신만의 특별한 예지력으로 착각한다.

그런 보편적 상황을 특별히 여길 만큼 특별한 것이 없는 사람들의 생각을 맞추어주는 모자라는 사람이 되지 않으려고 천천히 자세를 잡아가면, 사람들의 예감대로 움직이는 내가 아니라 내 움직임에 따라 사람들의 생각이 바뀌게 된다.

처음 얇은 크랙을 잡고 16.5m를 뒤로 내려가면 불안하지만, 크랙이 넓어지는 곳에서 안으로 들어가 앉은 자세로 내려간다. 이렇게 직선으로 내려가는 절벽 아래는 흔들리는 영상처럼 바닥이 일렁거려 혼란해진다. 문득 숨죽여 보고 있는 사람들의 시선이 느껴져 정말 볼거리 하나를 만들어주지 않을까 싶다.

길이 떨어진 크랙 끝에 멈추면 내려설 곳이 1.7m지만, 아득한 깊이와 연결된 오버행이라 정말 두렵다. 이곳은 까다로운 곳이라 자세가 조금만 틀어져도 버티던 발이 순간적으로 툭 떨어진다. 아이들과 올 때는 내가 확보해주는 로프에 먼저 내려가서 내 발을 받쳐주는 곳인데, 그 대견함이 새삼 절실하다.

프렌드를 설치하려는데 왠지 자신감이 생긴다. 크랙 끝에서 왼팔을 깊이 넣고 몸을 돌려, 우측 벽면을 발로 단단히 밀면서 왼발을 내려 버티어야 오른쪽 다리를 내릴 수 있다.

칼날을 잡듯이 손발에 힘을 주어 내 전체를 건다.

바짝 신경을 쓰던 두 발이 같은 밸런스로 바닥에 서면 그 안도감은 극적인 반전의 희열로 한순간 집중시킨 신경이 머리 속에서 한줄기 전류처럼 하얗게 스쳐간다.

내려선 우묵한 공간 속에 앉아있으면 긴박함에 나른해진 몸을 부드럽게 받아주는 선선한 촉감은 꼭 감실(龕室)의 부처처럼 아늑하다. 비로소 사람들이 아무 일도 일어나지 않은 안도감에 표정을 풀고 가던 길을 간다.

확률이란 그 확률에 속해지는 수준에서 적용되는 것이지, 의지가 깊고 신중하면 결코 그 확률에 속하지 않는 능력으로 확률에 속해진 사람들의 생각을 유유히 비켜갈 수 있는 것이다.

아픈 징과 운명의 몸부림

모서리를 잡고 옆으로 3m 이동하여 2.8m의 슬랩을 내려간다. 끝부분에서는 좁은데다가 절벽이 시커먼 그늘을 깔고 있어 발 디딜 곳을 정확히 찍어두고 내려가는데도 진땀나게 흔들린다.

내려선 아래는 대여섯 명이 쉴 수 있는 곳이다. 이곳에 앉으면 꼭 맞추어놓은 알람처럼 뱃속이 허전하여 빵 하나를 꺼내먹는데 문득 바람결에 들려오는 아이 소리에 심장이 뭉클해진다. 집을 나선 지 하루도 되지 않았는데 무슨 해묵은 그리움처럼 찡한 마음이 먼 여행에서 아주 오래 떨어진 기분이다.

같이 등반하는 날이면 오후 늦게 도착하는 이곳에서 이제 등반이 끝날 무렵이니 비상 식량으로 남겨둔 빵을 먹자는 그 자잘한 입들의 희망사항을 허락하면, 야- 호- 하며 큰 즐거움처럼 나누고, 숫자 맞지 않는 나머지는 그날의 공적을 내세워 제 몫이라 우겨대는 강아지들의 다툼 같은 풍경이 있다.

열 개 들은 호떡 빵과 보리물이지만 그 순간엔 세상의 어떤 것과 비교할 수 없을 만큼 맛있어하는 입을 보면 미안하다.

좀 여유있던 시절엔 좋은 먹거리도 남아돌았지만, 어느 날 훌쩍 내 길을 가야겠다고 직장도 그만두고 몰두하는 집필 앞에 알지도 못하던 가난을 겪으면서, 초·중교를 지나 이제 고등학생, 대학생이 된 감수성에 쌓인 것이 참 많을 것이다. 그런데도 꿈을 좇아가는 나를 알 듯이 모르듯이 산을 타던 인내로 수용해주면서 스스로 노력하고 극복해가는 장한 모습들은 얼마나 대견한지, 아픔 속에서도 거대한 행복이 예감처럼 일렁거린다.

기특한 것들이 그래도 활발한 생활로 아버지가 무소득자라고 학비 감면도 받고, 대학생이 되어서는 아르바이트로 학비를 보충하는 대견함에 선생님들과 주변 사람들이 얼마나 잘 봐주는지! 이렇게 홀로 떨어져 있으면 그런 고마움들 하나하나가 힘이 되고 책임이 되면서 우리 역시 세상에 도움 될 사람이 되려고 노력한다.

자기 형편만을 생각하면 평생을 살아도 남 한번 편안하게 도와줄 수 없기에 정말 어려워지기 전 작은 것이라도 딱 한번만 더 나누자는 마음이다. 어려워도 더 어려운 사람을 도우려 하여야 한다. 이렇게 생명의 의무가 다른 사슬에게 도움되게 만들어진 것을 실행하면서 살아있다는 것을 가장 가치있게 쓸 수 있는 것이다.

초등학교도 들기 전 산부터 배운 나의 딸들은 수많은 고락을 같이한 전우와 같아서 눈빛만 스쳐도 내 기분을 읽고 위로해주거나 지적할 때면 은근히 밀리는 즐거움이다.

전우 같고 야생화처럼 활발한 나의 딸들

많은 산행과 암벽 등반에서 익힌 인내로 현실을 헤아려보고 적응해가는 모습이 한편은 기특하고 한편은 안쓰럽다. 그러나 어차피 터득해야 할 삶이며, 더욱 경쟁의 질이 높아질 세상에서 단단하게 살아갈 수 있도록 돈으로는 절대 만들 수 없는 포괄적인 능력을 가난으로 단련시켜주고 있다.

산다는 다양한 어려움 속에서 아픔도 알고 인정도 아는 경험에 의하여 제 둘레를 건강하게 갈무리할 것이며, 풍족하게 출발한 아이들에 비하여 조금도 약하지 않게 인생을 끌고 갈 것이다. 그 속에 품은 의지는 결코 감추어지지 않는 주머니 속의 송곳처럼 환경의 어려움을 뚫고 하나하나 성취를 이루어내는 건강한 뿌리로 키워간다.

이렇게 단련되는 아이들이지만 때로는 어리석고, 속이기도 하며, 항거도 하지만, 그것은 자라면서 겪는 아이들의 과정이기에 잡아주는 노력만 할 뿐 미래가 될 개성엔 침범하지 않는다.

사람들은 나를 저 좋아하는 일에 빠져 가족을 고생시키는 이기주의자로 본다. 그러나 생명의 목적을 깨닫고 늦게라도 내 의미를 찾아가듯이, 내 유전자를 가지고 있는 아이들을 꾸준히 관찰하고 분석하여 운명이 될 적성을 골라낸다. 그리고 겪어보고 노력해온 내 경험으로 인생을 덜 낭비하도록 리드해준다. 이것이 건강한 계승을 위하여 자기 우선 발전에서 협력하도록 만들어진 섭리를 한 걸음 앞서 실행해주는 것이다.

사실 좋아하는 일에 빠지면 온 세상과 겨룰 만큼 혹독한 시련과 갈등을 겪게 된다. 마치 저 산이 세월을 버티고 있으면서도 때가 되면 다른 모습이 되듯이 뜻을 품은 사람의 유전자 속에는 어떤 목적이 잠재되어 있다. 그것이 어느 시기가 되면 얄궂은 발병처럼 설쳐댄다. 그래서 하지 못하는 갈등에 피폐되기보다는 운명으로 받아들이는 것이 후회 없이 질 수 있을 것이기에 책임과 하고 싶은 일 사이의 혹독한 시련을 죽은 듯이 받아들이는 것이다.

아이들은 어른의 거울

힘든 산행과 어려운 생활 속에서 단련되어온 아이들의 지난 날이 제 빛깔로 살아나고 이루어내는 성과를 보면서 인생은 여건보다는 노력임을 깨달으며 아픔 반 행복 반으로 매진해간다.

요즘처럼 이기심 가득한 부모들이 자식을 위한다며 물질과 성적 위주의 생각에만 치중하다보면 인성은 한낱 시험용 지식처럼 마르면서 사람 사이를 거래 관계로만 맞추게 된다. 제 목적에 너무 분명해져 있는 요즘의 아이들을 보면 역시 이기적인 부모가 만들어놓은 계산기 같은 느낌이다.

콤플렉스가 많은 부모일수록 보상심리가 작용하여 "어떻게든 너는 잘해라" "내 자식만 잘 될 수 있다면…" 하면서 아이의 적성도 모르고 욕심대로 밀어붙인다. 과연 개성이 살아날 공백 없이 자란 아이가 건강한 제 길을 개척할 수 있을까!

하나의 나무에서 주렁주렁한 과일도 같은 모양이 없다. 아이들도 저마다의 개성을 잠재하고 있고, 그것은 나태하거나 미칠 정도로 자기 시간을 가져보아야 느껴지기 시작한다. 그런데도 부모들은 자신의 날개처럼 만들고 싶어 오로지 좋은 성적을 목표로 어려움 없이 키우는 것이 좋은 환경인 줄 안다. 어릴 때부터 마음을 혹사시키며 운명을 비틀어대는 것이다.

그렇게 부모가 잘 키운 것 같아도 자생력 약한 의지가 인생의 고비인 중년을 헤쳐가지 못하면 그때는 누구의 책임이 되나!

봄에 맺힌 열매가 계절을 거치며 시기가 되어야 익고, 세상 일도 때가 되면서 크기대로 이루어지는 것을 모르지 않으면서 가을 열매를 여름에 익히려 하듯이 아이를 몰아간다.

사는 것이 초반 승부가 아닌데도 시기 다른 꽃을 빨리 피우려하다가 일찍 떨어지게 한다. 온실에서 속성으로 키운 열매가 아무리 좋은 모양을 가져도 대기 전체의 완연한 기운이 익힌 만큼 싱싱하고 농염한 맛이 없다.

아이를 키우다보면 자기 자식을 위해서라도 다른 아이들을 곱게 보아야 하는데 아직 세상과 인생이 무엇인지 모르고 시행착오를 겪고 있는 아이들을 쉽게 "요즘의 지식들은" 하면서 함부로 본다. 그러나 그 아이들은 우주에서 떨어진 것이 아닌 지금의 어른들이 만들었고, 그들이 이루어놓은 환경에서 자란 결과다. 그런데도 현실을 만든 공동 책임을 전혀 느끼려 하지 않는 개똥들이 너무 많아서 갈수록 책임 없는 세상이 되고, 아이들과 우리 미래 역시 책임 없는 일처럼 함부로 헝클리고 있는 것이다.

인격이란 것이 결코 나이나 지위로 되는 것이 아니어서 어른이나 선생들 중에는 아이들보다 훨씬 치사한 사람도 많다. 아이들은 그런 사람에게 교육이나 훈계를 받는 자체를 더러워하게 되고 기성세대를 우습게 보며 더 과감하게 나빠진다.

그렇게 세월만 까먹어 책임은 없고 껍질만 어른인 사람들이 많아지면서 세상의 가치관이 이상하게 변질되었다. 그러다 보니 부모가 자식을 다스리지도 않고 학교에서도 아이를 가르치지 못하고 어디에도 아이를 잡아주는 사람들이 없어진 현실이 되었다.

이처럼 아이들을 이끌어주지 못하면 그 사회는 죽은 사회가 되고 그 희생은 부모들의 몫이며 결과는 모두 어두운 미래다.

아이들은 부모의 의식에서 만들어지는 거울과 같다. 그래서 지켜야 할 예의와 책임을 가르치지 않는 부모는 세상에 도움 되지 않을 이기주의이며, 잘못하는 아이들을 돌아서 욕하는 사람은 똥덩어리며, 나쁘게 행한 자식을 타이르는 사람에게 시비하는 부모는 세상의 질서를 파먹는 해충이다.

하루하루가 다음 계절을 위하여 다른 날을 만들어가듯이, 사람 사람들이 다른 생각으로 만들어가는 사회는 결코 자기 계산에 맞추어지지 않는다. 자기 목적만을 생각하면 끼리끼리 만나게 되는 인과의 법칙에서 같은 이기주의를 만나 결국 그 이상으로 소모된다. 그래서 욕심 없는 성실로 의지를 세우면 세상은 좋은 사람으로 만들어주고, 욕심으로 세상을 쓰려하면 세상도 자신을 함부로 써버린다. 이것을 경험자의 지혜로 아이들에게 잘 새겨주어야 한다.

남능의 풍경에서

쉬던 곳에서 서쪽 슬랩의 구멍 홀드를 잡고 건너서 크랙 모서리를 잡고 2피치를 내려간다.

저 아래 횅한 절벽 끝에 앉은 매바위가 시선을 잡는데, 막 차오를 듯이 치켜드는 죽지에서 생동감 넘치는 남능의 명물이다.

크랙이 끝나는 곳에서 넘겨보는 서쪽하늘의 저녁해는 찬란한 노을을 만들려고 붉은 기운을 모으고 있다.

슬랩 가운데 돌출된 크랙 따라 내려가다가 마지막 풋 홀드를 내려서면 워낙

크랙 따라 2피치를 내려가는 둘째 해

엄중한 절벽을 겪고 난 뒤라 평지가 낯설다. 가다가보면 매바위가 여우로 둔갑하여 갸우뚱한 머리에 쫑긋한 두 귀로 무슨 궁리를 골똘히 엮고 있듯이 뾰족한 입이다.

돌덩이 하나가 저런 형상으로 빚어지기까지는 아득한 세월이었지만, 이제 그 세월을 실감하지 못하는 짧은 인간들에게 시달려 얼마를 더 버틸지 의문이다. 그런 것을 볼 때 애착심 없는 인간의 손은 자신도 모르게 대상을 괴롭히는 흉기가 되어 있다.

내려가는 아래는 뚱뚱하고 번질한 바위가 다른 바위를 올라타고 있는데, 꼭 바다사자가 침입자를 누르고 포효하고 있는 모습이다. 둔중한 지방질이 풍만하

포효하는 바다사자바위와 가을빛에 물들어 있는 수문장바위

게 널브러진 비대한 몸집만큼 거대한 저 녀석은 한눈에 우두머리임을 알 수 있다.

울퉁불퉁한 바위들이 깔린 앞을 보면 여유 솔솔한 소나무 두 그루가 다감한 몸짓으로 서있고, 그 뒤 만경대 관문인 수문장 바위가 근엄한 모습으로 이 능선의 힘찬 진군을 돋우어서 맞아준다.

문득 어떤 느낌에 뒤돌아보면 방금 지나온 바위가 얼굴 형상인데, 엎드려 치켜들은 고개 뒤로 굵게 휘어진 목덜미는 분명 우람한 스핑크스다. 매끈한 대머리에서 세월을 다룬 풍상이 풍겨나고, 가는 듯 긴 눈언저리와 우묵하게 돋은 코, 간단하게 마감된 평평한 턱에서 깊은 고심에 잠겨 있는 이국적인 거인이다.

능선 끝으로 가면 두 그루의 소나무가 험준한 능선에서 서로 의지하고 있는 다정한 운치다. 그런데 다가갈수록 건강한 몸이 아니라 사람들이 만든 상처를 안고 투병하고 있다.

자신이 불편할 때 약간만 귀찮게 하여도 죽일 듯이 미워하는 사람들이 아픈 나무에 올라가 흔들거리고 상처를 긁어댄다. 나무도 고통을 느끼는 생명인데 사람들이 얼마나 원망스러울까!

모든 생명체는 지각을 가지고 있어 비록 나무일지라도 아픈 것을 괴롭히면 그 고통에서 발생되는 파장이 저주로 스며들고, 고통을 위로해주면 나무가 발생시키는 고마움이 누적된다. 이것이 한 번 두 번은 약하지만 많은 나무들과 세월이 쌓이면 운명을 활성시키는 제3의 포인트가 되어준다.

소나무 우측에 서있는 두 번째 바위 옆으로 가면 절벽 끝의 짧은 슬랩이 내려가는 코스다. 이곳에서 이어지는 코스는 고만고만한 바위들이 깊은 절벽 위로 연결되어 있어 설렁거리는 마음을 잡기가 쉽지 않다.

길이 잘 보이지 않는 곳도 있지만 유능한 산꾼은 경험에 다듬어진 사고력이

쓰레기 봉지를 달고 가는 첫째와 절벽 끝을 내려가는 둘째. '95

높기에 조금만 여유를 가지면 동물적 육감보다 더 정확한 논리적 지각으로 길을 찾을 수 있다.

한 칸 한 칸 찾아내리면 돌아갈 때마다 알맞은 홀드는 바위의 아량인데, 나쁜 인간들은 구석구석 쓰레기를 버리고 숨겨놓았다. 바위틈마다 술병, 물병, 양초, 도시락, 비닐, 똥 무더기 등등, 위에서 던진 것도 있지만 대부분 종교용이다. 주울 때마다 내렸다 매는 배낭과 바위에 걸리는 비닐봉지가 성가시고 정말 더러운 것들이 있지만 자연 분해가 어려운 것은 담아간다.

얼마나 간곡한 원이 있어 밤중에 이 위험한 곳에 와서 촛불을 밝혀야 했는지!

하루의 노을을 보는 백운봉에서 일생의 무게가 느껴진다.

그렇게 소원을 빌던 곳을 어질러놓는 몰지각에게 어떤 신이 그 원을 들어줄 기분이 될까! 맑고 진실한 성의만 통하는 자연에서 신이 원하는 자세를 헤아려보았다면 소원을 빌던 산을 더럽혀놓지 못할 것인데…

고랑 가운데 솟은 디딤돌을 딛고 훌쩍 건너뛰어 넘어간 모서리에서 한 칸씩 내리면 남능 끝에 서게 된다(입구에서 5,369m).

하루에서 일생을 담는다

반반한 모서리에 서서 담담한 바위들처럼 손끝에 바람을 걸고 무사히 지나온 고마움을 전하면 참 푸근해진다.

이제 저무는 저녁처럼 하루의 마무리 앞에 천천히 호흡을 하면서 천지간이 하나로 합쳐지는 고즈넉함에 서있다. 돌아보면 찬란한 아침햇살에서부터 은은히 가라앉는 저녁의 점잖은 침묵까지 담았다는 느낌이 일생의 여정처럼 감회스럽다.

아래서 불어오던 바람이 멈추고 봉우리 쪽에서 내려오는 찬 공기를 받으면 달구어진 쇠가 열을 풍기듯이 산 기운이 발효되는 내 기분은 역발산 기개세를 품은 느낌이다.

숲은 숨기고 있던 어둠을 언제 풀어놓았는지 검은 어스름이 되어 바로 아래까지 올라와 있고, 붉던 빛이 점차 짙은 무게로 변하면서 이제 서쪽하늘은 세상을 닫기 직전이다.

이렇게 져가는 세상에서 새로운 힘으로 밀려오는 어둠을 새 주인처럼 맞이하고 있으면, 하루의 끝과 등반의 끝이 함께 하는 원대한 기운은 세상의 하루를 다 담았듯이 벅차다.

죽을 수 있는 절벽에서 그 많은 위험과 고뇌를 그저 벗어나려고만 했다면 이 깊이를 느끼지 못할 것이지만, 나만의 능력으로는 극복할 수 없는 바위에서 맑게 살겠다는 약속과 평소 아껴준 나무와 풀꽃들의 협력이 있었기에 살 수 있었다. 그래서 밀려오는 천지간의 무게에 나를 맡길 수 있는 것이다.

우리가 매일 맞이하는 이 하루 하루를 고맙고 아깝게 쓰려하기보다 그저 생기듯이 여기며 쉽게 보내버리기에 목숨과 바꾸는 하루인 줄을 느끼지 못하여 더 잘 쓰지 못한다.

험하고 무서운 절벽에서 목숨을 검증받다보면 그때마다 위험으로부터 돌려받는 목숨의 의미를 알게 된다. 그 속에는 얼마나 큰 세상이 감추어져 있으며, 그 의미를 알기 위하여 삶을 얼마나 탐구하며 살아야 하는지! 그래서 모든 어려움 하나하나 풀어가면서 나를 적응시키고 깨달아간다. 그러다 보면 내 속에 배어 있던 세속의 물이 빠지고 산의 의지가 찬다. 그렇게 내 속에서 산이 느껴지면 세상을 품고도 세상을 초월해 있는 산처럼 세속에 살아도 세속으로부터 독립되어 가는 것을 느끼게 된다.

어느 날 문득 이 저녁에 서있는 저 봉우리처럼 내 생명의 끝에 서서 하루하루를 다듬어온 날들을 영혼의 풍경으로 담고 천지간의 무게가 물들이는 노을 속에서 고요히 기다릴 것이다.

숨은벽 능선

五

목숨이 팔랑거리는 숨은벽능신

호젓한 산길을 가다보면 숨은 듯이 있는

은은한 계곡의 청량함과 명경 같은 물빛에 비치는

숲과 하늘과 감추어진 내 표정들.

첫바위를 올라서면 거대한 원뿔기둥이 하늘로 솟구치고 있는

장엄한 능선에서 탄성이 일어난다.

좌측엔 단정하면서도 건강한 골격으로 쳐오르는 인수능선.

우측엔 웅장한 백운봉이 펼쳐놓은

방대한 힘과 거칠게 활동하는 북능의 중후한 골격.

말목슬랩 날등에서 바람을 만나면,

떠들던 목숨은 흔들리는 촛불이 되어

기도에만 의지해야 하는 나풀거림이 될 뿐이다.

자연은 정말 고마운 동료

매표소를 지나면 조용한 숲이 품고 있는 아늑함에서 이곳이 정말 서울의 산인가 싶을 정도로 고요한 호젓함이다.

늘 준비되어 있는 자연에 조금만 더 부드럽게 맞출 수 있다면 세속에서는 느끼지 못하던 은은함에 매료되어, 낯선 등반객이 아니라 정원의 주인처럼 나무들 사이로 흐르는 맑은 생기를 융통받는 주인처럼 즐길 수 있다.

이제 햇살이 강하게 퍼지기 시작하는 숲 속은 여름하루 중 가장 명랑한 아침 9시가 되어간다. 보통 사람들의 감성으로는 숲 속의 넓은 적막감에 눌릴 수도 있겠지만 이 적막으로부터 감성을 익히다보면 숲은 조용한 것이 아니라 참으로 은밀하게 활발한 곳임을 느낄 수 있다.

처음 두어 가지로 들리던 새소리도 너더댓 종류가 있다는 것을 알게 되고, 바람들도 느린 것과 더 느린 것이 온도 다른 무게로 흐르고, 나무와 풀들 그리고 알 수 없는 향기와 소리들이 다양한 개성으로 조용히 활동하는 부지런함을 만나게 된다. 어쩌면 우리 출근 때의 지하철 속처럼 수많은 움직임이 있는데도 가득한 침묵을 품고 있듯이 고요한 숲이 참 신기하다.

없듯이 번져나오는 이 은밀한 기척에 마음 기울여보면 세상엔 보이는 것들 속에서 느낌만으로 만날 수 있는 활동들이 얼마나 많은지! 새삼 숲 속에 감추어진 신비가 무량하다.

문득 나뭇잎 몇 개가 파르르 떨며 서로 문지르는 소리 속엔 분명 나뭇잎만이 아닌 뭔가가 끼어들은 희한한 의문이 악센트 다른 음으로 돋아나온다. 또 새어 나오듯이 얇은 기척을 찾아보면 약간 넓죽한 풀잎이 돌 틈의 바람에 흔들리며 하늘하늘한 소리를 내는데, 정말이지 이토록 기막힌 소리도 있나 싶게 너무 부드러워 금방 공기 속으로 스며들어가 버린다.

숲 속의 나무 사이를 헤집고 앉은 빛살 아래 노란 원추리가 반사시키는 금빛 오라(aura)는 얼마나 휘한지! 저토록 부드러운 빛을 피우는 청순한 생명에게 찬사를 보내지 않을 수 없다.

우리가 산행을 하면서 조금만 더 여유를 갖고 꽃의 표정과 나무들의 모습에 친해지면, 이 많은 봉사자들이 만든 원초적인 평화로움과 어울릴 수 있다. 우리가 알지 못하는 능력으로 빛깔과 숨을 만들어내는 신비를 알게 되면 세상엔 결코 인간만이 유능하지 않다는 것을 깨닫게 된다.

움직이지 않는 식물들이지만 세포를 가진 생명은 그것을 존재시킬 수 있는 지혜와 의지가 있어 억척같이 환경을 극복하며 계절을 준비해간다. 설치지 않는 능력으로 여러 빛깔과 환영을 만들어 세상을 다채롭게 꾸며내는 이 조용한 지혜를 알지 못하여 숨이 맑은 식물들을 가까운 동료로 만들지 못하는 것이다.

맑은 깊이엔 내 속이 비친다

계곡이 살짝 비틀은 곳에 숨은 듯이 폭포 하나 있다. 조용하고 잔잔한 소는 한눈에도 얌전한 색시 같아서 색시폭포라 한다. 이곳에서 30m 더 가면 작은 협곡에 또 하나의 폭포가 바위 바닥 위로 떨어지는데, 막힌 벽면을 요란하게 울리는 물소리에도 정작 고이는 물은 없어 꼭 실속 없이 떠드는 사내들 같아 사내폭포라 했다. 그 폭포에서 거칠게 떨어지던 물이 매끄러운 바위 볼륨을 타고 조촐한 가락을 치며 유연하게 휘어져와서는 슬그머니 색시폭포 속으로 든다. 속 깊은 여자처럼 조용히 받아서 고요를 유지하는 소는 그래서 더 은은하다.

어쩌면 이 산 속에 이런 색시와 사내가 한편의 전설처럼 있다.

물가에 앉아있으면 버들치들이 물속에서 빛처럼 보이다 물색처럼 보이지 않는다. 맑은 곳에 사는 고기들은 몸빛도 물인 듯 빛인 듯 투명하여 새삼 환경과 생명의 함수가 깊음을 느낀다.

타는 가뭄에도 맑은 물빛으로 풍경을 담고 있는 색시폭포

잠잠한 저 속에는 이 넓은 숲처럼 알 수 없는 신비들이 얼마나 많은지, 저 맑음에 마음을 담그면 결코 보기만으로 느낄 수 없는 물빛의 해맑음과 물색의 은밀함이 적셔온다.

푸른 듯 청청한 투명 물빛이 담고 있는 넓이와 깊이는 참으로 무한이다. 가장 가까운 가장자리에 내가 잠겨 있고, 그 앞으로 높고 낮은 나무들과 저쪽의 산과 숲이 담겨 있고, 훤한 가운데는 흘러가는 구름이 보인다. 올려다보니 끝없는 하늘높이가 내려다보니 물 속에서 꼭 같은 깊이로 잠겨 있다.

도대체 저리 넓고 높은 것을 작은 제 속에 그 넓이와 깊이대로 담아낼 수 있는 물의 능력은 어떤 것인지…

물 속에 비치는 내 모습을 보고 있으면 나 같기도 아닌 것 같기도 한 표정이 물결따라 다르게 나타난다. 잠잠한 수면에서 얇은 결을 타면 좋은 듯이 웃고, 결이 밀리면 찡그리다가, 결이 흔들리면 일그러지고, 그러다가 늘어지면 능청스러워진다.

나도 모르고 있던 내 모습들을 보여주는 물은 내가 얼마나 얇게 사는 물체인지를 비추어주는 신비한 거울이다. 이 얄팍한 모습들을 지우려고 물 속에 얼굴을 담그고 있으면 뒷골을 열고 들어오는 차가움이 온몸을 전율시킨다.

내가 어떻게 살아왔기에 내 속에 여러 모습들을 감추고 사는지… 내게 감추어진 다중성을 물이 그렇게 비추어낼 수 있는 것인지… 온몸이 저리도록 몰리는 차가움과 숨막힘에도 심장과 머리를 폭발시켜 버릴 작심으로 고통을 안겨주고 있다.

어쩌다가 코로 들어간 물이 온 신경을 쏘는 찡- 함에 반사적으로 고개를 들면, 내게서 떨어진 물방울들이 맑은 물 위에서 빛을 가진 구슬로 구르며 흩어지는 것에서…

오- 내가 맑은 생각을 품으면 저렇게 빛날 수 있을까! 라는 희망을 잡아보면, 아! 산은 또 한번 편안하게 품어준다.

가만히 저 은은함을 느끼고 있으면 맑은 물은 맑은데도 더 깊게 맑아지면서 비추는 것마다 맑아지지 않는 것이 없다.

물가의 푸른 잎을 품으면 비취색이 되다가 숲을 품으면 더 짙은 비취색이 된다. 파란 하늘을 담으면 청아한 옥색이 되고, 흰 구름을 안으면 해맑은 옥색이 되어 더 맑은 청명이다. 맑고 맑아서 어느 빛을 담아도 맑고, 어느 색을 품어도 물빛 깊은 평형을 이룬다. 그래서 물은 마음의 근본이자 이상이다.

흐르고 흐르면서 세월을 닦기에 물은 인내와 성실의 대명사다. 때로는 맑은 빛살로 조촐히 흐르고, 때로는 거대한 두려움으로 세상을 질타해도 섭리대로 흐를 뿐 결코 빈 계산을 하지 않는다. 그래서 가장 부드러운 것에서 가장 거친 힘까지 가질 수 있고, 가장 맑은 것에서 가장 깊은 두려움을 품을 수 있는 것이다.

시작은 진취의 기폭제

계곡을 끼고 가면 초입과 달리 들어갈수록 청량한 물이 암반과 어울려 숨은벽의 이름처럼 숨겨진 멋이 가득하다. 숲이 벗겨지는 곳에 서면 멀리 백운봉의 우람한 풍광이 눈을 잡고, 가까이는 암반에 담긴 여름 계곡의 싱싱한 물이 빛과 어울려 건강하게 번들거리고 있다.

이 곳에서 계곡으로 20m 들어가면 막장 같은 바위가 있고 그 아래서 나오는 물을 수통에 담는다. 이 산의 샘터 대부분이 30ppm 정도인데 이곳은 10ppm 미만의 최상급수다.

이 맑은 축복을 손바닥으로 뜨면 얕은 물에도 어김없이 담겨 있는 숲과 하늘이 빛살과 어울려 마술처럼 살아있는 활기를 낸다.

저 풍경이 담긴 투명한 물을 마시면서 내 속도 이렇게 맑고 깊어라 하면, 이 거대한 에너지를 담은 물의 생기가 한줄기 그윽한 골짜기로 내 속에서 구비치는 신비함을 느낄 수 있다.

좌측 소나무 숲을 오르는 첫 오르막(274m)에서 수시로 몸을 흔들어준다. 열심히 걷는 하체와 달리 상체는 배낭에 묶여 반쪽만 작동되는 것을, 골고루 익히려고 저어주는 죽처럼 부드럽게 흔들어 전체가 물려 있는 처음을 잘 품어준다.

등반이라는 장시간 육체 활동을 첫 오르막에서 잘 풀어 조율시켜주면 어느 정도의 힘을 여분으로 축적시켜둘 수 있어 비상시나 회복에 얼마나 큰 지원이 되는지 모른다. 가령 언제나 내게 한 밑천이 남아있다고 생각하면 얼마나 대단한 자신감이 되며, 그런 잉여분은 절대적 여유가 되어 내 기준도 한 템포 높아진다.

대부분의 사람들이 체력의 안배를 이루어 등산을 하기보다는 할 수 있겠지, 라며 따라간다. 그것이 보편적인 등산에선 좀 무리가 되겠지만 장거리나 악조건을 만나면 목숨이 걸리는 절대 상황이 된다.

산을 오르면서 바닥만 보고 걸으면 세속의 상념만 맴돌기에 넓고 높이 볼 수 있는 마음이 살아나지 않는다. 그래서 첫 오르막에서 적절히 쉬어주면서 천천히 상승하여야 초반 손실에서 일어날 중후반의 부작용들로부터 예방될 수 있다.

등반 중 뒷짐을 하고 오르는 사람이 있는데 한동안은 편해도 몸이 굳는 자세다. 또 오르막을 올라서면 바로 쉬는데 그러면 고조된 신체 기능이 그대로 경직되어 재가동이 힘들어지기에 호흡이 순해질 때까지 움직이다가 쉬어야 한다. 역시 오르막 아래서 쉬게 되면 풀렸던 기능들이 곧장 급경사를 쳐올리기엔 무리다.

어차피 산이란 걸을 수 있을 때까지 함께해야 할 또 하나의 동반자다. 하여 보이는 풍경을 조금만 더 의미있게 담으려 한다면 무심히 산 따라 깊어지고 높아지는 것이다.

등반은 시작에서 잘 풀어주면 전체가 여유롭고 조금만 쉬어도 재생이 높다. 하여 처음이란 쓰고도 안 쓴 듯이, 아니 적게 잘 써서 전체를 향상시키는 기폭제를 만드는 것이다.

적응에 따라 달라진다

구경꾼처럼 늘어선 풀풀한 싸리나무들과 군데군데 모여 있는 싱싱한 억새들을 바라보며 탱탱하게 걸어간다. 가끔 휘돌아가던 바람을 만나면 감칠맛처럼 시원하고, 그 속에 감추어진 향기가 터지면 그 특별한 내음은 참 고운 행운이다.

이렇게 안정된 오솔길의 여유는 참으로 한가로운 명상이 되어 선매(禪魅) 속의 평화처럼 흘러간다.

내가 걷는 것이 아니라 산 흐름에 흘러가는 것이다.

언제나 즐거움은 짧고 어려움은 빨리 다가와 오래 버티는 것처럼 280m의 편한 길이 끝나고 314m의 오르막 앞에 섰다.

사람들은 편한 길을 좋아하지만 어려움이 없는 편안함이란 맛을 모르고 먹는 음식이 된다. 더욱 고도의 평온은 다양한 어려움을 잘 다스려낸 자신감에서 오기에 극복이 없으면 산다는 성취의 그 기막힌 맛을 향유할 수가 없다. 하여 이 오르막에서 한 걸음 한걸음 숨을 다스리며 인내를 숙성시킨다.

길 옆에 작은 풀꽃이 이렇게 섬세한 아름다움을 만들어놓았고, 나무들은 높이 서서 훤칠한 생각을 일렁거려준다. 바위는 참 담담히 생각에 잠겨 있다.

눈을 들어 멀리 보면 저기 산의 전체가 보인다. 저 산 속에도 여기처럼 작은 것들이 무수할 터인데도 큰 나무와 큰 바위들만 드러내어 풍경을 만들고 있다. 나도 좁은 생각들을 덮어버려야 자연스레 산과 어울려지면서 섬세한 아름다움을 품고도 큰 풍경으로 서있는 산을 닮을 수 있다.

바닥에 드러난 뿌리들을 피해주고, 오르는 사람에게 시달려 골병이 든 나무들에게 힘내라 격려한다. 가끔 숲에서 예쁜 아이처럼 웃고 있는 꽃에게 나도 웃어주면 앤지 통히는 기쁨이 우리 사이에서 살아나면서 주변의 나무들이 수화를 하듯이 가지를 흔들고 바람소리로 산의 이야기를 들려준다.

표피 두꺼운 나무엔 종이를 대고, 얇은 나무엔 그냥 귀를 붙여보면 나무들이 바람으로 얼마나 다양한 소리를 주고받는지… 사실 우리 선입견과 달리 나무들은 바람으로 전달받거나 스스로 건들거리는 파동으로 서로 의사소통한다. 저렇게 일렁이는 숲을 보면 꼭 복잡한 시장의 빽빽한 사람들이 움직이지 않는 느림으로 필요한 것을 사고팔면서 흐르듯이, 이 무리들 속에는 세속의 시장만큼이나 여러 세상의 이야기와 정보들이 가득히 일렁인다.

이 숲을 오르면서 인파 속의 아는 사람을 찾듯이 좋아하는 나무나 풀꽃들을 찾고 인사 나누다보면 그 기쁨에서 발생되는 에너지가 오르막의 중력을 한결 무감하게 해준다. 어쩌다 나무 사이로 보이는 좋은 풍경은 기대 밖의 행운이고…

이렇게 즐기면서 오르다가 시원한 곳에서 쉬다보면 문득 오르막을 올라왔다는 것이 참 생소하게 느껴진다. 어쩌면 모르고 넘어갈 일이 새삼스레 생각나듯이 그렇게 잊고 올라왔다.

그것은 무감할 만큼 잘 적응했다는 것이다.

사실 이 오르막을 힘으로 겨루어봤자 나만 소모된다. 그래서 느긋하게 기대고 내려보는 바위처럼 감성을 늦추어주면 오르막이 아니라 여기 꽃 저기 나무와 어울려 가는 길이 된다. 이렇게 놀면서 올라왔는데도 12분 정도다. 그러나 겨룸으로 오르게 되면 한번은 쉬어주어도 힘든 호흡에 12분이 더 걸리는 곳이다. 하여 물리적 극복에는 꼭 물리적 비례만 아니라 마음의 동화에서 그 기준을 초월할 수 있다. 어쩌면 축지법이라는 것이 현실의 여건을 마음의 환경으로 전환시키는 초월 능력이지 않을까싶다.

그래서 어려움엔 거부하지 말고 숲 속의 바람처럼 어울려들어야 어려움이 물고 있는 일들이 빨리 정리된다. 모르고 당하는 괴로움이 아니라 알고 부딪힌다. 그래야 타고난 운명을 이길 수 있는 지피지기(知彼知己)를 만드는 것이다.

쉬어빠진 고리타분한 소리 같지만 이미 마주한 어려움 앞에 부정하고 거부할수록 문제를 분석할 여유가 없어 답을 찾지 못한다. 차라리 '이나마' 라고 여기면 그 아쉬움 속에서 '내가 왜 더 열심히 하지 않았을까!' 하고 스스로 질책하며 떨어진 바닥을 차고 오르기 위하여 조용히 마음을 째며 도전을 시도하는 것이다.

그렇게 자신의 바닥을 인정하면 더 떨어질 수 없는 바닥은 희망을 차고 오를 디딤돌이 된다. 그러나 바닥에 떨어진 자신을 인정하지 못하면 핑계와 원망의 허공에 떠있어 딛고 설 바닥이 없다. 결국 헤매다가 비참하게 끝나는 것이다.

언제나 나쁜 일일수록 급하게 설치기에 아주 뭉갤 듯이 다가와도 인내로 분석하고 있으면 성질 급한 나쁜 일은 저 혼자 설치다가 재수 없는 놈을 만났듯이 슬그머니 가버릴 것이다.

살다보면 태풍처럼 만나야 하는 어려움이기에 흔들리면서 더 튼튼한 뿌리를 키워내는 저 나무들처럼 내 뿌리를 키우는 것이다.

부드러운 것이 가장 강하다

   숲을 벗어나 능선 위에서 갈라진 바위틈으로 들어가 올라서면 소나무 있는 단
아한 공간이 ▲첫바위다. 바로 아래서 희한한 모양이 눈을 잡는다. 탈처럼 둥그
렇게 얹힌 바위에 물을 담고 있는 두 개의 웅덩이는 하늘을 보고 누운 눈망울이
다. 저곳에 바람이 스치면 동공은 번민이 되고, 바람이 거세지면 흐르는 눈물이

세월의 아픔으로 눈을 다듬은 쌍호수바위

되어 하늘을 보고 소리 없이 운다.

'도대체 저 바위는 무슨 사연에 저렇게 슬픈 눈이 되었을까?'

좀 거친 바람에 넘친 물이 더 굵은 눈물자국으로 번지는 애절한 슬픔은 바위 같지 않은, 아니 이미 제 감정을 표현하는 살아있는 생명이다.

수천 수만 년 동안 바람을 잡고 찰랑거리며 바위를 파낸 호수는 물의 작용이라 믿어지지 않는다. 아무렴 흐르는 물도 아닌 좁은 곳에 갇힌 물이 어떻게 바위를 다듬을 수 있을까. 인간의 수명으로는 감감할 뿐이지만 바람을 잡은 물은 바가지 속의 쌀처럼 부지런히 모래알을 일렁거리고 있다.

저렇게 물 속에서 열심히 마찰을 일으키는 모래들은 이 바위가 제 근본이었던 것을 아는지 모르는지… 하나였던 것들이 달라진 환경이라고 서로 긁어대는 것이 꼭 우리 삶의 어느 모습 같아서 찡하다.

저 큰 눈의 길이가 220cm, 넓이가 160cm, 가장 깊은 곳이 85cm, 작은 눈의 길이는 110cm, 넓이 150cm가 되는 두 개의 웅덩이는 어느 산에서도 보지 못한 자연이 빚어놓은 세월의 얼굴이다.

맺히고 풀리는 순환의 섭리에서 강한 것은 강하다는 순간부터 마모가 시작된다. 부드러운 것은 강한 것을 제 의도로 다듬을 수 있지만 강한 것은 결코 부드러운 것을 다듬지 못한다.

역사 속의 정복자나 독재자의 견고함도 세월을 버티지 못하고 깨어지면서 얼마나 많은 후유증을 일으켰는지! 가만히 호수를 바라보면 저 슬픈 표정에는 "너희가 세월이라는 것과 그 아픔이 얼마나 깊은 것인지 알기나 하느냐"고 묻는다.

언제나 조용히 변화시키는 부드러운 인내처럼 가장 부드러운 물이 가장 강한 바위 속에서 잔잔히 일렁인다. 생각해보면 저 자취는 강한 것의 오만한 결과지만, 그러나 저것이 섭리의 수용이라면 가슴에 아름다움이 찰랑거리는 바위의 심장일 것이다.

살아있는 숨은벽

　첫바위를 올라서면 길게 펼쳐놓은 25m의 질 좋은 슬랩이 깔끔하게 펼쳐져 있다. 경쾌한 걸음으로 단숨에 쳐올라 큰 숨을 쉬려는데 눈앞에서부터 거대한 원뿔기둥이 허공을 솟구친다. 순간적으로 저것이 능선인지… 땅에서 하늘로 자라는 물체인지…

좌로부터 인수봉, 숨은벽, 백운봉을 배경으로 둘째와 후배들

오! 세상에!

저것은 능선이 아니라 산 속의 심지가 자라고 있는 것이다.

봉우리가 능선으로 위장하여 숨은 웅지를 틀어올리듯이 기골 센 능선 사이를 뚫고 오르는 기개는 이제까지의 능선 개념을 완전히 뭉개버린다.

단단한 바위 바닥에서 여유있게 가지를 드리운 소나무 아래 앉는다. 이 바람의 등마루에서 바람을 익히며 구도를 잡은 나무들의 운치는 스스로 다듬어가는 푸른 수행자들이다. 가만히 이들 곁에 앉아 바람을 익히는 가지처럼 마음을 풀고 있으면 저 첨예한 봉우리가 내 속에서부터 커가는 비밀스런 느낌이다.

불어오는 바람 속에 촉감 다른 찬 기운이 냉정한 조소처럼 스쳐가고, 눈을 감아도 잔상으로 가득히 차는 이 두려움은 저곳이 꼭 목숨을 기다리고 있는 심판대 같다.

저 기골 센 절벽을 오르다보면 생과 사가 찰나에 겹쳐지는 순간을 만난다. 몰아쳐대는 내 숨과 달리 바위들은 너무 담담하고, 나무들은 초연히 바람을 느끼고, 풀꽃들은 참 예쁘다. 떨고 있는 내 앞에 고요한 그들은 섭리에 순응하는 수행자들이다. 다급한 위험 속에서도 그들의 자세와 삶을 내 속에 심상화시키면 은연중에 그들의 의지가 극복의 힘으로 스며든다.

오늘도 저 절벽이 이승과 저승 사이에서 얼마나 나를 저울질할지 모른다. 그러나 아무리 길게 살아도 내가 무슨 의미로 세상에 왔는지를 모르면 어렵게 잡은 생명의 기회를 운명에 맞추지 못한다. 그래서 감추어진 내 길을 찾기 위하여 저 무서운 곳에서 떨고 떨어야 목숨의 주제를 덮고 있는 부푸러기들이 털릴 것이다.

그 극복을 위하여 우람하게 뻗쳐오르는 저 원뿔기둥의 생기를 배어드는 물처럼 받아들이고 있다.

숨은벽

등마루 소나무
바람을 익힌 수행자 옆에 서면
살아서 하늘을 차고 오르는 숨은벽
그 기상이 섬연하다

깎은 절벽과 세운 절벽
그 벽과 골을 치는 거친 바람 소리는
신비한 산의 주문
이토록 거친 염원이 있던가!

내 무슨 원이 깊어
저 높은 허공에서 목숨을 떨어야 하는지
두려움 속에도 꽃들은 참 곱고…

말목 슬랩
아뜩한 모서리에서 팔랑거리는 목숨.
바람 앞의 촛불처럼 떨어보아야
목숨이 최장 아님을 알지만

이미
바람에 걸린 자취가 무섭다

구름이 내리면 숨은벽은 하늘로 통하는 다리가 된다. 저자

어려움을 먹고 자라는 보물

얼마를 지났을까. 많이 달라진 공기에 정신을 깨워보니 주변의 밝기가 달라져 있다. 천천히 숨을 고르며 자세를 푸는데 한 무리의 빗방울이 후드득 치는 오싹함에 오버트라우즈(비옷)를 입으려다보니 구름 사이로 옅은 공간들이 보여 그냥 올라간다.

가다가 바라보면 능선 우측의 깊은 절벽은 아뜩한 바다처럼 일렁이고, 좌측의 두툼한 숲은 꼭 우리 마음속에 잠재한 안락과 그것을 깨려는 과감성의 양면을 대비해놓았다.

가을이 되면 높은 곳에서부터 점점이 들던 단풍이 내려와 넓게 지핀다. 붉고 노란 색깔들이 맑은 수채화처럼 물들다가 유화의 질감으로 타오르면 그 빛깔 위로 훤칠하게 돈은 담담한 인수봉은 화사함 속에서 고고히 돋보이는 앙상블이다. 저 묵묵한 불변의 바위를 사랑하는 시한의 계절이 찬란한 정염으로 출렁거리면 화려한 단풍은 아름다움이기보다는 애달픈 허무다.

나무들의 흔들림이 제법 거칠어진 활동에 하늘을 보니 묵직묵직한 구름들이 대란 전야의 배치같이 움직인다. 아마 큰 소나기가 될 것 같다. 지나온 봉우리에서 한 떼의 새들이 대란을 예감하고 황급히 떠나는 것에서 더욱…

지금 이 숲은 안정된 곳인데도 새소리가 없어지고 나비나 벌들도 날지 않는다. 이것은 산의 생명들이 어떤 혼란

대란을 예감한 새떼들이 떠나고…

에 대비하여 깊이 숨어들거나 피했다는 것이다. 또 나무들을 보면 거칠어진 것 같지만 실제로는 더 유연해졌다. 그것은 강하게 버티다가 부러지기보다는 바람 따라 흔들어주어야 충격이 줄어들어 잔가지부터 떨어지면서 전체를 지킬 수 있다. 그렇게 작은 것을 털면서 큰 것을 보존해내는 능력이 나무들에게 있다.

길을 들어서면 이곳의 바람이 얼마나 거친지 고산의 바람받이 나무들처럼 가지들이 좌측으로만 뻗쳐 있다.

긴 골짜기를 거슬러 후려치는 바람과 맞서기엔 너무 힘겨워 바람이 흘러갈 수 있도록 가지를 한쪽으로 정렬한 나무에서 생태의 고유성까지 변경시키며 적응하는 고뇌를 읽게 된다.

물고기는 거슬러오르는 것을 단련하기에 거센 물살을 탈 수 있는 능력을 가졌고, 이 나무들도 거친 바람받이에서 바람의 모습을 익혀서 균형을 다듬었기에 바람의 운치를 이루었다. 사람도 새로운 것을 향하여 어려움을 터득해갈수록 의지가 유전자도 변화시키면서 자기만의 특별한 품위가 형성된다.

인간의 발전에 도전과 시련은 필수다. 그 극복이 보물 같은 능력이 되어주기에 숨겨진 보물을 찾듯이 인내와 지혜로 풀어보면 도전은 꿈을 담은 상자 한 겹 한 겹을 벗겨가는 오묘한 기대가 된다. 마치 독이 독을 다스리듯이 대뇌피질에서 활동하는 아세틸콜린이라는 맹독성의 화합물에서 우리 정신이 창출되고, 감성이 스트레스를 극복하면서 강하게 단련되어간다.

생명에 풍족한 환경이 되면 순함은 있어도 고뇌의 극복에서만이 형성되는 기상의 힘이 없다. 어려움을 겪지 못한 순함은 여려서 잘 쓸 수가 없고, 많은 어려움을 극복해낸 부드러움은 잘 훈련된 면역체와 같아서 조용하면서도 강한 지혜가 갖추어진다. 그래서 선각자들은 편안함을 버리고 어려움에 나섰던 것이다.

마음 한 칸만 포기하면 기름기 튀기며 살 수 있지만, 유별난 피는 새로움을 느끼면 목숨을 싸서 고생시키기에 사람들이 이해하기 힘든 삶이다. 그러나 그들이 있었기에 인간은 발전을 이루었고, 그들의 자취는 언제나 세상의 지표로 서있는 것이다.

사람들이 잘 살기 위하여 어려움에 시달리면서도 돈을 벌듯이, 선각사들은 새로운 것을 터득하기 위하여 고통을 책임처럼 받아들인다. 그래서 결과는 세상을 위한 밀알이 되고 세상의 진흙 속에서 핀 연꽃이 된다.

이 나무들과 나는 개체가 달라도 노력하는 생명끼리의 고뇌가 느껴져 서로 격려하는 인정을 잊지 않는다.

이렇게 험한 능선에서 바람으로 가지를 다듬는 나무와, 산으로 산으로 홀로 돌아다니며 정신을 다듬으려는 나의 행로는, 한곳에서 독실한 정행(淨行)을 하는 수행자와 고뇌를 찾아 유랑하는 만행자(萬行者)가 어느 공간에서 만난 느낌이다.

지옥의 두려움과 태초의 환희

드디어 굵은 빗방울들이 후드득 때리다 늦추다 한다. 오버트라우즈를 입으려다 맨몸으로 비를 맞는 나무와 바위를 보고는 같이 젖어야 할 것이기에 생경험하려 한다.

주변의 봉우리들은 언제 어디로 사라졌는지 보이지 않고 난무하는 구름들만 무슨 일을 꾸미듯이 황급하게 세상을 휘젓고 있다. 굵은 비를 품은 구름이 거칠게 눈앞을 치고 가면 주변은 아무것도 없고 깊은 곳에서 울려오는 자욱한 빗소리만 형언할 수 없는 장중한 무게로 온 세상을 누른다.

불어오는 바람을 등지고 앉은 내 등판이 얼마나 넓은지 빗방울이 때리는 따가운 감각은 소나기 튀는 운동장이다. 휩쓸고 몰리는 구름 속의 숨은벽은 하늘과 연결된 신비한 다리 같다.

천지를 후리는 비바람이 골과 골을 울리며 겹겹의 파동으로 쳐오고, 몰아치면서 퍼지는 바람의 물보라가 소리를 휘어서 날리는 기이한 주문에 내가 얽혀 야릇하고 기괴한 어느 공간 속으로 휩쓸려간다.

어느 산에서나 소나기의 전란은 장엄하지만 이렇게 들어내어 몰아치는 숨은벽의 거친 활동은 사실 공포다. 이 적나라한 상황은 현실이 아니라 가상 세계를 체험하는 시뮬레이션 속이다.

번 – 쩍 눈앞에서 터지는 섬광에 세상이 찢어지면서 모든 영상이 하얀 빛 속으로 사라져버린다. 쩡– 하는 진공 소리가 허공을 쪼개놓더니 천지를 함몰시키는 천둥이 깜깜해진 세상을 박살내려는 듯이 하늘에서부터 때리고, 연이어 절벽 아래서 치는 땅의 천둥이 양쪽 골에서 다발로 터지며 부숴댄다. 그 파장에 내 몸도 산산이 흩어져 다시는 모이지 않을 예감 속으로 사라진다.

아무 것도 없고 그저 소리만 떠다니는 빈 공간 어디엔가 나는 한 가닥 바람으로 떠돈다.

거칠게 휘몰아치는 폭풍 속에서 어쩌다 눈이 뜨이면 세상은 자욱한 소용돌이의 거대한 함성 속이다. 그리고는 몇 차례인지 알 수 없이 눈앞 또는 저쪽에서, 어떨 땐 두세 개의 빛과 음이 연이어 때리고 터지면 나는 지옥의 문 앞에서 떨게 된다.

마음은 이 무서운 천둥 번개를 피해야 한다는 생각도 든다. 그러나 양쪽이 절벽인 모서리에서 천지를 함몰시키는 광포를 벗어날 수 없듯이, 내가 내 죄를 피하려는 자체가 너무 어리석어 절벽에서 목숨을 맡길 때처럼 오싹하게 심판을 기다린다.

마치 몇 생이 지나가듯이 긴 시간 동안 번개와 천둥을 동반한 비바람의 대단한 질타 속에 앉아있으면 내 유전자 속에 잠재된 모든 자취는 무서운 파장에 태워지고 빈 공간을 훑고 가는 바람의 메시지에 나는 태초의 사람처럼 어디선가 준비되고 있다.

세상을 쓸어버리려던 광란이 목적을 이루었는지 비가 그치고, 골과 골에 진주해있던 구름의 점령군을 철수시키는 바람만 열심이다.

바람!

이 넓은 천지를 흔들고 가는 그 속에는 크기 다른 여러 갈래의 힘들이 얽히고 부딪히며 공기를 공명시키는 것이 바람소리다.

잎으로 바람을 읽고 있는 나무처럼 피부의 바람을 마음에 닿게 하면 무수한 파동으로 세상 밖의 소식들을 전하고 있는 바람을 느낄 수 있다. 더 가만히 느껴보면 극중의 대사를 표현하는 몇 명의 성우들처럼 톤 다른 음이 들리고 미풍은 내레이터의 감미로운 해설처럼 거친 속을 유연히 헤집으며 다독거린다.

암반 틈의 무성한 이파리 속에 원추리들이 있다. 가냘프게 돋아난 긴 대궁에 버거운 꽃을 달고 센바람에 꺾이듯이 눕고 밀리며 자지러지는 모습에서 부러질까 불안하다. 어쩌다 바람이 누그러지면 허리 펴고 말갛게 웃는 모습은, 마치 사노라면 어느 삶에나 시련이 있는 것 아니냐는 의젓함을 보이며 연신 살랑거린다. 그러다 바람이 불면 또 드러눕고 흔들려도 미워하지 않는 천진함에서 시련이 생명을 얼마나 포괄적으로 다스려주는 것인지!

이 거친 바람을 용케 견디는 어설픔에도 신기하리만큼 초롱함을 잃지 않는 꽃에서, 새삼 저 밝은 생명에게 감추어진 험난한 과정이 안쓰럽다. 바람을 무서워하는 나비를 아기처럼 꽃잎 속에 품고 무겁게 흔들리면서도 감싸주고 있는 원추리의 인정을 어찌 계산 빠른 인간의 지성보다 높지 않다고 할 수 있을까?

불고 누그러지다 다시 일어나던 여러 가닥들도 시간이 지날수록 변하는 패턴에서, 바람도 우리 성격처럼 순간 순간의 변화를 품고 있어 한결같지 못하다. 어쩌면 들이고 내쉬는 우리 숨이 저 바람에서 받은 것이라서 환경이 변하면 마음보다 숨이 먼저 달라진다.

인정 많은 누나처럼 대견하고 강한 원추리

홀로 서야 바로 설 수 있다

잘록한 안부로 내려서면 우측 아래의 절벽 끝을 오목하게 깎아낸 아늑한 테라스가 특별석처럼 있어 간만에 다리 펴고 쉰다.

바위 안쪽엔 원추리들이 바람과 박자를 맞추며 즐겁게 도란대는데, 이 깎아지른 절벽 위에서 저토록 어울릴 여유가 있는지!

깨끗한 바위에서 돋보이는 싱싱한 초록 잎과 노란 꽃들의 해맑음은 청순미의 상징이다. 허공만이 앉을 수 있는 절벽 위에서 꽃들과 함께 있는 이 순한 평온을 감동으로 받고 있으면…

아! 어쩌면 이것이 선계의 여유가 아닐까.

천둥 번개 치던 태초를 겪은 행운 속에서 느끼는 이 충만함은 진정 자연에 귀의하지 않고는 느낄 수 없는 감동이다.

거센 폭풍에 헝클어지고 이 맑음 속에 정렬되듯이 세상과 우리 마음은 열역학 2법칙 속에 있다는 것을 실감한다.

대슬랩으로 가는 우측엔 돼지 형상과 귀여운 눈과 코를 가진 물개 형상이 캐릭터처럼 깜찍하다. 어울리지 않을 것 같은 두 동물을 잘 어울리는 사이로 다듬어놓은 자연의 솜씨다.

안부 위에서 ▲▲대슬랩을 바라보면 두려운 기억에 비하여 길게 드리운 경사는 참 늠늠하다. 마치 이곳부터는 제 영역이니 허락을 받으라 하듯이 느긋한 자세

절벽 위에 다락같은 원추리 테라스에서, 둘째 해. '95

높고 긴 두려움을 늠름하게 깔고 있는 대슬랩

는 한적하기까지하다.

슬랩 옆에 서면 저 아래에서부터 길게 올라온 바닥이 저 위로 쭉 올라가는 기울기를 보다가 나도 모르게 휘청거려 머리를 흔들어 정신을 바로잡아놓는다.

다시 한번 신발을 조인다. 특히 발목이 짧은 신발은 슬랩 중간에서 버티던 오른쪽이 벗겨질 확률이 높다. 이런 슬랩에서 신발이 벗겨지면 생명이 벗겨지는 것이기에 목숨을 챙기듯이 잘 조이고, 배낭의 가슴 벨트도 걸어서 탄탄함을 확인한다.

왼발 모서리 위로 올리고 왼손으로 바닥을 당겨 올라 몇 걸음 오르면 경사도에 비하여 촉감 좋은 바닥이 염려보다 탄력을 잡아준다. 아무래도 직선으로 쳐오르기엔 땀과 숨이 성가실 것 같아 좌측의 벽 아래로 슬슬 게걸음친다.

어쩌다 놓쳐버린 스텝을 맞추려고 발을 보다가 다리 사이의 깊이가 움직이는가 싶더니 그만 최면술사의 손놀림처럼 바닥이 흔들리기 시작한다. 얼른 고개 들어 위치를 잡고 펄떡거리려는 심장을 꾹 눌러주면 조금 나아진다. 다 건너와 벽을 잡고 일어서면 숨 한 칸이 크게 터진다. 만약 마음이 흔들리던 그때 얼른 수습하지 못했다면 사이버체어(영상 따라 움직이는 의자) 같은 슬랩에 흔들려 얼마나 시달렸을지…

내려다보면 아득한 그늘을 깔고 있는 저 깊이가 생각할수록 오싹하다.

건너편의 내려온 절벽 끝엔 무릎에 깍지를 끼고 묵상에 잠겨 있는 바위가 있다. 알맞게 깔고 앉은 방석과 길게 펼쳐 덮은 한복치마에서 분명 중후함을 갖춘 아름다운 여인이지만, 조용히 풀어내는 잔잔한 분위기는 고독한 운명을 타고난 모습이다.

올라갈 위를 바라보면 횅한 슬랩은 꺼려지고, 의지할 곳이 있는 벽 아래는 훨씬 안정되어 보인다. 아무래도 사람이란 것이 홀로 노출된 불안보다는 의지할 수 있는 곳을 선택하는 것이 본능이라서 사람인(人) 자가 서로 의지하고 있다. 그러나 뚫을 곤(I)처럼 홀로 설 수 있어야 비로소 어느 세상이나 독립될 수 있는 천상천하 유아독존의 의미를 알게 되어, 사람에게 의지하던 습성이 자연과 함께 하면서 한결 순도 높은 평온을 느낄 수 있는 것이다.

피부 감각 같은 세속을 떠나 홀로 담담한 자연과 속 깊은 공감대를 이룰 수 있다면 세속으로부터 독립되고 있는 것으로 모든 삶에서 스스로를 바르게 지킬 수 있다는 것이다.

이제 두려움으로부터 독립하기 위하여 작심하고 슬랩 가운데로 올라간다. 매끈한 높이가 떨어뜨린 아뜩한 깊이에 주눅이 들지만 현실 앞에서 후회란 전혀 도움이 되지 않기에 더 집중하여 올라서면 의지를 깨운 성취감이 바람 앞에 시원하다.

프로는 확실하다

대슬랩 위에서 돌아오르면, 18.5m의 크랙을 내린 고생바위다.

모서리 뒤쪽의 홀드를 두 손으로 잡고 중간에 버틴 발을 미는 동시에 허리의 탄력으로 튕겨오른다.

우리가 어떤 일을 힘으로만 하려하면 힘과 저항의 역학에서 능률만큼 반작용이 일

고생바위 좌측 코너를 오르는 장녀

어난다. 그러나 힘을 쓰기 전 예상량을 심신에 인지시켜주면 조율된 근육의 탄력에 의하여 사람도 바위도 덜 소모적이다.

인체란 메커니즘은 에너지 공급에 비례하여 운동하는 기계적 조합과 달리 제3의 능력인 정신의 사용에 따라 능률이 달라지는 것이다.

어려울 것 같은 둥근 슬랩을 힘차게 차오르면 벽면을 감돌아가는 모서리다. 지금처럼 한쪽이 아득한 절벽인 좁은 밴드 길을 가면 나도 모르게 벽 쪽으로 기울어 가뜩이나 좁은 바닥이 더 좁게 보여 떨린다. 오른손으로 벽을 밀어 몸을 바로 세우면 좁은 불안해도 있는 넓이대로 보이는 바닥에서 역시 바로 서야 바로 보인다.

다 건너와 막아선 바위 좌측으로 돌아가 부스러져 흐르는 푸석 바위를 오른다. 미끄러질 수 있는 불안이 발끝 아래 감도는 절벽에서 오금이 저리지만 살려는 본능은 나도 모르게 신중해져 실수하지 않고 잘 올라간다.

여기서처럼 모든 일에 신중하면 불확실한 확률 속에서도 확실하게 목적을 이루어낼 수 있고, 그 능력에 의하여 삶의 선택이 높아져 결과적으로 운명이 달라질 것이 확실하다. 그런데도 세속으로만 가면 이 큰 결심도 힘을 쓰지 못한다. 어려워서 못하는 것이 아니라 언제나 하기 싫어하는 이유를 더 밝히기 때문이다. 그래서 진정한 프로 인생이 못되는 것이다.

세상이란 것이 무심히 흘러가는 듯하여도 이제까지의 데이터에 의하여 나름대로 조심하고 노력하기에 예상 가능한 질서가 유지된다. 그러나 잠시만 긴장을 늦추면 자신도 모르게 그 조율이 풀려 괴로운 것에서부터 치명타까지 일어난다. 그래서 산다는 것은 저 아프리카의 야생동물처럼 마음 한번 편하게 풀어놓기 어렵다. 가끔 넘치던 기분이 부린 객기 뒤에 어김없이 청구되던 긴 후유증처럼…

사는 것에 연습 같은 것이 많아지면 불확실이 높아 되는 일이 없다. 가정을 갖고 사회를 살면 삶은 프로다. 인생이 한번 추락하면 쓰레기 하치장의 비닐봉지들처럼 더러운 것들이 쌓인다.

그 더러움을 겪지 않기 위해서는 맡은 일은 죽도록 하고, 하기 싫거나 그만둘 일일수록 목숨 걸고 좋은 마무리를 해야 더러운 자취가 되지 않아 다른 곳에서 성공할 수 있다. 어디 있어도 앉은 자리가 확실하고, 어디로 가더라도 떠난 자리가 깔끔하다면, 그것이 삶을 확실하게 관리한 프로페셔널 인생이다.

목적에 매달리면 목표를 이루어도 너무 많은 부작용이 성취를 훼손시키고, 목적을 위하여 끊임없이 나를 다듬으면 목적을 안은 인격자가 되어 있다. 사는 것이 마음같지 않을수록 내 생각과 현실 사이에 불확실한 문제가 많다는 것이다. 그것을 고치기 위해서는 확실한 내 기준을 두고 간추리지 않으면 세상과 운명의 불확실에서 풀려나기란 죽기 전엔 어렵다.

삶은 프로이며, 프로는 확실하다. 선택한 것에는 오로지 최선만 있을 뿐이며, 이것만이 나를 확실하게 해줄 것이다. 그래서 연습이 없는 바위에서 목숨을 걸고 나를 간추리는 것이다.

바위가 계단처럼 패인 곳을 넘으면 25m의 ⛰️말목슬랩 아래다.

눈앞의 깊고 깊은 절벽 끝에 앉은 코뿔소바위는 한발을 허공에 내밀고 있듯이 불안하다. 그 위에서 치켜든 바위는 더 앞으로 쏠려 금방이라도 무너질 것 같은 착시에 내 몸이 기우뚱한다.

코뿔소가 머리를 치켜들은 꼭지점은 뿔이 빠진 자리처럼 움푹하고, 물이 담겨 있는 모양은 절박함을 호소하는 지극한 치성이다.

저 바위의 꼭지점에 담긴 물을 자연적이라고 보기엔 너무 어려운 위치지만 사람이 접근할 수 없는 곳이라서 정말 희한하다.

건너 북능 중간에 돋은 우람한 바위는 시자봉이지만, 이곳에서는 큰 호랑이 형상으로 나타나기에 대호바위다.

능선에 돋아난 작은 봉우리 하나를 호랑이로 조각하려고 구도를 잡은 모양은 미완의 작품처럼 투박하지만, 중후함이 살아나는 흰칠한 대작이다.

간결한 구도에 중후함이 돋보이는 대호바위

느긋하게 앉아서 두툼하게 융기시킨 목덜미와 풍만한 대퇴부에서 대호의 우람한 위엄이 풍겨지고, 지그시 눈을 내리고 앞발을 핥고 있는 한가로운 표정에서 옛날 옛적의 전설까지 감돈다.

이렇게 훤한 산에서 넓게 감상할 수 있는 여유는 정말 거친 감동이다. 어느 대작가가 이토록 섬세하고 장엄한 스케일로 아득한 두려움과 거대한 평온을 표현할 수 있으며, 어느 곳에서 저렇게 위태롭고 또 한가하게 전시할 수 있을까! 거대한 구조들이 웅장한 힘으로 또 부드러운 고요로 각성과 기쁨을 주는 저 원대함을 소유할 수는 없지만, 그런데도 한량없이 누릴 수 있는 이 탱탱한 행복은 나만의 안목에서 만들어진 즐거움이다.

142

바람의 촛불처럼 떨어보아야

아래서 올려다볼 때는 좁은 모서리가 다 드러나지 않아 말목이라는 제목이 실감나지 않는다. 슬랩을 올라 모서리에 닿으면 바위 뒤쪽이 비워놓은 횡한 공백이 쭈볏한데, 우측을 보면 더 깊은 절벽이 발 아래서 마음을 확 흐트러트린다.

턱 위로 올라가야 하는데 홀드도 없고 반질한 바닥은 발 붙이기가 까다롭다. 더욱 빙빙 도는 깊이에 힘이 모이지 않는다.

오를수록 높아지는 경사도와 매끈한 바닥이 깊은 절벽 위에서 더 좁게 보여 떨린다. 오른쪽 손바닥으로 모서리를 당기며 오르지만 이미 나를 겨냥한 절벽의 힘에 굳어간다.

가능한 정신을 선명하게 하려고 온갖 생각을 다하는데 무슨 신고를 받았는지 없던 바람이 설쳐대어 가뜩이나 불안하던 마음이 바람을 버티느라 더 심각해진다.

바닥이 좁아지는가 싶더니 양쪽을 다 드러낸 깊이가 내 목숨을 서로 유치하려는 아찔한 깊이와 겨루면서, 쳐대는 바람에 중심을 잡으랴, 바닥을 보랴, 떨리는 발과 가슴을 진정시키랴, 정신이 없다. 문득 불던 바람이 갑자기 멈추어버려 버티던 균형이 기우뚱하는 순간 감전된 목숨이 찌릿하다. 등줄기가 후줄근해진다.

지금 후들거리는 절벽의 좁은 모서리에 달랑하게 얹혀 거친 바람을 버티고 있다. 정말이지 아차 하면 떨어질 위기다. 살며시 위를 훔쳐보면 잡을 곳이 불과 2m 정도지만 언제 변할지 모르는 이 미친 바람에 최선을 다하여 버틴다.

이렇게 까마득한 모서리에서 바람의 촛불처럼 목숨이 팔랑거려보아야 목숨을 욕심의 도구로 사용한 무서운 후회가 느껴진다. 그러나 아무래도 목숨은 지랄 같은 바람에 잡혀서 펄럭거리는 촛불이 된다.

바람이 불면 목숨이 촛불처럼 흔들리는 말목 슬랩

　세상의 무엇도 통하지 않는 이곳에서 오로지 정신을 수습하여 바람이 약해질 때를 기다리는 것만이 최선이다. 편안하게 걷고 살면서 수단껏 취하던 그 많은 오류들이 전도율 떨어지는 도체(導體)의 불순물처럼 마음의 불순물이 되어 정신을 집중시키려는 절대의 순간을 방해한다. 지금처럼 위급한 시기가 되면 감추어진 욕심과 잘못들이 얼마나 유해한 펄스(pulse)로 작용되는지!

　지금 내 목숨은 거친 바람의 공격과 정신을 번갈아 당기는 양쪽 절벽 위에서

기적처럼 버티고 있지만, 어차피 뻔한 결론 앞에 죽든지 살든지 마지막 선택을 하여야 한다.

먼저 눈에 불을 켜고 떨고 있는 손발에 온몸의 힘을 모아 훌렁거리는 바람을 뚫고 딱 네 걸음 기어올라 앞을 막은 바위를 잡고 일어선다.

살았다는 마음보다 숨이 더 크게 터진다. 얼마나 쫄려 있었으면 그 오랜 시간동안 숨을 쉰 기억이 없다.

바위 모서리를 잡고 돌아갈 때 쳐오는 바람과 발의 절반도 걸리지 않는 바닥이 가장 깊은 허공을 끼고 극도로 혼란케 하지만 눈에 켠 불을 끄지 않고 모서리를 돌아서 올라선다.

댕그랗게 좁은 바닥이지만 떨고 올라온 몸이 앉을 수 있어 세상에는 이보다 고마운 것이 없다. 진정 고마운 것은 크기가 아니라 이 바위처럼 가장 절실할 때 맞추어주는 배려다.

비로소 허물어지는 안도감에 심신이 풀어지면서 배어나오는 땀은 장마철 이끼 위로 흐르는 물처럼 흥건하지만 실컷 흐르게 둔다.

한 템포 쳐올린 바람은 더 이상 생명을 위협하는 공포가 아니라 활력을 순환시키는 시원한 냉각수다. 하여 여건은 완전한 객관도 완전한 주관도 아닌 필요에 따라 다르게 보여 좋은 것을 혹평할 수도, 나쁜 것을 호평할 수도 있는 모순 속의 결정이다.

이제 느긋해진 마음엔 무섭던 말목슬랩도 그저 걸쳐놓은 외나무다리처럼 조용하다. 저기서 얇은 목숨이 얼마나 떨었는지!

가끔은 목숨을 절벽 끝에 걸고 바람의 촛불처럼 떨어보아야 세상에서 부풀려진 욕심의 부푸러기들에게 덜 시달리며 살 수 있다.

뒤쪽의 1.8m 아래 디딤돌이 절묘하게 맞춰주는 안성맞춤바위를 내려서 막아선 벽면의 좌측 모서리를 올라간다. 우측 끝으로 가면, 벽 안쪽 2.9m 코너 모서리를 ⛰레이백하는 마지막 난관을 올라선다.

맑은 오후의 산이 생기를 풀어주는 바위틈에서 한가롭게 쉬고 있으면, 외로움 같고 고독 같은 낭만이 문득 문득 짙은 그리움을 품고 가깝고 먼 바위덩이처럼 움직인다.

무심한 바위. 그런데도 가만히 바라보고 있으면 세상의 바람과 빛과 온도를 느끼는 촉각을 소유하고도 묵묵히 억 년을 헤아리는 무심은, 시간을 따라가느라 세월을 잃어가는 우리와 달리 무한을 바라보기에 세월에서 담담할 수 있는 것인가!

좁은 바위를 오르다보면 이상하게 주눅이 들어 나도 모르게 더듬거리고 있다. 확인해보니 저 아래서 볼 때 능선을 모으던 예리한 꼭지점이다. 위를 보면 아직도 오를 곳이 남아있지만 치고 오르는 숨은벽의 세로 구조는 여기서 정점이 되고, 위로는 인수봉과 백운봉 사이를 이어주는 가로 구조다.

내려다보면 아찔한 깊이에서 정수리 끝으로 모이는 절벽의 힘이 서슬처럼 풍겨나와 자력에 잡힌 쇠붙이처럼 굳는다.

내려오면 빳빳하던 긴장이 축 쳐진다. 돌아보면 봉우리 끝이 포효하는 동물형상 같아서 꼭 누가 다듬어놓았듯이 기이하다. 그 아래 벽 앞엔 쭉 뻗쳐 세운 목에 턱을 당겨붙이고 뛰쳐나오는 기마바위가 공격 직전의 말과 장수처럼 호전적인 모습이다.

인수봉에서 본 숨은벽. 맨 앞이 기마바위, 중간이 코뿔소바위

레이백 자세

배우다 가는 나그네

내려가는 1.9m의 모서리에서 훌쩍 뛰어버리고 싶은 충동을 참지 못하면 세상에서의 마지막 판단을 날면서 후회할 것이다. 언제나 등반의 막바지에서 무심코 급해져 함부로 하는 것이 일회용품인지 목숨인지 정신차려야 한다. 다 되어간다는 것에서 사소하게 여긴 순간이 전체를 잡아먹는 악재가 되기 때문이다.

우측의 골짜기에서 벽면 아래 보이는 황색 언더 홀드를 잡고 돌아오르면 절벽 모서리에 소나무가 한 그루 있다.

좁은 바위 길을 지키고 있는 소나무는 이곳의 주인이 된지 오래듯이 굵은 가지를 느긋하게 늘어뜨리고 있다. 저 가지 아래를 지나갈 때는 나무에게 길을 빌려가듯이 몸을 낮추어 천천히 일어서야 한다. 그저 쉽게 지나가려 하면 가지가 뒤에서 배낭을 잡아채듯이 걸리면서 절벽 아래로 튕기게 된다.

이렇게 오래 전부터 터를 잡은 나무 아래를 지나가노라면 당연히 기득권자인 나무에게 길을 빌려야 하는데도 사람들은 조금도 이 나무가 이곳의 주인이라고 생각하지 않는다. 하필이면 이런 곳에 나무가 있느냐며 무례를 범한다.

인생이라는 것은 시간 속을 걸어가며 시간이 펼쳐놓은 환경을 배우고 익히면서 자신의 질을 높여 가는 나그네의 여정이다. 그 속에서 많이 배워 수준이 높을수록 보이는 대우에서 보이지 않는 정신의 안정감까지 향상된다.

하나를 배우면 여러 곳에 응용되듯이 배움은 결코 한 세상만을 위한 것이 아니다. 그래서 인간의 모든 생활은 배우는 프로그램으로 짜여있고, 배울수록 더 높은 지식을 갈구하게 되는 것이다. 정리해보면 우리는 배우기 위하여 태어났기에 다른 삶들이 이루어놓은 환경을 지나갈 때면 그 삶을 수용하려 하여야 시간에 얹힌 여러 환경을 제대로 익힌 여행자가 된다.

무언가 이루어야 할 의미가 있어 배우는 나그네로 태어났다. 때가 되면 결과를 품고 돌아가야 하는 출장지에서 내 편리대로 보려한다면 다양한 생활 속에 감추어진 지혜를 배울 수 없다.

볼 수 없는 자신의 모습을 거울로 알게 되고, 자신의 인성은 주변에 의하여 평가된다. 자신 속에 감추어진 운명의 길도 여러 환경과 교류하고 배우는 과정에서 두드러지기에 주어진 현실에 열심히 적응하는 것이다.

영원히 소유할 수 없는 물질에 비하여 자신이 터득한 능력은 어느 세상에서나 쓸 수 있는 영원한 재산이 된다. 그렇다면 우리 삶은 가지려는 욕심이 아니라 어디서나 통할 수 있는 능력을 만들어가는 것이 최상이다. 그래서 짧은 내 잣대로 환경을 칼질할 것이 아니라 세상이 나를 잘 쓸 수 있도록 만들면 사실은 내가 그만큼 세상을 잘 쓰는 결과가 되는 것이다.

이처럼 세상의 시간이 펼쳐놓은 여행에서 좋은 인연으로 배우면서 고맙게 지나가는 푸근한 나그네가 되고 싶다.

이 소나무도 막바지에 급해져 있는 내게 늦추라는 배려로 모서리를 막고 있다. 그 고마움에 가지를 잡아주면 탄탄한 나무의 힘이 생기로 전해온다. 꼭 깊은 산중에서 반갑게 집을 만나 좋은 배려를 받고 가는 나그네와 아쉽게 보내는 주인의 마음이다.

전설이 멈추어버린 형상들

나무아저씨께 잘 계시라 인사하고 길을 간다.

바닥에 밝은 빛깔로 피어 있는 작은 꽃들의 한가로움과 어디선가 날아오는 향기를 느끼고 있으면, 문득 세상이 너무 많은 혜택들로 이루어진 풍만함에 가득해진다.

가다가 훤한 곳에 서면 인수능선의 높고 거센 바위들이 크고 또 섬세한 형상으로 벽에는 벽화처럼 능선엔 조각처럼 아무도 모르는 사연과 비밀을 품고 있다.

저 아래 절벽 끝에 누운 바위는 물때를 기다리는 나룻배 같고, 그곳에서부터 촘촘한 틈의 벽면은 꼭 바위를 엮어서 세워놓은 것 같다. 위에 얹힌 뎅그렁한 바위는 칼을 맞은 예리한 상처가 벌어져 있고, 둥근 바위 아래 벽면엔 간결한 선으로 구도를 잡은 청빈한 선비 모습이 벽화처럼 서있는 희한한 그림이다.

능선으로 올라가면 뭉툭한 바위가 더듬이처럼 튀어나온 눈을 멀뚱거리며 앞의 바위를 힘겹게 밀어올리는데 아무래도 안됐다 싶다. 그런데 퍼뜩 내 생각이 잘못되었다는 것을 깨닫게 된다. 위를 보면 올라갈 곳이 감감하지만 내려보면 저 둔한 몸으로 저기까지 올라온 것이 더 대단하다. 다시 보니 저들에겐 좀 느리기는 하여도 못할 것까지야 있겠느냐는 담담함이다.

어떤 사물이던 세월을 인내한 그네들만의 능력이 있는데, 잘 알지도 못하면서 결론을 내리는 내 무지가 정말 무식하다. 그 위를 보면 거북이가 바싹 밀착하여 성실하게 오르고, 더 위로는 도마뱀이 긴 꼬리를 바위틈에 끼워서 정상을 향해 마지막 안간힘을 쓰고 있다.

저렇게 다채로운 형(形)과 상(象)들은 형이상의 의도를 품은 형이하의 미완이 되어 한번 잡은 눈을 쉽게 풀어주지 않는다.

내가 십 년 전에 볼 때도 저 바위들은 저곳에서 오르고 있었는데, 그렇다면 정상까지는 얼마의 세월이 걸릴까? 백 년도 못가는 목숨이 수억 년을 움직이는 전설 앞에서 꿈을 꾸고 있다.

태고의 사연을 품고 있는 형상석들. 멀리 높은 봉우리가 도봉산

변하는 속에서 빛나는 사람들

아래서부터 나란히 올라오다 이 높이에서 둘러보는 백운봉 북능과 인수능선은 늘 함께 해주는 부모와 친구 같은 느낌이다.

전체를 안듯이 내려보는 북능의 높고 무거운 힘은 자식을 생각하는 부모이며 밝고 건강한 인수능선은 좋은 친구들이다. 그 사려 깊은 배려들은 어렵던 내게 얼마나 많은 격려가 되었는지! 그리고 지나온 능선은 사회와 직장에서 친해진 사람들 같아 둘러보는 마음엔 하나같이 고맙지 않은 것이 없다.

이 힘든 등반처럼 고달픈 집필의 세월에 어려울 때마다 도와준 창기와 갑철이 병곤 친구가 저 산처럼 고맙고, 그래서 그립다.

계절의 아름다움을 보여주는 것이 꽃과 열매라면 좋은 사람들은 인생의 아름다움을 보여주는 영원한 꽃이다. 세상에 지지 않는 꽃이 없지만 좋은 사람들은 생명이 다할 때까지 지지 않기에 얼마나 계산 없는 인내와 이해를 풀어야 하는지…

수없이 피는 꽃들 속에도 잘 익은 열매는 귀하여 감동적이고, 수없이 많은 사람들 속에서 좋은 친구는 더 귀한 아름다움이라서 세상이 부러워한다.

유달리 교류를 좋아하던 내게 많은 친구와 사람들이 있었지만, 희망 없는 장기 백수가 되면서 물 따라 가는 고기처럼 떠나고 갈라진 바닥에 서있던 마음이 얼마나 허탈하였는지….

좋은 친구라는 것이 물질 속에서 마음 깊이로 어울리는 맺음이다. 그런 우정을 장삿속의 거래처럼 평면적으로 여기고 있었다면 상대의 어려움은 곧 부도를 예측하게 되어 자연스레 밑지는 거래를 외면하게 되는…

세간의 인심을 모르지 않았지만, 세월이 배인 인정을 얇은 현실로 계산해버리는 마음이 야속하면서도, 한편은 이제까지의 거품 속에 있던 나를 건져낼 수 있었다.

무성한 잎에 가려있던 계절이 지나고 앙상한 겨울나무가 되어버린 내게 빛살의 온기처럼 감싸주는 마음들을 위하여 이 능선 곁에서 함께 가는 저 능선처럼 나를 떠난 사람들에게도 굵은 사이가 되어줄 것을 새긴다.

인생이라는 미완의 삶에서 누구나 한때의 오류가 있고 그것은 또 어떤 대상을 만나느냐에 따라 새로운 전환이 될 수 있다. 하여 이제까지 친해온 세월을 한 가닥 섭섭함으로 버리기보다는 한두 가지를 이해하여 함께 하는 것이 어느 능선 어느 자락 하나도 외면하지 않고 잡아주던 산의 포용이다.

살다보면 세상이라는 무대의 시나리오는 참으로 다양하다. 내게 좋은 역할로 감동을 주는 사람도 있고, 또 나쁜 역할로 나를 단련시키며 깨닫게 해주는 사람도 있다.

내 직장 생활 때 이사장과의 충돌로 2년 동안 보복적인 감사를 받으며 견디어낸 그때는 증오의 어려움이었지만, 그것에서 깨닫고 터득한 경험은 이제 고마움이다. 하여 나 역시 사람들에게 어떤 배역이 되는지를 생각해보면 세상은 내 원인이지 결코 남의 탓이 아니다. 그렇게 세상을 안고 바라보면 내가 주역이고 세상 옆에 서서 보면 나 또한 조연이 되어 있다.

세상은 그렇게 협력하며 서로의 배역이 되어주면서 모두가 주역으로 살아간다. 인생은 계절에 따라 빛깔이 바뀌는 나뭇잎처럼 살면서도 수없는 반복으로 자신을 키워가는 등걸의 삶이다.

세상과 산은 내 수행터

숲을 벗어나면 좁은 능선을 가로막은 몸통 위로 길쭉하게 뽑아낸 물체가 참 기이하다. 넘어가는 모서리는 짧지만(2m) 까마득한 절벽을 물고 있어 신발을 잘 털고 마지막 조심을 한다.

구조가 힘을 일으키는 삼각산의 봉우리와 능선의 구성

바위에서는 세 번의 마지막이 있다. 코스 중 가장 어려운 곳에서 최선을 다할 때가 마지막이고, 왠지 바위와 내가 맞지 않아 어긋나는 위험에서 마지막이 있으며, 맨 마지막은 생각지도 못한 변수에 물릴 때다. 그래서 바위에서나 악조건의 산에서는 세 번의 마지막이 준비되어야 힘을 쓰고 또 힘을 쓸 수 있어 다시 안간힘을 쓸 수 있게 되어, 죽을 수 있는 곳에서 살아날 수 있다.

올라서면 능선 맨 위의 평평한 바닥이다(입구에서 3,519m).

백운봉과 만경대 사이로 보이는 봉우리와 능선들은 건강한 힘이 광활한 구성을 이루며 치고달린다. 언제 어느 곳에서 보아도 훤하게 어울린 간결한 듯 거친 산세는 힘을 일으키는 구조다.

노란 바위채송화와 돌양지꽃이 깜찍한 별무리처럼 햇빛을 즐기고 있는 앙증스러운 곁에 누우면 아늑하게 덮어주는 하늘에서 살아있다는 감회가 충만해진다. 마치 어려운 의무는 다하고 권리만 남은 기분이다.

북능이 기치를 이룬 바위 사이로 거슬러가는 구름에 거대한 능선이 천천히 움직이는 장엄함이다.

눈앞에 보이는 숨은벽의 정수리절벽은 깊은 골짜기서부터 벼리어낸 삼엄한 서슬에서 소슬한 기운이 일어나 몸이 움츠려진다.

절벽의 거대한 두려움에 떨면서 목숨을 단련시키다보면, 세속에 휩쓸려 살 때는 느껴지지 않던 산의 평온이 천천히 내 속으로 옮겨오면서 양팔 가득히 안겨드는 하늘이다.

눈을 들어 하늘을 보면 내가 하늘의 복으로 노력하고 살기에 도대체 욕심을 가져야 할 이유가 없다.

살아가면서 잠재된 운명을 현실로 겪으면서도 그것이 무엇에 의하여 만들어졌는지 모르고 또 자신이 만들어가고 있으면서도 어떻게 굳혀가는지를 모른다.

보이지 않지만 가장 가깝게 붙어있는 죽음에 숱한 사람들이 때인 듯 아닌 듯

바위채송화와 양지꽃들의 깜찍한 빛깔들

끌려가서는 돌아오지 못하는 것을 보면서도 삶의 과정이 죽음과 같이 붙어 있다는 것을 몰라서 생명을 아무 목적에나 사용한다.

이런 내가 이렇게 살다가 산에서 죽게 되면 '별나게 살아도 별 볼일 없이 가는구나' 하겠지만, 언젯적에 떠나왔던 것처럼 언젯적에 돌아가는 법칙 앞에 하루를 살아도 맑은 과정이 되도록 노력하고 있다. 그래서 좋아하던 일을 하다가 죽으면 그것이 최대의 복이다. 그런 마음으로 살다보면 그 편안함은 겨울옷 한 겹씩 벗어가는 봄기운이 된다.

이렇게 고마운 하루하루를 살아가면서 생명의 의무기간이 단축되어 조기 소환되거나, 또 다른 할 일이 있다면 그것에 나를 잘 사용할 수 있도록 맑게 준비해놓는다.

이런 내게 이 산과 세상은 경전이며 실천하는 수도장이다.

섬연한 서슬을 풍기는 숨은벽 질벽

호랑이굴.

六

은밀하고 신비한 호랑이굴 코스

백운봉 뒷 기슭의 호랑이굴 코스는 짧지만

익혀질수록 자연 속의 신비를 느낄 수 있는 곳이다.

바위 바닥에 뚜벅뚜벅 박힌 검은 자국 위로

스멀스멀 안개가 깔리면 은근히 움직이는 수많은 느낌들…

비 오는 날 천혜의 은신처인 대호굴에서

산이 얽어내는 장엄한 소리삼매에 빠져 있으면…

오! 내가 어느 생에 머물고 있는지!

담담히 누르는 인수봉의 위엄.

산의 무게가 소리로 배어나오는 바위들.

그냥 지나가면 알 수 없던 신비들이 살아난다.

희한한 돌자국이 있는 구석에서 첫째와 둘째. '95

　　숨은벽 등반을 마치고 백운봉 쪽으로 내려와 좁은 바위틈을 비집듯이 나가면 앞이 뚝 떨어지고, 나무숲 아래로 보이는 깊은 골짜기는 지하 세상으로 통하는 입구처럼 묘한 고요가 감돈다.

　　좌측으로 내려가면 잘라놓은 듯이 반듯한 벽면의 거대한 무게가 비스듬한 바닥 위에서 슬금슬금 떠밀려오다가 잠깐 멈춘 느낌이다. 천천히 바위 아래를 걸어보면 은근히 배어드는 분위기는 참 고즈넉하여 꼭 호랑이가 어슬렁거리는 기분이다.

　　바닥을 한 칸 높인 2.3m를 올라가면 거대한 벽이 넘어질 듯이 기울어 있고 구석의 어스름한 안쪽엔 심상찮은 분위기가 도사리고 있다. 야릇한 두려움과 호기

160

심에 끌려들면 뚜벅뚜벅한 돌자국이 굴 같은 구석까지 총총히 찍혀 있어 걸음을 멈춘다. 정말 호랑이가 서성였던 것처럼 희한한 기분에 가만히 기척을 잡아보면 주변은 조용할 뿐이다. 더 가만히 있으면 소린 듯 아닌 듯한 무거운 공명음이 야릇하게 흘러나와 둘레는 더 괴괴하다.

이처럼 바위가 잘려진 끝이나 좁은 벽 사이에 있으면 흐르던 산의 기운이 바위 끝으로 배어나오는 기척 같은 것이 느껴진다.

산의 뒤가 되는 이곳은 외지고 아늑하여 야행성의 호랑이가 살기엔 더없이 적합하고, 얼음이 있는 2~3월에도 날벌레들이 있을 만큼 온화하다. 바위 안쪽은 늘 촉촉하지만 이 장마철에도 습한 내음이 풍겨지지 않을 정도로 통풍이 아늑하다. 그 옛날 어미호랑이와 새끼호랑이들이 들락거리던 풍경이 희읍스름하다.

산안개 속에서

오늘처럼 짙은 안개가 산을 덮을 때면 숲은 가득한 안개의 사술(邪術)에 묶이면서 주변은 마법의 장막 속으로 들은 신비한 세상이다. 조용히 밀리는 안개의 요요(寥寥)한 부드러움에 슬그머니 말려들면 세상은 참으로 오묘한 침묵 속에서 움직인다.

산을 메운 안개는 축축한 절벽을 타고 느릿하게 흘러오다가 꿈속처럼 이슥한 단풍나무를 스멀스멀 휘감으며 더러는 눈썹에 맺혀 빛을 달아준다. 침침한 안쪽은 그저 움푹한 공간인데도 깊은 동굴처럼 거대한 힘이 풍겨지고, 주변엔 보이지 않지만 무수한 모습들이 가득히 움직인다.

알 수 없이 움직이는 신비한 입자들의 느린 행렬에 싸여 흐르는 무리들을 안아보면 살며시 새어버린다. 다시 양팔 가득히 채워서 끌어보면 또 새어버리는…

오! 내 욕심도 이와 같아서 힘들여 끌어들여도 욕심만큼 흩어지고 생명을 소모한 세월만 비어있을 뿐이다.

그 부작용에 매달려 있는 삶의 한계를 생각하다보니 문득 내 앞에 가득히 차있는 안개. 살며시 밀어보니 밀려가는 무리 뒤로 또 다른 무리들이 들어온다.

잡으려 하여도 잡을 수 없고 안아도 흘러버리던 안개가 가만있으니 가득하다. 이것을 알지 못하여 잡지도 못할 것을 억지로 채우려고 그토록 헤매온 세월. 내가 안개 속에 있듯이 노력하는 바탕을 만들면 차례대로 오고가면서 조용히 채워줄…

이 화두를 깨우치지 못하여 얼마나 많은 세월을 헤매었던가!

이 간단한 진리가 그렇게 멀리 있었던가!

가질 수 있는 질과 양도 모르면서 보이는 대로 잡고 취하던 미련스러움을 똑똑한 것처럼 떠들며 낭비시켜온 세월. 싫다고 밀어도 올 것은 되돌아오고, 좋다고 잡아도 갈 것은 떠나가는 섭리 앞에 보이는 대로 쫓아다니며 작은 욕심을 채우려 했던…

지금 안개가 세상을 잡고 있어도 햇빛이 피고 바람이 불면 흔적 없이 사라진다. 산다는 자체가 다 그런 것인 줄 알면서도 그토록 욕심 부리던 이유가 도대체 무엇을 위한 것이었나!

나뭇잎에 걸리던 안개 입자가 방울로 맺히듯이 이루려고 노력하면 모여들다 맺히는 저 진리에 의심이 없을 것을…

이렇게 산이 안개 속에 있을 때면 숱한 영과 기운들이 안개를 타고 와 고요히 생각하는 모든 것들을 부드럽게 깨어나게 한다.

욕심과 순리의 의미를 깨닫게 해준 안개

호랑이굴 코스 시작되는 곳. 둘째와 석호

호랑이굴에서

그곳에 가면
참으로 깊은 비밀이 있다네

이슥히 안개가 깔리면
숲의 정령들이 안개를 타고 흘러와
알 수 없는 느낌을
꿈처럼 펼쳐준다네, 신비하게도

빗소리 장중한 대호굴에서
소리와 시름에 잡히면
잠기는 반쪽과 잠기지 못하는 반쪽이
현실과 전생 사이를 맴돌다
목숨이
그때 것인지! 지금 것인지!
다음 것인지…

어려움에 밝은 꽃들의 모습
그 의지에서 아름답게 피어나는 운명
그렇게 깨닫고 흐르는
이것이 목숨의 길

천혜의 은신처

발자국 있는 곳을 나와 벽면 아래의 모서리를 잡고 5m 횡단하면 슬랩의 경사도 심각하지만, 바닥의 희미한 이끼들이 지뢰밭처럼 위험을 숨기고 한번만 잘못 디뎌주기를 숨죽여 기다리고 있다. 마른날엔 아무렇지 않던 것이 습기만 있으면 표 나지 않게 부풀어 살짝만 딛어도 쫙– 이겨지며 순간적으로 발을 낚아챈다. 습기가 많은 날엔 이곳은 금지구역이다.

몸이 들어갈 만큼 높아진 곳에서 등 뒤의 배낭이 머리하나 높이가 되는 것을 감안하여 충분히 낮추어 살그머니 들어간다. 정말 미끄럽고 위험한 경사라 조금만 비틀려도 끔찍한 일이 일어나기에 호랑이에게 물려가듯이 바짝 정신을 차린다.

낮아지는 틈 속을 호랑이처럼 바싹 엎드려 기어오르면 문득 들리는 기이한 소리에 신경을 세워보니 끙끙대는 내 숨소리가 바위틈에서 변조되어 울린다.

끼어있는 돌틈 사이를 지나 우측으로 빠져나가면 비록 발만 받쳐주는 공간일지라도 허리 펴고 설 수 있다는 것이 얼마나 훤한 자유인지, 이 작은 공간에서 거대한 해방감을 만끽한다.

이제 🔺대호굴을 오르기 위하여 8m의 크랙 슬랩에서 왼손으로 모서리를 잡고, 오른손은 바닥을 누르며 좀 까다로운 슬랩을 올라간다.

올라서면 대호가 살았을 만한 큼직한 A형의 굴이

대호굴을 오르는 크랙슬랩

166

있다.

골짜기의 막장 위가 되는 이곳은 계곡 아래서 쳐오르는 요란한 바람도 앞의 턱에서 비껴가는 사각지대처럼 안정된 별천지다.

조용해질수록 굴 바깥의 기척들이 바위틈 여기저기에서 들려 꼭 사방에 도청 장치를 깔아놓았듯이 주변을 감지할 수 있다. 새삼 천혜의 은신처임을 감탄한다.

자욱하던 안개가 언제부터인지 무거운 구름무리로 몰리더니, 이윽고 구멍 난 하늘에서 쏟아지는 장대비가 되어 나뭇잎을 때리고 땅으로 떨어지며 온 산을 울린다. 좌 - 하게 누르는 저음의 육중한 소리가 굴 속을 채우면 마음도 공명된다.

바람을 가르는 빗소리. 비 사이를 헤집는 바람소리. 그리고 떨어지는 비가 온 산에 부딪히며 켜내는 자욱한 소리가 굴 안에서 울려나오는 질긴 음들과 얽혀서 가락으로 다듬어지면, 하도 기이하고 오묘하여 나도 모르게 음의 삼매에 홀려든다.

무슨 바쁜 일처럼 한 무리의 구름이 들어오다가 굴속의 분위기를 느꼈는지 얼른 되돌아가고, 먼저 들어와 소리에 어울린 구름들만 무슨 비밀이 있듯이 무척 바쁘다.

통하면 즐겁다

세상엔 60억이 넘는 사람들이 살고 있지만 대다수가 이기성이 높아 더불어 평화로운 군락지를 만들기 어렵다. 사람이 이기성을 품으면 자신도 모르게 자기 계산에 빠져 주변을 지세 되어 사람들의 경계를 받다가 왕따가 된다.

지금 비 오는 산 속에 혼자 있는 나를 외롭다 할 것인가. 만일 통하지 않아도 저 빗줄기만큼의 사람 속에 있다면 외롭지 않을 것인가.

외로움이란 무엇인가. 통할 곳이 없다는 것 아닌가!

즐거움이란 또 무엇이던가. 좋은 것들과 잘 어울려 있다는 것 아닌가!

사람과 물질이 아무리 많아도 마음 풀어놓을 곳이 없으면 상대적으로 더 고독해진다. 그 어둠을 없애기 위하여 사람의 벽과 내 틀의 한계를 벗어난 이곳에서 보이는 것을 넘어 보이지 않는 것과 어울리는 즐거움을 누린다.

산은 굵어진 빗줄기 속에 더 가득해지고, 나는 하염없이 자욱한 소리 속으로 풀어진다. 굴 앞에 예쁜 꿩의다리꽃이 무겁게 매달린 빗물을 떨치려고 바람을 기다리는 인내처럼, 나도 내 속의 무거움을 떨칠 더 무거운 산울림을 깊이 들이고 있다.

산다는 것에는 무엇이나 자기 무거움이 있고, 그때마다 화두를 떨치려는 고뇌가 생명을 깨워내는 힘이 된다.

지금 무겁게 달린 빗방울과 겨루고 있는 저 꽃이 힘들다. 그러나 생명엔 어려움이 능력을 만드는 빛나는 고통의 시간이 되기에 마음의 힘 모아 격려를 보낸다.

빗물을 머금고 있는 보풀한 꽃은 투명한 유리알 속의 아름다움을 만들고, 그 아래 투영된 물방울은 연한 자수정의 영롱함이다. 문득 바람을 잡은 꽃이 후드득 물방울을 털고 일어나는 것에 내 허리도 펴져, 언제부터인가 꽃과 나는 하나가 되어 있다.

이 동굴 속의 자욱한 빗소리와 세상을 덮은 구름, 그리고 제 무거움을 떨치려는 꽃의 인내처럼 내 속에 피어나는 감성의 힘이 자연과 접속되어 세상 밖의 행복과 교류를 이루고 있다.

얼마나 장엄하고, 얼마나 순수하며, 얼마나 신비한 즐거움인지!

혼자라는 것은 무엇이며 외로움이란 무엇인가?

내겐 아늑한 바위공간이 있고, 서로 격려할 수 있는 꽃이 있고, 자욱한 비와 천지가 울려내는 가득한 소리에 그리움 많은 기억들이 살아나 도대체 혼자라는 느낌이 없다. 세속에도 좋은 사람이 많지만 산에서처럼 격 높은 순수로 어울리기 어렵다.

생명은 즐거움과 어울릴 때 가장 활발한 리듬이 되고, 그 리듬은 자연에서 정렬될 때 가장 맑은 에너지로 저장된다.

어디에도 없었던 내가 단백질의 세포 분열로 형상이 이루어지고, 어딘가의 먼 세상으로부터 내려온 내 정신이 형상과 접목되어 살아가는 현실에서, 자연은 내 속의 고마운 어머니며 내 밖의 그리운 어머니다.

두 손 받쳐 받은 빗방울을 자연의 젖으로 음미해본다.

자연은 경전이고 사회는 실행지다

자연과 사회. 자연은 원리를 깨달아가는 환경이고, 사회는 그것을 실행하는 환경이다. 그래서 자연을 대하고 있으면 소박함에 편안해지고 사회 속에 있으면 욕망에 조급해지는 것이다.

"팔만대장경은 마음 하나다", "구하라 그러면 얻을 것이다"라는 말은, 아무리 대단한 것도 마음에서 만들어지고, 마음이 서지 않으면 아무것도 할 수 없다는 것이다. 그리고 마음을 세워 노력하면 준비되어 있는 자연과 사회로부터 원하는 것을 얻을 수 있다는 말이다.

생각해보면 신은 이미 내 안과 세상에 다 준비해주었으니 스스로 쓸 수 있도록 노력하라는 말이다. 하여 인간은 완제품이며 자연은 제품을 가동할 수 있는 에너지며, 종교와 진리는 생명을 바르게 쓸 수 있는 설명서다. 그래서 종교는 바둑의 정석처럼 잘 익힌 다음 더 높은 수순을 위하여 놓아버려야 할 기본이다. 즉 마음의 구심엔 신이 있되 생각의 반경은 자유로워야 편견이 없어 거대한 섭리를 깨우칠 균형이 이루어지는 것이다. 그런데도 종교가 이루어준다거나 행운에 기대어 노력이 부실하다면, 그것은 준비된 자연과 그것을 쓸 수 있도록 자신 속에 능력을 저장시켜준 신의 배려를 우롱하고 스스로를 무시하는 것이다. 사람들이 자신을 조금만 무시하여도 그토록 기분 나빠하면서 스스로 자신을 무시하여 더 노력하지 않는 죄는 누구로부터 터져야 하나?

원시인이던 인간이 수십만 년 동안 하나하나의 노력이 응용되면서 오늘로 발전된 것이지 결코 종교가 만들어주지 않았다. 그런데도 자신을 개발해야 할 노력보다 종교의 틀에 묶어버린다는 것은 죽을 때까지 보모로부터 독립하지 못하는 미숙아와 같다.

그러나 스스로 바른 길이 어렵다면 종교로 가라. 어떤 종교도 서점 한 곳만큼 다양한 수준을 갖춘 곳이 없지만, 수천 년 동안의 경륜은 나약한 인간을 잡아주기엔 최고다. 그 속에서 생각하라! 세상의 다양한 경험을 겪은 당신의 능력 또한 직업 종교인보다 조금도 모자랄 것이 없다. 다만 순리대로 정리할 진리의 정보가 부족하여 그들로부터 조언을 받는다는 것을…

그러나 종교에도 가짜와 속 좁은 곳이 많아 오히려 근본을 망칠 수 있으니 반드시 공인된 종교에서, 더는 다른 종교도 인정해주는 곳에서 듣고 배워야 편견 없는 시야가 열릴 것이다. 그리고 생각이 깨어나면 자연에서 듣고 생각하라. 어느 종교에서도 이토록 전율하는 높이와 넓이를 숨으로 들이킬 수는 없을 것이다.

종교 위의 자연을 감탄하게 된다.

불교의 진리에 마음을 키워도 절과 부처상에 자신을 매달지 마라. 부처는 자신이다. 성경으로 마음을 세워도 교회의 십자가에 자신을 못 박지 마라. 하나님은 마음에 있다. 부처와 예수가 섭리를 깨달을 수 있는 자유를 누렸기에 세상을 수용할 수 있었고, 그래서 신의 뜻을 받을 수 있었다.

저기 화사한 꽃보다 여기 풀꽃이 덜 아름답다. 다시 살펴보니 빛깔은 못해도 진한 향기와 깜찍한 모양은 더 기특하다. 나는 내 눈과 생각의 한계에 걸린 착각들로부터 깨어지면서 내 안을 열고 밖을 깨달아가는 의미 깊은 개성체다.

흐르는 물은 맑다. 수용은 곧 정신의 폭이다. 골짜기의 물이 강을 거쳐 바다로 들듯이, 사람도 가정의 골짜기에서 사회의 강을 거쳐 자연의 바다에 이르지 않으면 진정한 생을 깨달을 수 없다. 크게 보여도 세상의 물 위에 뜬 거품의 부피일 뿐이다.

예쁜 꿩의다리꽃

멈춤이 없을 것처럼 줄기찬 비도 제 속을 풀었는지 몇 번을 찔끔거리다가 바람에 밀려 세상을 놓고 간다. 개이는 하늘 따라 굴을 나오면 구름 사이로 보이는 푸른 하늘이 저렇게 깊은 것인지, 오랜 은둔 생활 끝에 보는 세상처럼 신기하다.

슬랩을 오르면 벽 아래 여기저기 꿩의다리꽃이 많이 피어 있다. 포슬포슬한 산방화서(繖房花序)형의 앙증스러운 꽃들이 명랑한 군락지를 가꾸어 살랑거리는 모습들

똘똘하면서도 파리한 꿩의다리꽃

변하지 않을 수 없는 세상에서 고고한 인수봉

이 정말 귀엽다.

다른 곳의 꿩의다리꽃들은 70∼100cm 정도의 멀쑥한 가지에 띄엄띄엄 흰 꽃을 달고 있는 맨송맨송한 모습인데, 삼각산과 도봉산의 꽃들은 20∼30cm 정도의 귀여운 크기로 군락지를 이루거나 바위틈에서 파리한 청순미를 그려내고 있다.

연홍색의 작고 부드러운 꽃에 또랑또랑한 녹색 잎이 한들거리면 싹싹한 아이들처럼 귀엽고, 바람에 몰리면 우르르 뛰어가는 개구쟁이들이다. 가만히 바라보고 있으면 예쁜 천진스러움에서 티 없는 밝음이 서린다. 화사하지 않지만 똘똘한 꽃들은 길 가다 마주친 아이들처럼 반갑다.

이곳의 꿩의다리꽃은 다른 산의 꽃에 비하여 크기가 작고 색이 진하여 '예쁜 꿩의다리꽃' 이라고 이름 지어준다.

마주한 인수봉은 볼수록 곧은 품위를 세우고 있는데, 그 정갈함은 언제 보아도 변하지 않을 수 없는 세상에서 변하지 않고도 잘 살아갈 수 있음을 보여주는 고고함이다. 저 기상을 먹고 자라는 꽃이기에 씩씩하고 더 예쁘듯이 오래 오래 이 꽃들을 지켜주라고 기원한다.

일어나 바위 쪽으로 올라가다가 돌아보면 바람과 살랑거리고 있는 모습이 꼭 종잘거리는 꼬마들 같다. 더러는 고개 들고 흔드는 폼이 인사성 밝은 아이들 같아서 돌아보고 돌아본다.

타는 빛깔이 무심한 백운봉과 인수봉의 가을 풍경

거대한 볼륨을 과시하는 바위로 올라가면 반반한 바닥이 펼쳐진 멋진 전망대다. 그곳엔 마치 주인처럼 번뜩이는 호수 두 개가 나란히 패어 있다. 얕지만 고인 물들이 바람에 파들거리면 꼭 번뜩이는 색안경 같아 이곳을 오른 아이들이 단번에 "저 선글라스 끼고 있으면 시원하겠네" 하여 이곳을 선글라스 전망대라 명명하였다.

주변의 외뢰(磈儡)한 풍경은 기골 센 지형만큼이나 거친 힘을 펼쳐낸다. 저 건강한 시야를 숨으로 길게 채워서 오래 내어놓으면 반복할 때마다 상쾌한 봉우리와 가락 잡힌 능선의 리듬은 즐거운 게임처럼 감성과 어울려 뛰고 흐른다.

가을이면 백운산장 주변은 노랗고 빨간 파스텔 톤이다. 그 빛깔이 촉촉한 가을비에 젖으면 수채화처럼 맑고, 안개에 싸이면 은은히 밝은 색이 찬란한 가을을 피워낸다.

어떤 때는 안개와 햇빛이 어울린 속에 있으면 뿌연 빛에서 배어나오는 색이 움틀거리는 안개입자를 타고 잎들마다 칠하고 묻히는, 자연이 직접 단풍을 채색하는 눈부신 광경을 보게 된다.

산의 무게가 울리는 바위방

기억 속의 가을 풍경과 달리 여름 산장은 한낮의 더위에 천년의 잠을 자듯이 깊게 가라앉아 있어 세상의 숨이 이렇게 느린 것인가 여기다가 더위를 피하여 바위방으로 내려간다.

바위와 바위 사이의 이 공간은 꼭 마음 깊이 숨겨둔 사연처럼 비밀스럽다. 그늘의 틈 사이로 선선한 바람이 지나갈 때면 하도 은근하여 하! 하는 탄성이 절로 나오고, 좀 앉아 있으면 마치 바위의 온도가 젖어들 듯이 더위가 식는다.

고개를 완전히 젖혀야 보이는 하늘은 기립한 벽이 원근법처럼 소곳하게 모으다가 닫아버린다.

갇힌 공간 속에서 마음을 가라앉히고 있으면 무슨 소리가 새어나오는데 가만히 집중해보면 육중한 산의 무게가 벽에서 풍겨진다.

마음이 아늑해질수록 뭔가에 조절되는 부력을 느끼다가 여러 겹의 기운에 싸여버린다. 이제 이곳에서 나갈 수 있는 것이 아니라 오로지 기다리기만 해야 한다. 마치 어머니 뱃속에서 때를 기다리며 세상에서의 할 일들을 유전자에 심고 한편은 그 기억을 지우면서 바깥 세상을 익히고 있듯이…

바위방으로 내려가는 첫째와 둘째

알 수 없지만 결코 낯설지 않는 이 속에 잠겨 있으면, 바위에서 흘러나오는 소리는 하도 얇고 맑아서 농현(弄絃)하던 가야금이 여음으로 흔들리는 느낌이다.

언제부터인지 텅 빈 공간이다 싶더니 우르르 몸 속의 소리들이 일어나다가 바람처럼 뚝 끊어지면서 터지듯이 소리들이 들린다. 꼭 어떤 세상을 떠돌다가 낯선 곳에 걸린 기분이다.

이 호랑이굴 코스는 199m의 짧은 거리지만 대호굴의 아늑함과 바위방의 오묘함을 접촉하고 나면 마음은 소탈한 듯 가득한 듯 그러면서도 끝없이 잔산한 바다와 하늘이 내 속에서 균형을 잡아준다. 이렇게 은밀한 바위 속에서 안정이 취해지면 참으로 맑은 심상이 되어 우주에서 온 이방인처럼 나선다.

풍경을 먹어야

들어온 반대쪽으로 나가면 벽면 여기저기 핀 노란 양지꽃을 조심하며 처마처럼 만들어진 안쪽 크랙을 잡고 3m 나간다. 바위고랑을 오를 때 조금 물러나 다리 벌려 양쪽 벽면을 밀어오른다.

어떤 일에 섣불리 끼어들면 생각하지 못했던 어려움에 휘말린다. 바위에서도 한 칸 물러나는 자세를 잡아보면 균형을 타는 페이스 등반이 되어 의외로 쉽게 해결된다. 하여 어떤 일에도 일단은 잘 바라보는 것이 좋은 약이 된다.

올라서면 이곳부터 일반 등산객들의 반경이 되어 풍경을 담던 마음이 소란과 쓰레기에 얼룩진다. 이 맑은 공기와 저 풍경을 조금이라도 고맙게 여겼다면 산도 더럽히고 사람의 마음도 더럽힐 쓰레기를 버리지 못했을 것이다.

숲 속 여기저기엔 사람들이 펼쳐놓은 음식 냄새가 정상의 분위기를 뭉개버린다. 왁자지껄하게 먹고 마시는 사람들은 이 높이까지 식당을 지고 왔듯이 흥건하게 떠들다가 그 무게를 도로 안고 간다. 마치 무겁게 지고 온 운명을 다른 자루로 옮겨서 지고 가는 어느 인생만 같다.

산행에서 떠들고 먹는 습관이 되면 먹는 것을 밝히는 위장에 걸음이 무겁고, 떠드는 감성엔 산이 떠 있어 풍경이 느껴지지 않는다. 그런데도 먹는 포만감과 마시고 떠드는 술에서 그나마 받았던 산기운도 낭비시켜버린다. 이런 사람들에게 물으면 먹고 떠드는 분위기를 빼면 무슨 재미로 산에 가느냐 한다.

아직도 우리 등산 문화는 배고픈 시절에 부럽게 보이던 선진국의 피크닉(소풍) 개념으로 잘못 길들어져 있어 등산을 먹고 노는 재미로 여기고 있다.

등산에는 가볍게 걸으며 평화롭게 자연을 느끼는 '트래킹'이 있고, 위험한 바위에서 의지를 단련시키는 '클라이밍'이 있으며, 극한의 자연에 인간한계를 극복하는 고산 등반의 '알파인 클라이밍'이 있다.

어쨌거나 산행의 의미는 세속에 절여 있는 심신을 자연으로 헹궈내는 수행이다. 그래서 가볍게 먹고 여유있게 걸으며 조용히 심취해야 풍경으로 착상되던 산이 속에서 앉는다.

산에는 호흡으로 섭취할 수 있는 자연의 영양소가 높아 숨만 잘 쉬면 적게 먹어도 행복한 포만감을 느낄 수 있다.

앞에는 우람한 인수봉이 있고 그 옆엔 숨은벽의 다양한 풍경이 있다. 간단한 도시락으로 경치와 마주하고 밥 한 덩이에 풍경이 차려놓은 메뉴 하나씩 얹어 같이 씹으면 산을 섭취하는 보약이 된다. 그런데도 요란하게 왱왱거리는 객꾼들이 많아서 산은 소란스럽고 오염과 훼손이 가중된다.

거대한 우주에서부터 작게는 미립자와도 교류를 이루려는 이 심오한 문명 속에 살아도 대다수 사람들은 사소한 욕심에 번들거릴 뿐, 자신을 살게 해주는 자연과 사회에 대하여 산속의 나무나 풀꽃들처럼 깔끔한 주제에 충실하지 못한다. 그래서 힘든 산행을 수없이 하여도 눈과 마음은 산을 담은 무게가 아니라 세파에 펄렁거리는 현수막의 표정이다.

인수봉과 마주앉아 담소를 나누듯이, 또는 노스님이 맑은 물에 풀은 솔가루를 마시듯이 밥과 풍경을 곁들여 내 속으로 옮겨 놓는다. 이 간단한 식사가 얼마나 생기를 촉진시켜주는지…

참으로 어려운 봉우리에서 힘겹게 일군 이 숲은 백운봉의 오아시스며 사계의 운치를 이루는 아름다운 터다.

걸어나와 정상 쪽에서 돌아보면 아무런 거드름도 없이 점잖은, 그러면서 도도하다 싶을 만큼 인수봉이 고고하다. 저 봉우리를 배경으로 봄이면 찬란한 연둣빛이 생명을 펼쳐내고, 여름이면 기운 푸른 그늘이 정수리를 식혀주며, 가을이면 화사한 색깔들이 아름다운 풍경화를 그린다. 하얀 상고대가 피어나는 겨울은 형형한 기운이 아름다움을 넘어 결연한 운치를 이룬다.

수천 수만 년도 넘게 바람에 날려 온 흙을 모아서 봉우리를 가꾸어내는 나무들의 장한 수고에 사람들의 무지를 사죄하며 건강할 수 있도록 기원한다.

　백 년도 채우기 어려운 사람들은 자연을 훼손시킬 뿐이지만, 나무는 수백 년을 살면서 모든 생명들이 건강할 수 있도록 헌신하기에 사실 나무 한 그루는 사람보다 훨씬 높은 봉사의 일생이다.

형형한 상고대가 정신의 날처럼 피어난 백운봉

만경대 능선 홍경

七

생명의 균형을

깨닫는

만경능선에서

내 속처럼 좁은 바위틈에서 떨고 떨다가 벗어나서 오른 봉우리.

마음이 큰 사람에겐 나라가 보인다지만,

내게 보이는 것은 공해 속의 세상이 가엾고, 사람들이 갉아먹는 산자락이 아프다.

바위 아래서는 습성에 잡힌 생각처럼 한쪽밖에 볼 수 없지만,

능선에 서면 훤하게 열리는 양쪽 시야에서

저렇게 생각을 열어야 마음이 기울지 않는다는 것을 새긴다.

어려운 환경에서 조용히 풍경을 가꾸어가는 꽃과 나무들.

생명은 여건이 아니라 자기 의지임을 깨닫는다.

피아노바위 절벽 틈에서 노을을 안고 있으면 묘한 허무가 유혹하는 절벽이 참 평온하다.

백운봉과 만경대 사이에 있는 문은 분명 백운봉암문(白雲峯暗門)인데 위문(衛門)이라는 이름이 붙어 있다. 이곳에 관한 어떤 사료에도 위문이라는 이름이 없고 일설에 의하면 일제 때부터 불려진 이름이라 한다. 국립공원이며 사적복원 공사를 하면서도 가장 기본인 역사 고증을 하지 못하여 여러 성문에 잘못된 이름을 달고 있는 것이 우리 행정의 현주소다.

나라의 역사관이 바로 서지 않으면 민족의 정체성이 결여되어 국가관도 부실해진다. 당장 위문이란 팻말을 쪼개버리고 싶지만 이제까지 방치해온 잘못도 합당한 절차가 아니면 명분의 미명 아래 행하는 폭력이 된다. 그래서 틀린 것을 밝혀주면서 관할 부서의 시정을 지켜본다.

우리가 자신의 이름으로 살아가듯이 저 성문도 제 이름을 달고 싶을 것이다. 그런데도 저 문은 아직도 일제 치하다.

입어서는 가까운 정석도

대부분 오전엔 조용하였다가 한낮이 되면서 일어나는 삼각산의 구름과 바람에 젖은 옷들은 유쾌히 무게를 털기 시작하고, 나도 이제까지의 피로를 털어낸다.

만경대능선이 시작되는 성문 위의 바위는 꼭 성문을 지키는 수문장처럼 근엄하게 버티고 있어 우리는 ▲수문장바위라고 부른다. 어떤 사람들은 재주로 오르며 박수를 받기에 갈채바위라고도 하는데, 바위를 가볍게 여기면 결국 바위에게 가벼운 취급을 받기에 하지 말아야 한다. 사람이야 바위 앞에서 쪼까 깐죽거릴

184

만경대 등반에서 가장 어려운 수문장바위

뿐이지만 바위가 사람을 무시하면 탁 털어버린다.

　무감한 바위지만 하나하나 익히면서 부드럽게 맞추나보면 지 묵묵함 속에 숨겨진 다양한 개성을 이해할 수 있지만, 저 바위들의 표현을 읽지 못하면 낯선 사이로 겨루게 되어 결국 약한 나만 몇 배의 힘을 소진시키게 된다.

　성곽 끝에서 벌어진 7.2m의 홈을 올라 스탠스에 선다. 좌측 벽 아래를 보면 두 발을 같이 디딜 수 없는 좁은 모서리가 있다. 왼손을 돌려서 받쳐잡고 5m 건너가면, 꼭 삼각형을 거꾸로 세워가듯이 아찔하여 앞의 바위를 몸만 뻗쳐 잡으려 한다. 딱 한걸음만 다가가면 안전할 것을 평소 조급한 습성은 숨소리만 달라지면 설치는 것이다.

균형이 아찔한 모서리를 건너는 둘째. '95

　바위 사이에서 안으로 오르면 두 곳의 짧은 슬랩을 올라야 하는데, 습기 많은 바닥이라 신발 끝을 말려서 오른다. 미끄러운 슬랩이지만 잠깐 멈추어 신발을 말린 일이 분의 시간이 이렇게 신뢰할 마찰력이 되어 준다. 하여 생활에서 일이 분만, 아니 딱 한번만 더 생각해도 인생이 이만큼 안정될 것이다.

　이제 막장에서 올려다보면 좁은 하늘을 물고 있는 까마득한 침니가

넓은 침니 자세

186

지옥의 탈출구처럼 뻐끔하다. 오른쪽 벽의 중간모서리까지 오르기 위하여 다리와 팔 벌린 넓은 침니 자세로 양쪽을 버티며 한쪽 한쪽을 밀어올린다.

이렇게 조심하며 최선을 다해도 바위의 힘은 끊임없이 부딪히는 거친 물살 같아서 나는 두려움에 떨면서도 이제까지 터득한 경험의 줄기를 잡고 물살 사이를 헤아려가듯이 조금씩 목표점에 다가간다.

좌측의 돌출된 바위를 잡고 건널 때는 아래에서 매달리면 몸무게에 떨어질 수 있어 딱 두 칸 더 올라가 수평에서 잡고 건너선다.

모서리에 올라서면 꼭 높은 막대기 끝에 서 있는 것 같아 참 난감하다. 물론 방법이야 있겠지만 이 어려움이 길어지면 새는 물처럼 기운도 빠르게 소모되기에 단단한 마음으로 모서리 뒤쪽을 두 손으로 당기며 흔들리지 않게 침니 속으로 옮겨간다.

이제 아득한 깊이가 끌어당기는 두려움도 크지만 매끈한 침니 속에서 숨을 몰아쉬는 나와 달리 저 아래 사람들은 너무 한가롭게 보여 문득 나만 꿈속에서 홀로 발버둥치는 느낌이다.

버티는 발로 등을 밀어 침니를 오르면 두려움에 쫓겨 무심코 움직인다. 사실 사고란 이런 기로의 순간을 만들기 위하여 오래 전부터 조금씩 마음을 흔들면서 의지를 깎아대고 있었던 것이다. 이런 때 급해지면 의지가 새게 되면서 목숨도 따라 샌다.

지금처럼 인체의 분별력이 밀릴 때는 조금만 쉽게 생각하면 감각의 블랙홀을 만나듯이 뻔한 것에 멍청히 당한다. 의지의 힘이란 바람에 묻어오는 냄새처럼 상황이 풍기는 징조를 감지하여 짧은 순간에 전체를 망가뜨릴 분위기를 골라내는 것이다.

좁은 침니를 밀어오르다보면 저 깊은 아래가 무서워 나도 모르게 좁은 안으로 들어가 억지로 밀어올린다.

좁은 침니 자세

지금 섬뜩한 깊이가 무서워 좁은 안쪽으로 들수록 다리가 너무 불편하여 미끄러질 확률도 높고 버티기도 엄청 힘들다. 그러나 안전과 효율의 기준에서 설정된 정석을 믿고 고집스레 버티는 육신을 끌고 넓은 곳으로 나와 등을 밀어올리면, 얼마 움직이지 않았는데도 위에 닿아 올라선다.

이렇게 능률적인 정석이지만 정석은 언제나 습성의 한 단계 위에 있어 육신이 싫어한다.

이 무서운 수문장 침니에서 정석을 기피할수록 좁은 곳으로 들어가 사서 어려움을 겪고, 마음도 객관성을 잃을수록 세상을 작은 내 생각에 끼우게 되어 나는 세상으로부터 소용없는 물건이 되어가는 것이다. 그래서 육신이 귀찮게 여길수록 끊임없이 단련시켜주어야 내 결점이 개선되면서 다음 단계를 오를 능력이 형성되는 것이다. 그래야 세상에서 쓸모가 많아지고 세상도 쓸모 많게 다가오는 것이다.

그런 대단한 정석인데도 대부분 입으로만 키운 것이 되어 입에서는 가까워도 실행해보면 예상보다 멀어서 하지 못한다.

숲 사이의 성곽 따라 130m 오르면 만경봉이다. 이곳에 서면 넓은 세상을 볼 수 있는 테라스가 있어 만경대라 한다.

원래 마한의 땅인 이곳에 고구려 동명왕의 둘째 비류와 셋째 온조가 전처 소생인 태자 유류와 있는 것이 위험하여 살 곳을 찾아 남하하다가 이곳에서 지형을 살펴보고 백제의 도읍을 정하였다 하고, 또 조선 초 천도할 곳을 물색하던 무학대사와 정도전이 여기서 도읍지를 보았다 하여 국망봉(國望峯)이라고도 한다.

테라스에 앉아서 가만히 백운봉과 마주하고 있으면 담담한 벽이 풍겨내는 형언할 수 없는 무게를 느끼게 된다.

넓은 벽면엔 억겁의 세월이 다듬은 선과 면이 거대한 풍상을 풍기고, 띠를 두

른 나무들이 끝인 줄 알고 내려다보면 아득히 이어진다. 더러는 넓은 암벽에 절
묘한 구도로 균형을 풀어놓은 소나무들의 한적하고 우아한 여유는 정말 고고한
풍경화다.

우측의 인수봉은 단연 이 산의 청백리다. 말쑥하게 빚어진 봉우리의 정
갈한 기품에서 배어나오는 기상은 청빈한 선비다.

멋진 구도로 고고한 운치를 그리는 백운봉 암벽의 소나무들

저 두 봉우리를 비교해보면 인수는 말쑥하게 뽑아올린 삼각형이라 고아하지만, 오각형으로 이루어진 백운봉에 비하여 구조적인 중량감이 부족하다. 신하는 청빈해야 의혹이 없고, 제왕은 헤아릴 수 없는 위엄이 잠재되어야 넘볼 수 없는 것이다.

이제 이곳에서 일어나 서울이 보이는 동남쪽으로 간다. 모서리를 세운 높은 바위는 기댄 곳도 없이 얇게 휘어져 있는데 꼭 세상의 만경(萬鏡)을 비춰보는 안테나처럼 희한하다.

동남쪽은 거대한 서울이 스모그 속에 갇혀 웅-웅- 신음을 앓고 있다. 온갖 매연과 열기가 또 하나의 대기층을 형성한 열섬(heat island) 현상은 아무래도 하늘이 뿜어낸 자들에게 도로 마시라고 가두는 것 같다.

맑은 날이면 동남쪽 멀리 검단산과 예봉산 사이로 팔당호가 하얗게 부시고, 또 바람이 씻어준 다음날 아침 안개가 엷게 끼면 서울은 다도해처럼 고요하여 정말 이럴 수도 있나 싶다.

만경봉. 만경이 보이는 이 봉우리에서 자연이 끌어갈 흥망성쇠의 작용을 알고 도읍지를 선택한 선지자의 눈처럼, 내 좁은 시야를 떠나 이 산의 눈으로 만경을 보기 위하여 오른 봉우리. 내 눈엔 가득한 대기오염과 욕심의 오염에 갇혀 사는 사람들이 안쓰럽다.

수중 도시처럼 고요한 서울. 멀리 팔당호가 보인다.

만경봉(국망봉)

마음이 큰 사람에겐
나라가 보인다던 국망봉
저 아래 오염 속에서 내가 파닥거린다

만경(萬景)
이 산에 서면 보이는 저 넓이도
내려가면 닫히는
눈과 마음의 차이

여기서 세속이 작듯이
세속에서 산을 품고 있으면
하늘 아래는 넓은데 사람들은 참 작다

산을 찾는 의미는
오르는 높이만큼 마음 넓히는 작업
우아한 풍경은
고통을 다듬어낸 고도의 걸작

눈으로 익힌 산이 가슴에 앉으면
만경을 깔아놓은 봉우리
그 눈높이려니…

갈 곳을 바라보면 남쪽으로 쭉 빼어 질주하는 능선이 군데군데 큰 숨소리 같은 바위들을 놓고 가는 끝에는 용암봉의 흰 서리가 푸른 숲 위로 잘 갈아놓은 칼끝처럼 섬연하다.

태양이 서쪽으로 기우는 오후가 되면 해를 등진 능선들이 거칠게 흔들던 산줄기들을 정렬시킨다. 그 겹겹의 무게 위로 서서히 살아나는 실루엣의 역동적인 힘은 가장 부드러운 빛의 보풀이 현으로 피어나 장중하게 연주하는 스펙터클한 피날레다.

저 준엄한 절벽과 유유한 능선, 그 직선과 곡선이 조화를 이룬 거대한 입체의 힘, 그리고 풀풀한 빛이 운치를 피우는 풍경은 목숨에 운율을 주는 생동감이다.

내려가서 바위를 끼고 돌아가면 길이 떨어진 벽에 있는 와이어로프(쇠줄)를 잡고 건너 그 아래로 내려서면 ⛰️골바위다.

직선으로 깎인 10.3m의 절벽이 좀 험하게 보이지만, 우측으로 비스듬히 패인 고랑 따라 흔들리는 홀드를 확인하며 내려가다가 작은 스탠드에 서면 조금 낫다.

아래 나무를 딛고 싶지만 바위틈에 눌려 자라는 나무는 어느 한쪽이 약하다. 그쪽으로 힘을 주면 너무 쉽게 부러질 수 있고, 또 나무의 기가 가장 약할 때나 내

천천히 홀드를 찾아야 하는 골바위

기가 높을 때 잡거나 밟으면 기가 꺾인 나무는 맥없이 부러질 수 있다. 꼭 잡아야 할 때는 힘을 주지 않고 균형만 살짝 이용할 뿐이다.

사람들이 자주 잡는 절벽의 나무는 언젠가 한두 사람의 목숨을 물고 끝내기에 정말 조심해야 한다.

내 몸에 칭찬해주면

벽면 아래 리듬 같은 바위들을 돌고 넘어가면 나무들이 감춘 깊은 절벽이 바람에 드러나도 그저 경쾌할 뿐이다.

언덕 같은 바위를 타고 가다가 둥근 슬랩을 오르면 그 앞이 골바위에서 갈라졌다 만나는 곳이다.

올라서면 둥근 슬랩 위에 ㄱ자의 벽이 끼고 앉은 아담한 공간이 있어 쉴 자리를 잡는다. 서울은 아직도 마귀의 주술에서 풀리지 않았는지 뿌연 연무에 갇혀 있지만 마치 강 건너의 불길처럼 어쩔 수 없기에 그저 바라만 볼뿐이다.

뒤쪽과 옆의 벽이 모으듯이 오므려주는 아래는 생각보다 아늑하여 양말까지 벗고 수고한 발을 주물러준다. 손과 발. 가장 부지런히 수고하면서도 늘 과묵한 저들끼리 문질러주면, 가장 잘 통하는 협력이 손끝에서 발끝으로 순환되면서 온몸의 혈이 융통되듯이 부드러워진다.

힘든 산행에서 가끔 발의 열을 풀어주지 않으면 전체 능률을 책임지고 있는 발에 과부하가 발생되기에 잘 주물러 주면서 수고의 고마움을 전하면 오래갈 피로가 빠르게 회복된다.

제 의무대로 움직이는 인체들이지만 나를 만들어가는 이 충실한 수고를 격려하고 고마워해야 한다. 그렇지 않으면 세포도 소외감을 느껴 마지못해 움직이면서 능률도 떨어지고 생각보다 일찍 고물이 된다. 그리고 소외감이 쌓일수록 어느 부위의 기능이 부실해지면서 병이라는 고통을 만든다. 그래서 딱딱한 의무를 즐거운 봉사로 이끌 수 있도록 격려와 칭찬을 아끼지 않는다면 인체의 오감은 즐거운 리듬을 발생시켜주고, 그 원활한 능률에 의하여 내 체력과 정신도 한 단계 높아지는 것이다.

육신이라는 것이 무엇인가. 정신의 완성도를 높이는 가장 큰 협력체이면서도 정신이 하려는 일을 가장 귀찮게 여기는 적이다. 그렇지만 이것으로 얼마나 크고 많은 일들을 할 수 있는지! 짧게는 현실의 모든 것이 물려있고, 길게는 그 현실을 개선시켜 다음 세상을 만들 능률이 걸려 있다.

생각이 정신의 높이를 만든다면 육신의 실행은 그 질을 만들어내는 실체다. 아무리 정신이 강해도 육신과 더불어 강한 것만큼 좋을 수 없고, 육신을 다스리지 못하는 정신은 이룰 수 있는 것이 없다. 젊은 날 다양한 경험으로 육신을 단련시키고 정신을 높여야 나이 들수록 주제 좋은 인생을 다듬을 수 있다. 그래서 힘들고 위험한 등반으로 육신과 정신을 단련시키면서 풍경이 만든 절묘한 의미를 심신이 함께 감동하도록 하는 것이다.

어려움으로부터 터득해내는 감동의 힘. 이것이야말로 육신을 정신에 매료시킬 수 있는 최고의 매체다.

눈으로 보고 마음에 쌓인 감동을 손과 발에게 전해주면서 자연을 만끽하는 이 거대한 행복도 잡을 수 있는 손과 걷는 발의 덕택이라고 고마워해준다.

부드럽게 물러진 발에 포슬하게 말린 양말을 신겨서 신발을 고르게 조여 주면, 원기를 회복한 발의 탱탱한 힘이 경쾌하게 걸음을 다투고 있어 이제까지의 피로가 느껴지지 않는다.

능력만큼 나갈 수 있다

갈 곳을 바라보는 절벽 능선엔 몸집 큰 바위들이 서고 앉아있어 길이 있을까 싶다. 그러나 참으로 묘한 것은 바위도 우리처럼 숨겨진 인정이 있다. 그래서 아무리 냉정한 사람도 알아주고 협력해주는 사람과는 풀어지듯이, 저렇게 낭과 벽으로 자르고 막아있어도 익혀진 깊이만큼 길을 열어주는 것이 바위다.

저 험한 절벽도 어딘가에 길을 감춰두고 있고, 냉정한 사람의 마음에도 표현하지 않는 속정이 있다. 바위와 사람에겐 없듯이 숨겨진 인정이 있고, 있듯이 통하지 않는 야속함이 있다.

그런 길을 가기 위하여 바위에서 홀드를 찾듯이 운명에 감추어진 길을 찾는 것도 내 수준만큼 보이고, 볼 수 있는 능력만큼 나갈 수 있다. 그래서 원하는 것보다 모자라도 그것이 내 수준이 만든 내 복의 한계이지 결코 세상이 주는 것이 아니다.

원인에서 결과까지 과정은 달라도 전체의 결산은 한 치의 오차도 없는 것이 인과의 법칙이다. 그 속에서 수준보다 넘치던 것은 결국 웃자람 같은 부작용이 따라온다. 그래서 뭔가 많다고 여겨지면 사양하거나 알맞게 받을 수 있어야 덜 필요한 것에 의하여 정말 필요한 것이 훼손되는 오류를 막을 수 있다.

내 수준보다 무리하던 바위에서 목숨을 떨던 후회처럼, 내 범위를 초과하면 원하지 않던 것에 내가 낭비되던 것을 알기에 모자라는 현실을 마음으로 깨우며 조금씩 수준을 높여간다.

언제나 능력 따라 이루어지는 것에서 남의 큰 것은 그 사람의 능력임을 알게 되고, 작은 내 것은 내 탓이기에 작지만 더 유용하게 쓸 방법을 생각한다. 그래야 언젠가 발전될 가능성이 있지만, 내 것이 작다고 탓하면 그것마저 없어져 결국 나아갈 수 없는 절벽처럼 끊어진 길 앞에 서 있을 것이다.

인생의 능선. 굴곡 많고 험난한 세월의 길을 이 절벽의 어려움처럼 풀어 간다면 길 없는 위험 속에서 보이지 않던 원대한 길이 보인다. 그래야 산다 는 것에 얽혀 오묘하게 늘어져 있는 운명의 장구한 능선 길을 잘 걸어갈 것이다.

잊고 사는 잘못들

벼랑 위의 좁은 길을 조심스레 타고가면 걸 음보다 마음이 너 사려진다. 모퉁이를 돌아가 면 겨우 빠져나갈 수 있는 틈 양쪽엔 험상한 괴 물 형상들이 기다리고 있어 걸음을 멈춘다. 마 치 죄 지은 자가 검열관 앞을 지날 때처럼 뭔가 알 수 없는 잘못에 꼼짝없이 걸릴 것 같은 기분 이다.

시침 떼고 바위를 만져보며 여유부리고 싶지 만 스스로 뻔뻔해질 가증스러움에 조용히 지나 오면, 예상된 사태가 일어나지 않아 다행 같은 불안이다. 돌아보니 한쪽의 두 괴물이 아주 험 악한 표정으로 통과시켜준 앞쪽 괴물을 추궁하 는 모습이다.

문득, 내가 무사히 지나온 것이 저리 험악할 정도로 잘못된 것일까? 그렇다면 내겐 얼마나

내 행적을 검색하고 다투는 괴물들

많은 잘못들이 있다는 것인가?

살아오면서 옳고 그름과 내가 한 일에 대하여 분명한 책임이 따르는 스무 살부터 업무에서 취미에서, 하지 않아도 될 것에서 하지 말아야 할 것까지, 수없는 핑계와 핑계도 없이 무심코 또는 계획적으로 나를 속이고 사람들을 속이면서도 남이 나를 속이면 격분했다. 그렇게 내 구린내 모르고 설친 똥이다.

이제 인생의 완결을 위해야 할 지천명(知天命)에서 어쩌다 실수처럼 떨어뜨리는 잘못들도 이런 곳을 지날 때면 스캐너를 거치는 바코드처럼 내 속에 숨겨진 잘못들이 찍히는가!

저 세 마리의 괴물 중 하나는 나를 놓아주고 둘은 그것을 추궁한다. 내게 어떤 가능성이 있어 봐주었을까? 그렇다면 그 가능성을 찾아서 충실하면 개선될 희망이 있을 것이 아닌가?

운명의 개선. 생명 최대의 희망과 난제.

저 봉우리가 하나로 보여도 올라와서 내려다보면 여러 골과 능선들이 모여서 세워놓았고, 거기서 또 다른 줄기가 능선으로 흐른다. 운명도 하나의 세상이나 환경에서 이루어진 것이 아니라 여러 생에서 구성된 능선을 타고 오다가 현실이라는 봉우리를 만들고 다시 새로운 능선을 형성해가는 산줄기다.

그 진행에서 내가 행한 잘못을 잊지 않고 고쳐간다면 내가 주연이 되어 운명을 끌고 갈 수 있다. 그러나 잘못을 모르고 있거나 고치려 하지 않으면 누적되는 오류에 의하여 나는 운명의 엑스트라로 소모될 것이다.

하여 잘못한 일들을 모르고 있다면 그 후유증은 마치 보이지 않는 적이 주변을 맴돌듯이 언제 내 삶을 방해하고 훼손시킬지 모른다. 그래서 잘못은 잊지 말고 새겨두어야 이불 속에서 잃어버린 바늘이 되지 않을 것이다. 그런데도 대다수 사람들은 자기 위주로 고쳐버리고 살기에 자신도 모르게 버려놓은 크고 작은 잘못의 바늘에 수없이 걸리고 찔리는 상처로 산다.

이렇게 나를 돌아보면 잊고 살아온 잘못들이 운명의 이물질로 끼어 있다. 그래서 곱게 맞물려 가야 할 일들이 이상하게 틀어지는 것이다. 특히 급할 때일수록 내가 잘못한 것과 남의 원망이 내 속에 숨어 있다가 더 설치면서 나를 어렵게 한다.

그 알 수 없는 적들로부터 벗어나기 위하여 이 절벽의 무서움에 떨면서 마음을 떨게 할 잘못을 만들지 않으려는 것이다.

이렇게 지나온 생활이 아득하지만 열심히 노력하고 인내하다보니 멀게 생각했던 것들이 하나 둘 바꾸어진다. 그래서 운명의 구성체는 쉽게 변해지는 점성(粘性)체는 아니지만 그렇다고 불변의 고체도 아닌, 노력에 따라 달라지는 점탄성(粘彈性)체다.

균형을 깨닫는 능선에서

능선의 절벽 모서리길을 가다보면 평평한 바닥에 1.2m의 깊은 틈이 있다. 이곳을 뛸 때는 짧은 내리막을 투 스텝에 멈추어야 절벽으로 날지 않는 ⛰️뜀바위다.

훌쩍 몸을 날리면 짧은 바위 끝이 찰나에 섬뜩하다. 확실하게 숙달된 곳이라 뛰지만 어쩌다 삐끗하면 찰나로 보이던 공간 속으로 영원히 사라질 수 있다. 그러나 이 짧은 순간의 집중력은 어디서에도 얻을 수 없는 심도가 되어 내 몸과 정신을 완전한 하나로 만들어준다.

이렇게 잘 조율되어 있어야 정신의 의미에 내 몸을 충실한 도구로 사용할 수 있다. 사실 내 밑천 전부인 몸을 걸고 스스로를 협박하는 무식한 흥정이다.

백운봉과 만경대능선 위로 훤하게 펼쳐진 하늘. 좌측부터 백운봉, 인수봉, 만경봉 능선

내려오는 모서리에서 떨어질듯이 몸을 쭉 내려야 겨우 걸리는 발끝에서 기왕 생긴 것 조금만 더 넓었으면 딱 좋았을 그 한계가 아쉽다. 하여 남들이 보는 나도 그럴 것이기에 내 좁은 속에 발을 내리듯이 어렵게 내려 능선을 올라서면 시야가 훤하다.

바위 아래는 습성에 잡혀있는 내 생각처럼 한쪽밖에 볼 수 없었지만 능선에 서면 훤하게 열리는 양쪽 시야를 보고 이렇게 활짝 열어보라고 스스로에게 부탁한다.

이 훤한 능선에서 화창한 시야처럼 마음을 열면, 바람을 타듯이 순한 에너지가 온 신경으로 흐르면서 호르몬계를 안정시켜주는 피드백 메커니즘을 활성시켜 스트레스에 눌리고 헝클어진 뇌를 정연하게 연산 처리해준다.

에너지 소모량으로 움직이는 사이보그 메커니즘이 아닌, 인간만의 능력인 사색과 낭만에서 만들어지는 제3의 효율로 이원 공동체인 정신과 육체를 고감도 커뮤니케이션으로 전환시켜준다. 그렇게 심신이 정렬되면 순도 높은 변별능률에 의하여 목적에 매달리지 않고도 목표를 이룰 수 있다.

삶의 의미도 써가는 시간만큼 정신을 다듬어야 살아가는 육신 속에서 빛나는 아침과 그것을 숙성시키는 고요한 밤처럼 새로운 마디로 자라는 또 다른 목숨을 느끼게 되는 것이다.

내 의미를 갖고 태어나 부모의 바탕에서 자라며 나의 세상을 만들어왔듯이, 내 바탕에서 아이들이 제 개성으로 자라며 부모가 가듯이 나도 머물지 못하는 시간 속에 있다. 이 양면의 굴레 속에서 산다는 것과 더 가치 있게 살기 위한 것이 마치 고도의 능력을 만드는 고도의 훈련처럼, 생명이 왜 욕망과 진리의 능선에 얹혀 끊임없는 시험의 저울질을 당해야 하는가를 깨닫게 된다.

두 눈과 두 귀의 용도, 양면을 보고 들어 기울지 말라는 의미를 깨닫는 능선에서 내 정신과 육신을 양손에 들고 재어본다.

질서는 통치 수준이다

가다가 뒤돌아보면 예쁘고 탐스런 젖가슴 하나가 바위에 봉긋이 드러나 있다. 아담 탱탱한 부피에 도톰하게 돋은 까만 꼭지는 꼭 비너스의 가슴 하나를 숨겨놓았듯이 얄궂다.

사계의 빛깔이 아름다운 바위성

　절벽 아래 계곡엔 짙은 명암으로 모서리를 세운 바위들이 강가의 숲에 서있는 고성처럼 묘한 적막감을 풍긴다.

　저 바위 주변은 은근히 사계가 아름다운 곳이다. 봄이면 포근한 연두색이, 여름은 녹색 바다에 뜬 섬처럼 깊다. 가을이면 홍, 황, 적, 청의 이파리들이 화사한 축제를 열고, 겨울이면 거대한 침묵이 고즈넉한 회색빛 속에서 꿈을 꾼다.

　하나의 바위가 기점이 되어 넓은 숲을 거느리고 사계에 따라 제 패턴을 바꾸어간다. 돌아보면 내 기점도 커가는 아이들과 져가는 부모 형제와 친인척들, 그리고 제 각각의 개성으로 연결된 친구와 사람들이 세월이라는 같은 열차를 타고 종착지 다른 여행 속에 있는 모습들이 풍경처럼 들어온다.

길이 막힌 능선에서 좌측 아래의 ▲균형바위를 지나 ▲전망바위를 오르면 거침없이 융통되는 바람과 햇빛의 바닥이 있다. 둘러보면 능선과 봉우리들이 조율시킨 지세가 한눈에 잡히는 훤한 곳이다.

만경대의 깊은 절벽은 긴 천을 늘어뜨리듯 드리웠는데, 그 폭엔 모양 좋고 빛깔 좋은 나무들이 자수처럼 섬세한 풍경화를 놓았다. 그 긴 바위에서 풍겨지는 거대한 과묵함 속에서 색깔과 빛깔을 꾸리는 나무들의 재치는 거대한 힘을 아름다움으로 조화시켜낸 산에서만 느낄 수 있는 운치의 감동이다.

이곳에서 성을 쌓은 능선을 둘러보면 원효봉에서 오르는 지형세가 시계 방향으로 순환되면서 바깥이 험한 전형적인 수비지세다. 이 산을 도읍지로 잡고도 뒤에 있는 금성철벽(金城鐵壁)의 산세를 몰라 임진란에는 의주로, 정묘호란에는 강화도로, 병자호란에는 남-한산성으로 피하며 유린당한 조선이다.

그런 역사를 갖고도 당리당략의 파당을 버리지 못한 조선이었기에 결국 망국을 맞았고, 그 여파로 분단된 나라로 살아가는 우리 현실이지만 정치는 아직도 그때에 감염되어 있다.

도대체 정치인만 되면 잡아떼고 덮어씌우며 이권과 당략으로 서로 물고 뜯는 고질병은 세상 역사에서 가장 오래된 전염병인데도 아직도 약이 없는 불치병이다.

정치(政治)란 북을 두드려 사람들에게 바른 길을 알려주는 것이며, 통치자란 그 질서를 이끄는 고수(鼓手)로, 통치자의 사고방식에서 정치와 행정과 사회의 풍토가 조성된다.

과거와 현실에서 미래로 이끌어가야 하는 정치는 가장 어려운 국가 관리직으로, 과학자처럼 탐구적이고, 철학자 같은 정도의 논리에, 펀드 매니저처럼 분석적이며, 감성이 아닌 이성적 논리에 신뢰를 걸어야 국가의 안정과 발전이 높아진다.

힘의 바위에 빛깔을 놓은 만경대 절벽

안정된 통치는 결코 어렵지 않다. 높은 사람들이 기본 양심에 충실한 법 집행과 인사를 지키면 그 기준이 구심이 되어 기본 바른 사회와 열심히 일하는 국민들이 된다.

선진국일수록 법치에 의하여 질서가 안정되어 있어 사람들의 표정과 눈빛도 안정감이 깊다. 그러나 인치에 다스려지는 후진국일수록 기준이 혼란하여 사람들의 눈빛도 혼란하다. 그처럼 국가질서는 국민들의 표정과 수준을 만든다.

선진국의 법치는 오랫동안 적용된 기준에 의하여 예외가 어렵지만, 후진국은 권력자의 적용에 따라 법이 변하는 인치가 되어 법 밖의 목적에 편법으로 쓸 수 있어 참 편하다. 그래서 언제나 국민을 내세우고 뒤로는 자기들의 계산을 뱅뱅 돌리다가 결국 나라를 뱅뱅 돌려놓는 것이다.

어쩌면 우리 사회의 가장 잘못된 원인이 높은 곳에서부터 기초 질서와 기본 양심의 중요성을 인식하지 못하는데 있다. 그래서 지위를 이용한 불법이 드러나도 일단은 딱 잡아떼고 뒷수습을 보려는 무양심이 탱탱하다. 더욱이 제 구린내 감추려고 남의 잘못에는 엄격하면서도 자신들은 대의를 위해서라 한다. 그렇게 손바닥으로 제 눈의 하늘을 가리기에 끝까지 비열해질 수 있는 것이다.

그 속에 온갖 단체들이 범람하여 가치관의 혼란을 일으키고, 그 여파로 책임감과 성실이 결여되면서 인재에 의한 대형사고들이 잦아진다. 그 무질서를 타고 한탕주의와 막가파식 범법이 활개치고, 절제력 약한 불만자들의 충동적 사건과 경제 파탄의 자살자와 범법자들이 늘어나면서 사회는 혼란 속에 썩어가는 것이다. 그런데도 희한하게 고치자는 목소리가 높아지지 않는다.

그래서 쿠데타나 혁명이 일어나는 것이다.

기초 질서란 가장 간단하게 나라의 질서를 잡으면서 가장 장기적인 안정을 이루게 한다. 그런데도 다른 목적이 있는 정권에겐 안정은 외려 불편하고, 튀는 치적이 필요한 정권에겐 기초 질서의 효과는 너무 느려서 귀찮다. 그래서 가끔 시선 전환용일뿐 진짜는 바른 질서는 원하지 않는다.

그것이 정권을 잡은 사람들이 영원한 봉사자로 남을 수 있는 최고의 기회를, 최고의 이권 기회로 누리려 하기에 짧은 통치 기간을 영원히 통칠해놓는다.

언제나 기초 질서를 쓰지 않은 정권이 없었지만, 그런데도 우리의 질서 수준을 보면 결코 아무나 할 수 없는 것이 기초 질서임을 깨닫게 된다. 그것은 통치자의 인생이 성실과 준법성으로 체질화되어 있지 않으면 꾸준할 수 없기 때문이다. 그래서 기초 질서는 시작이면서도 결실이다.

우리도 한때는 질서에 충실했던 시절이 있었다. 그러나 언제부턴가 정직하고 성실해야 한다는 가치관이 죽어갔다. 많은 사람들이 민주주의를 외치고 정치를 하였지만 사심의 덩어리였을 뿐, 아직도 우리는 정직한 성실이 신뢰할 수 있는 민주주의인 것을 모르고 있다.

하여 진실로 정치를 잘하고 싶다면 기초 질서에 정권의 운명을 걸어도 하나도 모자람이 없을 것이다.

생각해보면 우리 역사 중에 온전한 독립국으로 지난 것이 얼마나 되나? 언제나 우리끼리 싸우다가 유린당한 역사다.

우리를 종속하려는 대륙성의 중국과 소련의 힘. 언제나 우리 땅이 필수적인 일본열도의 호전성. 이 초 강대국의 작용 사이에 있는 우리는 철저한 실리와 질서로 농축되어 있지 않으면 언제 어떻게 비참해질지 모르는 것이 역사 속의 증명이다.

같은 산이라도 어울린 산을 보면 넘지 못할 힘을 느끼고, 홀로 서있는 산을 보면 마음이 먼저 산을 넘는다. 넓은 것을 보고 살면 자연스레 큰 스케일이 형성되고, 작은 것을 보고 살면 자기 생각에 급해진다. 그래서 큰 생각을 가진 사람은 산으로 보이고, 생각이 작으면 이파리처럼 보인다.

아무리 작은 나라도 질서가 탄탄하게 어울려 있으면 넘볼 수 없고, 혼란하면 늘 만만하다.

가슴을 열고 아랫배 깊이 숨을 들이고 천천히 내쉬며 저 산이 끌고 가는 힘찬 기상을 내 속 깊이 들이켜본다. 위대한 선각자처럼 세상을 이끌지는 못해도 나를 내 의도대로 다스릴 수 있는 내 안의 왕이 되고 싶고, 스스로에게 고분한 내 안의 순한 백성이 되어 내게 의한 내 인생의 통치를 보다 높게 이끌고 싶다.

계산이 없어야 아름다움이…

동쪽으로 내려가면 푸른 나무들이 오랫동안 햇빛을 타고 온 마른 감성을 푸근하게 안아준다. 더욱 절벽을 살그머니 넘어오는 바람은 안타까울 만큼 여린데도 그 선한 느낌은 어찌나 감미로운지 마음이 절로 녹는다.

바위 곁에서 가지를 내밀고 알랑거리는 나뭇잎들은 오랫동안 팽창되어 있던 시신경을 풀어주고, 부드럽게 흔들리는 잎들 사이로 띄엄띄엄하게 움직이는 빛살의 퍼들퍼들한 모습은 자연이 표현하는 판토마임처럼 오묘한 형용사다.

🔺모퉁이슬랩을 조심스레 내려오면 울퉁불퉁한 바위가 펼쳐진다. 그 앞으로 노적봉에서 내린 능선이 길게 휘어지다가 끝에서 에돌아 볼록하게 솟은 봉우리가 최영 장군이 요동을 정벌할 군사를 조련했다는 장군봉이며, 그 좌측이 성 안의 중심지였던 중흥사다.

조금 전에 쉬었지만 훤한 그늘의 아늑한 인정을 만나면 흐르던 물이 맴돌듯이 또 주저앉는다. 더욱 노란 원추리와 흰 까치수염이 흘려보내는 여린 풀 바람은 괜히 분수 넘치는 배려 같아서 손들어 답례하면 내 마음을 아는 듯 머리 위에서 사각거려주는 참나무 잎들의 낮은 소리는 참 은근하다.

최영 장군이 군사를 조련했던 장군봉(중앙). 앞은 의상능선

아! 새삼 푸근한 산의 인정에 감복된다.

이 험한 바위산에서 곱게 반겨주는 꽃과 나무들의 인정을 만나면 이렇게 흥감하듯이, 세상에서 이 그늘처럼 아늑하고 저 풀꽃들처럼 순수한 사람을 만난다면 그것은 일생의 은혜다.

세속의 사람들 대부분이 순수를 원하고 살면서도 순수하지 못하여 아름다운 교류를 만들지 못한다.

사회라는 거대한 경쟁 속에 살면서 인생이라는 계산할 수 없는 변수에는 계산하지 않는 베풂음이 있어야 계산 밖의 덕이 쌓여 계산하지 못했던 손해를 면할 수 있고, 계산에 없던 득이 생겨난다. 그렇게 계산 밖의 것들이 협력되어야 빛깔 좋고 향기도 좋은 인생이 어우러진다. 그런데도 이 거대한 세상을 제 방식대로 재어보고 실속만 챙기다보면 다른 사람들의 눈엔 이익과 손해만 구분할 줄 아는 계산기처럼 여겨지게 된다.

자기 생각만을 계산한 가치관에서 손해 보지 않을 방법으로 살아가지만, 반면에 풀어놓은 순수가 없어 어울릴 덕(德)도 없고 거두어들일 득(得)도 없다. 마치 정해진 괘도를 오가면서 필요에 따라 접촉하고 떠나는 기계처럼 물질의 잔해만 남을 것이다.

사람과 사람 간에 계산이 끼이면 마음 사이의 이물질이 되어 아름다움을 만들 사이가 되지 않는다. 아름다움이란 언제나 계산 없이 협력하는, 계산 밖에서 일어나는 계산할 수 없는 가치이기에, 결코 계산으로는 마음을 젖게 할 아름다움이 일어나지 않는다.

꽃과 인간. 같은 장사를 하면서도 꽃들은 즐겁게 풀어주어 남을 것이 없을 것 같은데도 가득한 씨방에 미래가 밝고, 사람들은 치열한 계산으로 살았는데도 미래는 여전히 불안한 미지수다.

꽃들이 별무리지은 까치수염 꽃

계절의 어려움을 극복하고 영롱한 결실을 맺은 가을나무

꽃은 오므려 있는 본성과 싸우다 그 본성을 이기면서 개화의 기쁨을 맞이하고, 진한 꿀과 꽃가루를 가장 많이 베풀어주는 꽃이 가장 번창하게 살면서 가장 좋은 씨앗을 남겨둔다.

일어선 김에 이제 이곳을 내려가야 할 것 같다. 때마침 불어온 바람에 스스스 움직이는 나무와 풀꽃들은 꼭 잘 가라고 인사하는 것 같아 반갑고 고맙기 이를 데 없다. 즐겁게 어울리다가 때가 되어 떠날 때 고마운 전송을 받으며 갈 수 있다는 것, 이것이 생명에 있어 가장 아름다운 결산이며, 마음 깊이 남는 인연의 자취이기에 가다가 돌아서서 손 흔들어도 그 정이 떠나지 않는다.

🔺너럭바위 모서리 끝으로 나가면 절벽 끝에 희한한 길이 감추어져 있다. 내려서면 용암봉이 시작된다.

210

절벽 모서리에 희한한 길이 감추어져 있는 너럭바위

용암봉

서슬 치는 절벽을
떨고 떨며 가는 까닭은

내 부피
세상에서 뗄 수 없는 꺼풀들이
생사에 걸려보아야
살고 싶은 것이 아니라
절벽 소나무들처럼
맑게 가꾼 생명이 되고 싶다는 소망

피아노바위
깊은 지옥 위를 매달려 가면
손끝의 목숨이 발끝에서 떠는데
까마귀
영혼을 부르는 소리가 거칠다

섬연한 병풍암
십일월의 나목들의 초연한 풍경
목숨에 숨길 것이 없으면
저리 은은한 평온

무엇으로 살았던가!

칼날 같은 기운이 감도는 용암봉

도선사와 산의 작용

안부에는 허물어진 여장(旅裝)의 잔해들이 세월보다 흐트러져 용도 잃은 초라함이 허황하다. 한편은 아픈 역사를 꼿꼿이 품고 있는 다른 성곽의 고통에 비하여 자연 속으로 묻혀갈 수 있는 낡음이 의무에서 풀려난 자유만 같다.

성랑터 옆의 바위 위로 올라가면 갑자기 세상이 텅 비어버린다.

넓게 펼쳐진 깊은 바닥은 해저처럼 아득하고 그 속에 낮은 능선들이 갈래로 기다가 한 곳으로 모인다.

편안하게 앉아 가만히 산을 담아본다.

줄기가 봉우리를 세우고 흐르면서 형성한 능선과 골들의 모양새. 어느 골은 좁은데다가 급하여 설쳐도 볼 곳이 없고, 어느 능선은 굵은데도 둔하여 기상이 없다. 어느 골짜기는 너무 거세어 편안하게 품은 터가 없고, 어느 골은 빈곤하여 근근이 살아간다. 돌아보다가 언뜻 잘 드리워진 곳이 있어 바라보니 역시 여유가 아늑하고 군데군데 푸근한 기운이 피어 있다.

이렇게 다양한 산의 모습들은 마치 여러 사람이 일을 하며 나타내는 제각각의 스타일 같다. 하여 느끼고 구분하는 산행을 하다보면 자신도 모르게 산이 품고 있는 모습이 성격이나 활동처럼 느껴지고 보인다. 즉 자연의 용도(풍수지리)를 체감으로 볼 수 있게 된다는 것이다.

이곳에서 만경대능선을 둘러보면 우측으로 내려간 주능선이 일출봉을 세우고, 그 앞으로 월출봉을 만들어 두 갈래의 겹 능선을(내외 백호) 뽑아 소귀천으로 내려가서 반대쪽 능선의 쪽두리봉과 영봉에서 내려오는 좌측 겹 울(내외 청룡)과 만난다.

탄탄한 울이 둘러친 큰 능선 안으로 부채살처럼 고르게 깔린 능선들이 모이는 지점에 도선사가 구심점을 박고 지형에서 일어나는 은근한 혜택을 누리고 있다.

214

저 전체 구조는 합죽선을 펼친 형세다. 저런 구조는 큰 울이 품어주는 속으로 안정된 활동이 끊임없어 그 세가 끊어지지 않을 형세다.

본디부터 이 산은 기상이 강하여 큰 승려가 많이 나면서 절의 규모도 그만큼 커졌다. 그러나 수많았던 옛 절들이 하나도 남아있지 않은 것은 산이라는 구조에는 봉우리와 능선과 계곡이 조율시킨 세력이 형성되어 있다. 그곳에 건물이 늘어나면 그 위치 에너지가 주변 산의 위치 에너지와 겨루게 되면서 시달리는 변고가 일어난다. 그렇게 되면 아무리 명당(明堂)이라도 역학이 변경되어 혼란한 땅이 된다.

가만있는 산인 것 같아도 6×10^{24}kg의 질량이 46억년 동안 시속 1,670km로 활동해온 살아있는 지구의 골격이다. 그 위치 에너지에서 작용되는 운동 에너지 속에, 그것도 민감한 맥점(脈占)에 새로운 구조물이 한계를 넘으면 기존 질서와 겨루게 되어 좋을 수 없다. 그래서 자연 속의 인공 구조물은 환경의 허용치를 벗어나지 않게 하여야 주변과 어울리게 되어 자연이 풀어내는 혜택을 받을 수 있는 고도의 안목이다.

즉 명당은 명당에 맞는 환경이 유지되어야 명당의 힘이 살아나는 것이다.

지금 저 도선사의 규모가 맥점으로 오는 기를 누르고 있을 정도지만 더 늘어나면 완전히 기를 막아버릴 것이다. 흐르던 기가 갇히면 댐에 모이던 물이 제방에 압력을 가하듯이 서서히 침해가 된다. 본래 흐를 것은 흘러야 그 역할을 하지 가두게 되면 썩게 되어 변고가 일어난다.

편안히 앉아 느리고 깊은 숨으로 산의 고요를 익히고 있으면 감성이 풀어지면서 능선과 봉우리 따라 흘러간다.

문득 넓은 곳에 닿아 물 위에 떠있는 나뭇잎처럼 편안해지면서 물의 파동 같은 느낌이 잔잔히 번져온다. 산이 움직이지 않는 것이 아니라, 느린 숨을 쉬고 있는 거대한 물체임이 느껴진다.

운명의 극복자들

간단한 움직임과 심호흡으로 몸을 풀고 바위를 내려온다.

그늘을 벗어나면 용암봉 정상의 큰 바위 앞으로 넓은 바닥이 펼쳐있고, 이 뙤
약볕에도 쪼끄만 바위채송화들이 옹기종기 모여 밝은 황금빛을 암팡지게 쏘고
있다.

환경을 극복하고 사는 소나무와 풀꽃이 있는 용암봉

저쪽 가장자리에서 원추리가 긴 목을 치켜들고 흔드는 것에 손 흔들어 답례하면 여기저기서 내미는 작은 얼굴들이 얼마나 많은지… 모두 모두 다가가서 인사를 나눈다.

문득 부르듯이 당기는 곳이 있어 바라보니 바닥에 바싹 누운 소나무가 인사를 건네오는데 얼른 가서 가지 끝을 받아준다.

휜칠하게 사는 다른 소나무에 비하여 몸 전체를 바닥에 깔고 자라는 이 소나무는 마치 엎드려 활동하는 장애인 같다. 그런데도 싱싱한 푸른 잎을 오목오목 모아서 층층으로 깔아낸 현애(懸崖) 모양의 단아한 수형(樹形)은 얼마나 찬찬한지! 이렇게 아름답게 가꾸어낸 수용의 인고가 얼마나 장한지!

시련을 단련시킨 진지한 의지가 마음을 잡는다.

진정 생명의 의미는 갖추어진 조건이 아니라 어려움 속에서 잘 빚어내야 진짜 힘있는 품위가 된다. 이렇게 자신을 성공시킨 나무를 대하고 있으면 비틀어 휘감은 고뇌의 세월이 가슴에 들어와 내 생활이 아무리 고달파도 이보다 힘들지 않다.

지금의 나도 일생의 큰일을 만들려고 어려움을 겪고 있지만 이것 역시 남의 눈엔 보잘것없다. 그러나 이것이 내 능률을 가장 높일 수 있기에 노력하고 노력하면서 절망의 순간들마저 절망하지 못하고 의지를 태운다.

고통. 그 속에 있을 때는 너무 힘들지만 수용하여 극복하고 나면 생명 속에 큰 작품 하나 만든 가치가 되기에 오는 시련들 하나하나 받아서 나를 숙성시키는 소재로 전환한다.

편한 생활이 결코 반갑지 않다. 그렇다고 고통이 좋다는 것도 아니다. 그러나 해야 할 일에서 만나는 어려움은 사실 아름다운 고난이며 생명의 진 맛이다.

저 나무와 꽃들. 세속의 눈으로 보면 아무 영향도 미치지 못할 것 같지만 반가운 친구처럼 좋아하다보면 인간 세상에서 느끼지 못하는 순한 교류가 얼마나 감정을 맑게 해주는지!

내겐 보통 사람들이 갖지 못한 이런 친구들이 많다.

그냥 보면 삭막한 바위지만 천천히 둘러보면 작은 꽃들의 밝은 모습과 저렇게 고된 결점을 우아하게 극복하여 깨닫게 해주는 장한 소나무가 있다. 저들과 함께 있는 이 시간이 행운만 같아서 더도 덜도 말고 나무와 풀꽃처럼 노력하자는

험한 기운을 지나와 용암봉에서 바라보는 만경대능선.

결심이 열기 가득한 땡볕에서 땡볕보다 더 뜨겁게 나를 태운다.

이 기쁨을 누리고 있으면 내 속을 아는 듯이 바람이 스쳐주고 꽃과 나무들 또한 동감을 말하듯이 끄덕여준다. 자연의 의지에 사람의 마음이 충만되는 이 땡볕의 시공간이 얼마나 그윽한지! 살랑거리던 잎사귀들이 범람하지 않는 희열로 출렁인다.

하늘을 보아도 아래를 보아도 함께 있어 행복하지 않는 것이 없다. 생명으로 살면서 이렇게 젖을 수 있는 감동이 얼마나 큰 행복인지! 나는 정말 선택된 행복자다.

잘 사는 돌양지꽃

능선으로 오르면 용암봉 정상이다. 돌아보면 절벽 사이사이에 가지를 늘어뜨린 우아한 소나무의 청청함은 살아있는 화폭이다.

만경대 긴 절벽은 푸른 나무에 대조되어 멀쑥한 속살처럼 허옇게 보이고, 바위를 아주 절묘하게 묶은 족두리봉 옆에 두꺼비바위가 멀뚱하게 앉아 있다. 느릿느릿 가는 능선들은 마치 기억 가물가물한 어느 해의 이야기처럼 한가롭다.

잘 사는 방법을 가르쳐주는 양지꽃

양쪽이 깎아지른 용암봉을 가다보면 절벽 끝에 바위 한 장 얄망스럽게 서 있고, 맨 위에 노란 양지꽃이 피었다. 습기를 얻을 수 있는 큰 바위나 바닥과 달리 저 얇은 끝에서 해마다 밝은 꽃을 피워낼 수 있다는 것이 기가 차는데, 꽃은 명랑한 표정으로 "사는 것은 결코 많은 갖춤이 아니라 한두 가지 여건에 적응할 수 있는 자기 역량"이라며 사는 법을 말해준다.

생각해보면 힘들다거나 못살겠다는 것은 결코 여러 가지가 괴롭히는 것이 아니라 한두 가지 어려움을 풀어내지 못하는 자기 부실에서 못살겠다 한다. 반면에 잘 사는 것도 여러 가지가 필요한 것이 아니라 한두 가지만 적절해도 잘 살 수 있다. 떠들어도 우리는 이 풀꽃보다 지혜롭지 못하여 욕심에 끌려다니다가 그 부피에 치여죽겠다느니 하는 것이다.

산다는 것이 목숨이 있고 의지만 분명하다면 살 수 있게 만들어졌다. 그 속에서 바른 의지는 영혼의 질량이 되고 욕심은 목숨의 종양이 된다. 그런데도 욕심의 중독성을 떨치지 못하여 가장 중요한 의지를 바로 쓸 수 없어 잘 살지 못하는 것이다.

잘 살고 싶다면, 정말 하고 싶은 일에 목숨을 걸고 하다보면 성취를 만드는 고통이 즐거움임을 알게 된다. 그래서 산다는 것이 하나하나 만들어야 자신을 잘 사용한 성공이 된다. 그러기에 우리가 진정 자연으로부터 배워야 할 것은 깔끔한 생활을 할 수 있는 주제를 간추려 수없이 인내하는 것이다.

하늘은 마음의 자유다

능선 끝에서 내려가는 1.8m의 모서리는 짧지만 손도 바위도 미끄럽고 양쪽의 깊이가 풍기는 섬뜩함에 오감이 쫄린다. 바짝 신경을 세워 내려서면 봉우리의 어깨처럼 여유가 있고 냉기가 감도는 동쪽 절벽이 등반 사고가 많았던 병풍암이다.

천천히 앞으로 나가면 웬 공간이 이렇게 넓은가 싶다. 평소 건물에 가려진 환경과 달리 발 아래로 80°가 더 깔려있는 깊은 공간과 삼면보다 넓은 310°의 훤한 둘레 앞에 서면 세상이 헐려버린 기분이다.

늘 머리 위에 무한의 하늘이 있는데도 언제나 낮은 곳에서 살다가 이 절벽 끝에 서보니, 눈앞의 허공에서부터 저 큰 도시와 여러 산들을 무심히 품고 있는 거대한 공간이 보인다.

새삼 공간이라는 것이 무용(無用)으로 비어있는 것이 아니라 개체와 개체 사이의 매개체처럼, 세상과 마음을 앉혀주는 고요한 깊이라는 것을 느끼게 된다. 어쩌면 신이 욕심 많은 사람은 누릴 수 없게 만들어놓은 절대 영역이 하늘 공간이다.

그런 저 공간을 제 속에 담을 여유가 있다면 자신의 여백으로 누릴 자유의 공간이 되지만, 저 깊이를 가만히 담지 못하면 외려 공간의 힘에 흔들리는 혼란한 공백이 된다.

가만히 공간을 안고 있으면 낮은 골과 높은 산이 넓이와 높이대로 차지하고, 저 도시와 사람들이 다 차지해도, 나 역시 내 넓이대로 활용할 수 있는 절대 공유 지역이다. 같은 공간이라도 밤하늘은 영롱하게 반짝이는 별들에게 공유권을 빼앗겨 내가 누릴 공간이 되지 않고, 바다의 망망한 공간도 바다와 하늘이 양분하여 내게 분할될 구도가 아니라서 누릴 수 없다.

46억 년의 지구 공간 속에 찰나 같은 공간을 살면서 그토록 대단한 사람들도 결국 빈 공간이 되어버렸다. 생명은 저 무한 공간 속에 잠시 흐르다 풀어지는 구름일 뿐이다.

푸른 듯 광활한 하늘 속에서 물빛 다른 깊이를 쉽사리 느낄 수 없지만, 세속에서 갈라진 내 생각들을 퍼즐처럼 놓다보면 바다처럼 물빛 다른 깊이가 참 아늑하다. 저 공간이 얼마나 그윽한 평온을 할애해주는지!

영원과 시한의 결합으로 만들어가는 인생이라는 공간도, 육신이 요구하는 욕

떠나는 계절 속에 남는 자취

222

심과 쾌락의 공간에 이성이 만드는 도덕과 진리의 공간이 조율되어 삶이라는 제3의 공간을 만들어간다. 그 과정에서 삶의 목적이 정신이 아니라 육신을 위한 것이라면 피나게 쟁취해도 빈 부피일 뿐이다. 그래서 조금만 흔들려도 살아온 일생이 불안한 것이다.

저 넓은 공간을 무심히 즐기고 있는 봉우리가 장엄하다.

서울과 서울하늘. 얼마나 많은 사람들의 욕심이 팽창되어 있기에 저 넓은 공간을 시커멓게 덮어놓았는지!

저곳에서는 오염 밖의 맑은 공간이 보이지 않는다. 역시 내 욕심에 덮여 내 밖을 보지 못하는 나를 깨우기 위하여 세속의 바깥인 산에서 욕심 밖의 세상을 보고 있다.

이런에는 밝은 인간들이

세월이 빠르다고 하지만 전환점에 선 계절은 어찌나 빠르게 세상을 바꾸어놓는지…. 왔다간 지 두 주일 만에 낯선 세상을 만들어버린 넓이를 보면서 긴 한숨을 토한다. 계절은 저렇게 세상을 정연히 몰아가면서 마무리지어가는데 하던 일에서 헤어나오지 못하는 나는 어느 계절에서 헤매고 있는지…

둘러보면 세상은 온통 가을빛이다. 더욱 오후의 햇살을 얻은 농홍색의 숲은 왠지 낯선 무리들 같아 홀로 어디서 흘러왔듯이 쓸쓸한 소외감이 까칠한 바람살이다.

불과 두 주일 전만 하더라도 이 바람을 팔 벌려 시원히 받았는데, 이제 저녁

아득한 절벽 중간의 모서리를 잡고 가로지르는 피아노바위

바람을 피하여 양지를 찾는 것에서 내 맘도 얇게 흔들리는 나뭇잎과 다를 바 없다. 사실 이런 추위는 언제나 본격적인 계절이 시작되기 전의 의례적인 워밍업인데도, 체감이 다르다고 이례적으로 여기는 것은 자연의 변화에 너무 무감하게 살았기 때문이다.

화사한 봄꽃도, 충실한 열매도, 단풍빛도, 유난히 찬란한 해가 있는가 하면 어느 해는 약할 때가 있는 해거리처럼 자연의 활동은 큰 질서 속에서 주기를 조율하는 무질서의 폭이 있다.

섭리를 알만한 사오십대가 되면 160~200번 이상의 계절을 경험하였는데도 낯설다. 그것은 이권에는 가장 영리한 인간이 제 근본인 섭리에는 가장 어둡다는 것이다.

자연에 무지하면 섭리에 어둡고, 섭리에 어두우면 욕심에 흔들려 돌아갈 세상이 보이지 않는다.

산에서 자연을 관찰해보면 다양한 생명들이 다른 리듬으로 살아가면서도 전체는 하나의 질서로 흐르는 섭리의 패러독스를 이루고 있다. 나도 하나의 목표를 위하여 매일 매일 다른 생각과 새로운 방식으로 한 겹 한 겹의 나이테를 다듬어간다. 그래야 다양한 소재들로 우아하게 그려진 풍경처럼 섭리의 지혜를 마음의 그림으로 앉힐 수 있는 것이다.

지금 이 산의 나무들이 붉은 빛깔을 띠고 늦은 볕살을 쬐면서 불과 얼마 전의 날들을 그리워하지만, 한 주일 후면 저것마저 벗은 나목이 되어 생명을 단련시키고 있을 것이다. 언젠가 나도 그렇게 기다려야 할 때가 올 것이기에 지금의 이 변화를 조용히 심는다.

자신을 개혁해보지 않으면

우측의 벽 아래로 가면 저녁 빛살을 받쳐주는 바위가 참 인정스럽다. 천천히 ▲용암봉 슬랩을 내려오면 저녁 물빛을 물고 있는 ▲피아노바위의 절벽이 보여 슬슬 심장이 뛰기 시작한다.

모서리를 잡고 몇 걸음 갔을까. 배낭지퍼가 열린 것 같고, 쉬던 곳에 무얼 놓고 왔다는 생각에 손발이 맞지 않아, 딴에는 명쾌하게 되돌아와 보니 역시 과민 반응이었다.

귀찮거나 무서우면 하지 않으려는 육신이 온갖 핑계와 불안감을 띄워 가뜩이나 쫄려있는 정신을 위축시킨다. 그것은 육신의 습성을 극복해야 하는 정신의 의무와 달리 어차피 소모될 육신은 힘들이기 싫다는 것이다. 꼭 게으른 사람이 시간만 때우려는 요령 같아서 조금만 무심하면 나도 모르게 나를 이용해버린다.

산다는 것이 육신을 잘 다스려야 능률이 오르게 되어 있다. 그러나 현실 안주에 길들여져 있는 습성을 새로운 일에 적응시키기란 정말 힘들다. 생각할수록 마음과 다르게 소모되면서도 바꾸어내지 못한다. 그래서 자신을 개혁하려 하지만 역시 굳은 습성을 자르기란 몸의 부분을 잘라내기만큼 어렵다.

새 물을 담기 위하여 바닥까지 헹궈내듯이 자신을 개혁하려면 이제까지의 기득권인 습성을 다 버려야 한다.

버리기 위하여 낮추기 시작하면 꼭 세상이 짜고 시험하듯이 자존심 상하는 일들이 많아진다. 내키지 않아도 바른 질서를 위하여 협력하려는 자신과 달리 사심으로 버티고 요령으로 때우는 사람들의 치사함에 분노가 치밀고, 세상엔 겉보기와 달리 걸어다니는 오물통들이 왜 그리 많은지…

그런 개혁이 가정과 물려있다면 적응이 어려운 가족들의 불평과 어리석게 보는 주변의 불질. 그 속에 홀로 발버둥치는 소모에 회의가 든다. 저 많은 사람들이 결코 진리를 모르는 것인지! 아니면 진리는 한낱 이상주의자들의 망상에 불과한 것인지!

그렇게 내 의도와 다르게 긁어대는 세상과 주변의 불질에 스스로 회유되는 그 겹겹의 시험들을 발효시키듯이 천천히 곰삭혀내지 못하면 자신을 개혁하지 못한다.

그런 개인의 개혁보다 더 광범위한 역학이 물린 국가의 개혁은 대다수가 공감하는 주제와 투명한 실행에 목숨을 걸어야 한다. 개혁의 대상들이 갖은 수단으로 목숨을 걸고 버티는데, 주최자들이 자기 목숨을 걸 만큼 바른 방법을 쓰지 않고 바꿀 수 있다고 생각하면 그 개혁은 착각이거나 위장이다.

개혁이란 주최자와 대상자들간의 치열한 머리 전쟁이다. 권력과 명분의 힘으로 밀어붙이다보면 다 이긴듯하다가도 어느 한순간의 허점에서 뚫린다.

사실 개혁은 대상과의 싸움도 어렵지만 정작은 주최들이 지켜야 할 투명한 원칙이 더 힘들다. 개혁이 투명치 못하면 다수의 협력을 받을 수 없어 편법을 사용하게 되고, 편법은 무리수가 되어 변질된다.

개혁이 변질되면 그것은 어질러놓는 개판이 된다.

그처럼 어렵고 고달픈 개혁이라는 외통수 길은 횡(橫)으로 퍼지면 변질되기에, 개혁을 향하여 종(縱)으로 리듬을 타야 목표에서 벗어나지 않아 후유증 적은 마무리가 가능한 것이다.

억시 속엔 수많은 개혁사가 있었지만 성공한 개혁자는 드물다. 하여 개혁은 자신을 개혁해보지 않았던 사람에겐 얼마나 질긴 저항과 방해가 있는지, 그것에는 투명한 원칙으로 얼마나 지독하게 맞서야 하는지, 그 생리를 모르기에 성공할 수 없다.

그처럼 어려운 개혁이기에 민주 사회는 후유증 많은 개혁보다 제도의 보완으로 숙성시켜가는 것이다.

하나의 원자 속에 많은 전자들이 불연속적인 양자도약을 하면서 핵의 작용을 돕듯이, 내 몸에서 다른 일들을 맡고 있는 육신들을 정신에 따를 수 있도록 나를 개혁해야 한다. 그러기 위해서는 내 기준이 분명하지 않으면 어려움 앞에 교묘히 기만하는 육신의 요령을 다스릴 수 없다. 그래서 이 무서운 절벽에서 육신의 한계를 깨우쳐주는 것이다.

목숨을 유혹하는 절벽에서

저 두려운 곳을 기피하려는 육신의 요령에 속아 시간과 노력을 낭비한 정신에게 머리 한 대 쥐어박고 다시 바위에 붙는다.

까마귀 몇 마리가 교대로 날면서 지르는 소리는 마치 내가 이곳을 통과할 수 있을까, 없을까, 내기하듯이 요란하다.

무거워지는 마음에 더 조심하며 모서리가 끊어진 중간에서 몸을 돌리려는데 이상하게 발이 어둡다. 이렇게 대롱하게 매달려 절벽 끝을 더듬을 때는 무서움에 눌린 육신이 제 귀찮은 것만 생각하여 '이제까지 괜찮았는데 별일 없을 거야'라며 무조건 해치우려 하고, 주눅이 든 정신은 '그게 아닌데' 하면서도 분명히 거부하지 못한다. 이것은 정신이 육신을 통솔하지 못한다는 것이다.

상황의 심각성을 분명하게 인식하지 못하면서 함부로 요령을 피우려는 육신을 이 기회에 굴복시켜야 한다. 까마귀들의 불길한 소리에도 정신의 칼을 세워 몇 걸음 후퇴하였다가 천천히 다가와 모서리를 축으로 안고 몸을 돌리니 제대로 안착된다.

내가 헤매다 자리잡는 모습에서 까마귀도 안심이 되는지 능숙하게 선회하는 허공에서 몇 번을 꽈악- 꽈악- 짓고는 믿기지 않을 만큼 큰 바람 소리로 허공을 가르며 이슥한 기슭으로 사라진다.

이 절벽 틈에서 어둠을 부르는 까마귀의 음울한 소리와 붉은 빛살이 물들이는 기운에 젖어 있으면, 묘한 허무감이 야릇하게 일렁거린다. 그러다가 까닭 없는 애절함을 안겨주면서 영원한 산의 혼령이 되는 절벽으로 오라고 은근히 회유한다. 사실 목숨은 별 중요한 것이 못되는 물건처럼 저 깊은 편안함 속으로 던져버리고 싶은 충동이다.

종일의 등반에서 두려움과 감동이 교차하다보면 두려움의 깊이는 주체할 수 없는 감동의 두께로 일렁거리다가 묘한 허무감을 안겨준다. 어쩌면 이 허무는 고도의 낭만을 품은 또 다른 기운이 더 좋은 곳으로 따라가자면서 절벽으로 끌어들이는 유혹이다.

거친 날개소리를 내며 주변을 배회하는 큰부리까마귀들이 이제 빨리 나가라 한다. 이 시간에 저녁 빛살만큼 나약한 인간이 걱정스럽다며, 어두워지기 전에 가라고 꽈 - 악 - 까악 - 외쳐대는 굵은 쉰 소리가 꿈속처럼 울린다.

이렇게 해거름의 절벽 틈에 걸쳐 있으면 묘하게 들뜨는 허무는 꼭 마지막을 둘러보는 임종자의 시선처럼 쓸쓸하다.

지고 있다는 것. 이토록 조용히 죽어가는 순순한 저녁이 안겨주는 고즈넉한 풍경 속에 있으면, 문득 세상에서 없어진다는 휑한 고독이 지난 날을 아프게 한다.

평소 사람들 사이에서 한번만 더 바라보고 말할 수 있었다면 덜 아프게 했을, 그 찰나를 참지 못하여 가슴에 상처를 만든 흉터들이 얼마나 많은지… 살다보니 삭아지고 잊혀진다 하여도 이렇게 세상 끝에 있으면 평소 때는 느끼지 못하던 잘못들이 긴 그림자를 드리우며 바람받은 불씨처럼 정신을 태운다.

운치는 고뇌를 다스린 품위다

빛살이 여린 숨을 쉬는 벽을 끼고 내려가다가 부스러지는 바위 사이를 내려서면 스쳐가는 바람에 앙칼진 힘이 들어있어 겨울로 가는 11월이 실감난다.

닫아가는 서쪽하늘엔 기운을 잃어가던 노을이 어렵게 물고 있던 황금빛 선율을 한강에 띄우고, 눈앞엔 유연하게 곡선을 세운 노적봉이 화두를 깨우친 은근한 회심을 품고 불그레한 물빛에 잠겨 있다. 다시 바라보면 빛을 받는 봉우리 앞면의 밝은 빗금과 노을빛을 반사시키는 한강의 수병선이 황금분할비로 교차되면서, 생각하는 산의 무게와 시간을 재는 강빛이 의미를 만든 풍경은 이 저녁 최고의 걸작이다.

병풍암을 내려오는 둘째. 왼쪽 크랙이 넘어갈 곳

좌측의 소나무 있는 곳으로 내려가면 갑자기 사라진 바람이 남의 일 같다. 그러나 나무를 잡으면 느껴지는 바람의 진동에 한겨울의 삭풍은 얼마나 모진 화두가 될지! 문득 돌아갈 수 있는 따뜻한 집이 왠지 미안하다.

끝없이 뚝 떨어진 병풍암의 깊은 절벽 위에 서면 내려갈 곳이 어스름 속에 떠있어 참 불안하다. 내려서면 거대한 병풍암이 펼쳐놓은 어느 틈새의 작은 선반처럼 얹힌 곳이 되어 저절로 두려움이 들고, 어떤 때는 보이지 않는 무엇이 함께 있듯이 미묘한 섬뜩함이 든다.

어스름한 절벽 속에서 황량하게 갇혀 있으면, 꼭 우주의 어느 공간에 홀로 방치되었듯이 허망한 소외감과 거대한 자유가 기쁨 같고 아픔 같은 허허로움으로 휘감는다. 더구나 가을을 넘긴 나목들이 사무치게 펼쳐놓은 고즈넉한 회색 풍경에서 더욱…

한 세상을 풍미해온 지난 날을 거침없이 벗어버리고 고행에 들은 수행자처럼 초연한 나목들을 보면 참으로 거품 없이 고요한 풍

230

경에 마음이 숙연해진다.

　나무들은 한해 한번씩 꺼풀을 털어버리고 저토록 깊은 고행을 거치기에 해마다 새잎으로 푸른 봉사를 할 수 있는 것인가!

　태초의 빛깔같이 은은한 회청색을 가지런히 펼쳐놓고 묵상의 기도에 들은 고요한 나목들을 보고 있으면, 처연하면서도 홀가분한 평온이 세상 끝에서 내 속 끝까지 가라앉는다.

가을이 지난 스산한 외로움이 계절의 무게로 앉은 11월은 사계 중 가장 쓸쓸한 노스탤지어다. 살아있는 목숨이 저리 초연한 묵상으로 새 세상의 희망을 품을 수 있는지! 저 나무들이 지난 봄을 넘기고 다음 봄을 꿈꾸고 있듯이, 늙음에는 태어나기 직전처럼 기다리는 세상이 있는데!

병풍암. 이 높은 틈에서 절벽 끝의 소나무와 마주하고 있으면 운치있게 다듬은 수형이 마음을 아프게 한다. 세월의 시련만큼 두터운 껍질을 둘러친 가지들 속에는 어려운 환경을 버티다가 말라버린 가지들이 아픈 사연처럼 마음을 찌른다.

나무에 바위와 바람. 가장 어려운 관계를 극복하고 바위의 의지와 바람의 기품을 닮은 나무를 보면 처절하게 적응하고 절도를 지켜야 생명에 운치의 힘이 자란다는 것을 느낀다.

사람도 어려움 앞에서 부드럽게 적응하고 강하게 버틸 수 있어야 그 수준이 품위로 형성된다. 타고난 품위든 어려움을 극복하며 다듬어진 품위든 그 기품이 맑을수록 일생을 유지할 품위가 된다. 그러나 아무리 높은 자리에 있다하여도 맑음이 풍겨지지 않는다면 결코 일생을 유지할 품위가 되지 못한다.

그런 기품과 운치란, 많은 지식과 좋은 생각을 오랫동안 생활로 닦아낸 내면의 수준이 운명과 조율되어 풍겨지는 징조이기에 조금만 눈여겨보면 느껴지는 것이다.

이 소나무도 뿌리와 가지의 비례를 맞추기 위하여 세월로부터 혹독한 점검을 받으며 자랐기에 이 깊은 절벽 끝에서 유유히 낭만을 즐기고 있다. 우리가 대수롭잖게 여기는 나무도 자기 균형을 다스리기 위하여 처절한 최선으로 살기에 고고할 수 있다. 그것을 아는 나는 내 운치를 위하여 얼마만큼 다스리고 사는지… 혹 운치라는 착각에 위선을 키우는 기형적인 삶은 아닌지….

생명의 운치란 결코 꾸며질 만큼 짧은 날에 이루어지지 않는다. 오직 자신을 밝게 다스린 세월에서 형성되는 영혼의 풍경이다.

어둠 속의 이별

조금 전까지만 해도 연필 스케치처럼 송송하던 솔잎이 장력을 일으키듯 어둠을 발라 모으는 것에서, 어둠은 세상의 모든 것들을 하나의 공간으로 감출 수 있는 대단한 것이다.

분명히, 분명히 있었는데도 어둠에 잠겨 보이지 않는 주변처럼, 이 어둠 속에는 얼마나 많은 세상이 감추어져 있으며, 또 어떤 세상과 연결되어 있는지! 어둠의 절벽 구석에 잠겨 있으면 참으로 하염없는 허무에 잡혀 산다는 그 줄기찬 일들도 저 산처럼 사라진다. 문득 정신이 들면 아무것도 보이지 않는 주변처럼 나도 세상에서 찾아볼 수 없을 때가 올 것이다.

이제 마지막 코스의 5.5m 벽을 넘기 위하여 배낭을 메고 일어서는데 언뜻 내 무게가 느껴지지 않는다. 마치 중력을 받지 않는 물체처럼 가벼워 편안하기보다 어색한 기분이다.

두려움에 절이고 숙성시킨 내 속이 발효되듯이 온몸이 뜨는 느낌은 이 절벽을 뛰어내려도 둥둥 뜰 것 같은 기분이다.

희끄무레 서있는 벽면을 더듬어 올라서면 거친 바람이 너무 낯설어 내가 꼭 세상의 환란을 피하였다가 돌아오는 것 같다.

능선에 서면 서울의 야경을 지고 있는 산의 모습들은 낮과 달리 참 무거운 침묵이다. 어쩌면 낮에 보이는 여러 모양보다 어둠이 만든 저 하나의 덩어리가 억겁을 배태한 산의 실체임이 느껴져 이 엄숙한 무게 앞에 묵례한다.

이렇게 어두운 산에 있으면 밝은 곳에 길들어진 사람의 조급함을 알기라도 하듯이 시커먼 무게가 슬슬 죄어온다. 이럴 땐 어둠보다 느긋하면 어둠을 헤아려볼 수 있지만, 어둠보다 급해지면 어둠이 압축하고 있는 문제들이 보이지 않아 다칠 수 있다. 그래서 어둠이 내 존재를 느끼지 못할 만큼 고요한

병풍암의 아침. 가운데가 도봉산, 안개 건너 수락산

침입자가 된다.

　돌아보면 합장처럼 모아올린 시커먼 높이가 밤하늘 깊은 속에서 올려다보는
나를 참 점잖게 내려본다. 문득 중턱의 소나무가 어스름 속에서 부르는 것에(바
람소리) 아차! 싶다. 잊고 있던 인사를 손 흔들다가 산을 향하여 정중한 예를 올
린다.

　언젯적부터 배어든 산인지는 몰라도 참으로 얇은 내 속을 다 바라보듯이 들추
고 흔들어 세속의 꺼풀을 털고 바위처럼 담담히 세월을 보게 해준다. 이처럼 나

를 털고 산을 대하면 세상엔 산처럼 높은 일들이 얼마나 많은지… 강하게 버티면서도 부드럽게 풀어가는 방법이 얼마나 다양한지…

　세속에서는 얻을 수 없는 맑은 의지를 깨워주는 산의 배려를 기꺼워하며 목숨을 맡겨놓고 가듯이 맑아질 약속을 안고 세속으로 돌아간다.

　몇 일 아니면 한주일 뒤에 찾아와 또 검증받을 것이지만, 하루를 몇 생애처럼 보낸 고락과 희비를 생각하면 긴 이별 같은 무거움이 늙으신 어머니 떠나오듯이 저민다(백운봉 암문에서 848m).

나월봉

세상 밖을 흐르는 의상능선 에서

불끈불끈 솟은 봉우리와 파도처럼 일렁이는
능선의 너울에서 역동감이 느껴진다.
그 힘을 타고 넘으면 서두르지 않고 바꾸어가는
자연의 성실에서 살아있는 산을 느끼게 된다.
은은한 부왕동엔 늙은 성벽이 무상한 세월을 지키고,
가다가 돌아보면 열심히 걸어온 인생처럼
지나온 봉우리들이 공들인 돌탑처럼 서있어 마음이 뭉클하다.
오르고 내리면서 걷고 걸어가는
이 산행처럼 산다는 일들도 어렵게 거쳐와도 가져갈 수 있는 것은 없고,
좋게 나눈 인정들만 마음의 풍경이 되어 서로의 가슴에 그리움으로 남는다.

지나온 봉우리들이 공들여 쌓은 돌탑처럼 늘어선 의상능선

느끼며 오르는 의상봉

맑으면서 은근히 향기가 강한 찔레꽃

길을 들어서면 우측에 뽑아올리듯이 지엄한 봉우리가 의상봉이다. 매표소를 지나 좌측의 소로(小路)로 들어가면 매연이 없는 479m의 호젓한 산책로가 용암사 입구까지 이어진다.

5월에 이 소로를 걸어가면 싱그러운 공기와 그윽한 향기의 충만감이 일렁거린다. 아침을 조금 넘긴 청량감 속으로 번져오는 아카시아 맑은 향기와 은근히 쏘는 산뜻한 찔레향, 그리고 알 수 없는 꽃내음이 바람으로 스쳐주면 정말이지 5월의 숲은 싱싱하고 매혹적이다. 맑은 공기를 치는 낭랑한 새소리와 햇빛을 이고 화사하게 나풀거리는 아카시아 이파리처럼 걸어가면, 마음에 무르녹는 쾌청한 한들거림은 얼마나 한량없는 여유인지!

이 무구한 행복을 은혜로 감동해보지 않으면 이해할 수 없는 낭만이다.

용암사 입구로 들어가다 큰 길을 버리고 우측의 능선을 향하여 숲길을 오른다. 능선은 대체로 편안한 오솔길이지만 오를수록 경사도에 달라붙는 은근한 무게가 느껴진다.

이 의상봉을 올라보면 마치 물살을 거슬러오르듯이 경사도와 다르게 작용되는 항력(抗力)이 있다.

늘 그래왔듯이 산의 큰 풍경에서부터 나무와 풀꽃, 그리고 바위들의 오묘한 개성에 매료되면, 타는 산이 아니라 느끼는 산이 되어, 산에도 도시의 거리만큼이나 다양하게 풍기는 분위기가 있음을 알게 된다.

시원한 조망에서 헐렁하게 몸을 풀어놓는다. 멀리 얕은 산이 들과 어울려 올망졸망 가꿔가는 부지런한 지세지만, 저기 산자락을 포위한 집들은 잎에 붙은 벌레처럼 다닥다닥 산을 갉아들고 있어 참 거슬린다. 원래 사람들이 산자락에 붙어살아야 하는데 저 산은 사람에게 포위되어 질식해가고 있다.

좋은 환경에서 곱게 영글은 작살나무 열매

저렇게 도시 속에서 시달리고 있는 산을 보면 여기서 누리고 있는 내 자유가 괴로워 길을 간다.

오르다보면 요상한 형상 바위가 눈을 잡는다. 두 개의 머리를 치켜든 유별난 돌연변이는 아무리 견주어도 지상에서 닮은 것이 없어 쉬는 시간을 궁금증으로 낭비한다.

이곳은 쉬어가는 곳인데 주변엔 어김없이 과일 껍질과 작은 쓰레기가 버려져 있다. 깔끔한 바위라서 몇 개만 보여도 어수선하다. 훤한 곳에 쉬면서 제 것만 버리지 않는다면 깨끗할 것인데도 함부로 버려놓는 습성은, 어쩌면 전생이 돼지

지상에서 닮은 것이 없는 희한한 형상바위

였다가 환생된 인간일 것이다. 그러기에 본능 속에 남아있는 동물적 습성이 무의식적으로 발동되어 사람으로 지켜야 할 질서에 잘 적응되지 않는다. 그 질 낮은 사회성 때문에 결코 질 높은 인간으로 마감되기 어려울 운명이다.

지금의 쓰레기는 유독한 화학제품이 되어 자연이 분해시키기엔 너무 오래 걸리고, 그 세월에 다른 오염들이 가중되면서 몸속에 독성이 누적되듯이 회복할 수 없는 자연이 된다. 오죽하면 사람 살기가 걱정되어 자연보호를 외치고 쓰레기 투기를 범법으로 규제하여도 습성이 더러운 돼지 태생들을 다 막을 수 없다.

쓰레기를 줍고 우측으로 나가면 빙 둘러친 산속의 넓은 공간이 참 훤한 눈맛을 안겨준다.

바위가 끝나는 곳에서 숲으로 들어가면 낡은 성가퀴들이 숨어사는 외로움처럼 무거운 세월을 덮고 있다.

242

두 곳의 슬랩을 지나 숲길을 오르면 나무 사이로 스치는 바람이 흩어지지 않고 빠져가는 것에서 이제 봉우리가 가까워진 듯하다. 폭포에 다가갈수록 물살이 빨라지듯이 바람살이 쭉 흐르거나 찬 기운이 치면 바람을 흡수하는 큰 공간이 있다는 것이다.

이렇게 환경을 관찰하다보면 묻혀있던 감성이 발달되어 현실이 물고 있는 상황을 확률 높게 예상할 수 있다. 하여 인생도 조금만 더 섬세해지면 생명을 한 걸음 앞서 쓸 수 있는 것이다.

내가 오르는 높이보다도 더 커지던 삼각산의 주 봉우리들이 지켜보는 의상봉 정상에 섰다. 입구에서 보던 산의 모습은 뽑은 듯이 지엄하게 솟았는데 올라와 보니 풍광 좋은 바위 터가 맞아주고 저쪽엔 숲과 헬기장으로 편안하게 늘어진 봉우리다.

우람한 기골의 백운봉은 그 위엄이 드높고, 탄탄하게 둘러친 만경대능선 앞으로 노적봉의 적나라한 번질거림은 발산하던 힘이 거침없는 기운으로 불거졌다.

보고 있노라면 저 봉우리들의 등등한 기운들은 꼭 거대한 힘들이 결집의 세를 피워내는 것 같다.

떡갈나무 싱그러운 내음을 천천히 흡수시키며 가다가 내리막에 서면 위세를 세운 용출봉이 위압적이다. 뒤쪽의 안부에 서있는 바위는 꼭 노인이 지팡이를 짚고 내려가듯이 어정쩡하다.

하도 오랜만에 내려가는 길이라 마음보다 빨라지는 걸음을 늦추어 천천히 내려오면, 의상봉 절벽을 가꾸는 소나무들의 깔끔한 그림이 눈에서 떨어지지 않는다.

생활에서의 욕심은 마치 악성종양 같아서 단호히 절제하지 못하면 끝없이 번지는 부작용에 쫓겨 단 한번이라도 저 나무들처럼 나를 정갈하게 간추리지 못한다. 그래서 저 어려운 곳에서 억척스레 생명을 다듬은 우아함은 마치 어려움 속에서도 잘 가꾸어놓은 인생처럼 마음을 치는 부러운 풍경이다.

안부 주변의 싸리나무들이 부드럽게 흔들리는 길을 가다가 성곽이 보이면 꼭 좌측으로 내려가야 한다. 허물어진 한쪽을 잘려진 수족처럼 안고 있는 암문 위로 사람들이 걸어가면 꼭 아픈 사람을 밟고 가듯이 신음이 쿵쿵 울려나온다.

20m만 돌아가자. 종일의 등반에서 아픈 문화제를 위하여 이 짧은 거리도 배려하지 못하면 우리는 산에서 무엇을 얻을 수 있을까! 이 아래 국녕사가 있어 국녕사암문이라고 하는데, 칠성봉과 가사봉 사이의 가사당암문에 붙어야 할 문패가 잘못 걸려 있다.

조랑조랑한 팥배나무와 기세를 올리는 삼각산 봉우리들

용출봉을 머리 위에 두고 무게로 매달리는 걸음을 호흡에 맞추어 풍경을 잡고 가면 한결 가볍다.

산행을 하면서 힘든 오르막에선 풍경을 잡고 오르고 능선에선 훤한 마음으로 흐른다. 그러면 힘으로 타는 등산이 아니라 산 모습대로 가는 흐름이 된다. 이 방법을 알기 전엔 힘으로 급경사를 쳐올리다보면 내 걸음이 무게와 경사도를 맞추지 못하여 화통을 안고 오르듯이 터지는 입숨 콧숨에 멈추다 쉬다 했다.

이제 오르는 각도와 체력에 맞춘 숨을 풍경에 실어오를 수 있어 오르막에서도 내 평화가 흔들리지 않는 즐거움이다.

인간은 육신의 기준을 초월할 수 있는 정신이 잠재된 고급생명체다. 그래서 선택에 따라 육신에 잡히는 삶이 될 수 있고, 육신을 다스려 정신을 높일 수 있는 신적인 삶을 살 수도 있다.

오르다보니 문득 용출봉 정상의 나무 숲에 서 있다.

시간은 내 편이 아니다

용출봉엔 소나무도 참나무도 봉우리 이름마냥 용트림히듯이 휘어지고 틀어진 희한한 모습이다. 수종이 다른 나무들인데도 어려운 환경에서 동고동락하다보니 닮은 것 같다.

등반을 하다보면 토질 좋은 곳에서 자라는 나무들일수록 이기성이 강하여 풍성한 부피를 과시하고, 작은 나무들은 큰 나무사이를 따라 오르다가 가누지 못하여 쓰러지고 말라죽는 것이 많다. 하여 기득권 센 곳에서 새로운 자리를 잡는 것이 얼마나 어려운 것이며, 좋은 환경에 태어나도 쟁취할 능력이 없으면 비참하게 도태되는 것이 보기 좋은 환경 속에 감추어진 산혹함이나.

그에 비하여 이 어려운 곳에서 서로 비슷하게 살고 있는 나무들에게서, 무릇 생명체란 서로 나누고 도울 수 있다면 아무리 종별이 달라도 비슷한 이미지를 띠게 된다. 그래서 금실 좋은 부부가 다른 모습으로 만나도 시간에 따라 서로 닮아가는 것이다.

시야 좋은 용출봉 남쪽에 앉아 먼 공간을 잡고 있으면 고요한 골에서 느리게 움직이던 상념들이 능선을 타고 살아나다가 저 넓은 공간의 거대한 스크린에 기억을 쏟아낸다.

시간과 기억. 이렇게 높은 곳에서 깊은 공간을 안고 있으면 저 능선들 사이에 잠겨 보이지 않는 골짜기들처럼 내 속에 존재하면서도 내 밖처럼 잊어버린 시간들이 얼마나 많은지!

가까운 시간에서부터 알 수 없는 날들까지 줄줄이 달고 나오는 그 많은 기억들. 도대체 내게 언제 그런 일들이 있었으며, 어떻게 까마득히 잊고 있었는지… 정말 그 많은 시간들이 기억으로 저장되어 있었던 것인지…

그렇게 잊어버리고 있었던 지난 날들이, 아니 내 편리대로 살면서 닫아버린 생각의 방이 저 공간과 접속되면서 압축된 파일처럼 쏟아진다.

그 시간을 안고 나를 돌아보면 과연 시간이란 것이 시와 날과 달로 가는 것인지, 아니면 하루를 보내면 하루가 덤으로 따라가다 문득 일주일도 사라질 수 있는 것인지, 그도 아니면 내가 다른 차원을 왔다 갔다 하다가 잃어버리는 것인지…

그렇듯 시간과 날짜는 나와 아무 상관도 없듯이 움직이다가 어떤 땐 자고나면 한 주일이 사라져버린다. 분명 엊그제가 월요일이었는데 토요일이 되어 일찍 온 아이들에서 황당하다.

나는 아직 화요일 같고 수요일인가 여기는데 시간은 이미 토요일을 지나고 있

246

다. 생각해보니 그렇게 놓쳐버린 한 달 두 달이 번쩍이는 빛처럼 옮겨가버린 것이다.

분명히 같이 출발한 시간인데도 지나고 보면 일의 구덩이에 빠져 있는 나를 두고 저만 가버린 것에서, 결코 내 편이 아닌 시간에 매달려 하고 싶은 일을 한다는 것이 얼마나 감감한지…

나이가 들고 기력이 떨어지면 많은 일들이 남았는데도 시간을 그냥 흘러보내면 얼마나 안타까울까? 라고 생각하면, 힘있는 이 시간을 열 배 스무 배로 쓰고 싶은 간절함이다.

그 시간과 일의 격차를 채근의 잣대로 잡고 시간에 매여 일을 할 것이 아니라 일에 마음을 맞추어주면, 그 심취가 일을 해내던 것에서 마음이 일을 하지 결코 시간이 일을 하지 않는 것을 알게 된다. 그것이 터득되면서 시간에 맞추던 일을, 일에 마음을 맞추어주면 내가 바로 일이 되어 진행의 질을 높일 수 있었다.

보이지 않지만 내가 시간 속에 있다고 생각하면 시간은 나를 늙어가는 허물로 만들고, 어느 공간 속에서 열심히 나를 만들고 있다고 생각하면 흐른다는 것은 내 과정의 변화일 뿐이다. 하나의 나무에서 떨어져도 이파리는 허무하지만 잘 익은 열매는 씨앗을 품고 새로운 차원으로 이동해가는 기쁨이다.

따라가던 시간에서 쓸 줄 아는 시간이 되면서 시간이란 것이 그저 평면의 시계판을 돌면서 없어지는 것이 아니라 포괄성을 가진 다차원임을 알게 된다. 하나의 공간에도 성질 다른 여러 바람이 불고, 계곡에 얼굴을 담그고 눈을 떠보면 물 속에는 속도 다른 물살들이 명암 다른 빛살로 흐른다. 하여 마음에는 심도에 따라 시간을 탈 수 있는 몇 개의 차원이 존재한다.

같은 시간도 마음에 따라 다르게 쓸 수 있는 시간 속의 시간을 알게 되면서, 나는 사람들의 한 시간을 두세 배의 깊이로 쓰고, 사람들의 한평생을 몇 평생으로 만들어간다.

내가 시간 따라 여기에 오르고 또 저 봉우리로 옮겨가면 시간이 따라오듯이,

기다리지 않아도 시간은 나를 생명의 봉우리에 세워놓을 것이다. 그때도 지금처럼 시간에 밀린 날들을 만들지 않기 위하여 조금도 나태하지 못한다. 생명은 시간을 보낸 나이가 아니라 시간을 잘 쓴 지혜로 나타나기에 보이지 않는 시간을 쫓아가지 않고 조금만 더 집중하여 내게 깊어진다.

바위도 감정이 있다

동쪽으로 내려간다. 원래 이곳은 운치 있는 봉우리였지만 이제 철계단이 설치되어 끔찍한 흉터가 되었다. 디딤돌 몇 군데 파놓고 로프를 매어두면 봉우리가 보호되면서 굳이 흉물스런 철계단을 놓지 않아도 될 곳이다.

내려와서 돌아보는 봉우리엔 여러 바위들이 창살에 갇혀있는 것 같아 풀어주지 못하는 것에 그만 미움이 일어난다.

미움이란 한 방울 물감이 온 물에 퍼지듯 마음 전체를 흐리게 하다가 감성의 깊이까지 훼손시키기에 불어오는 바람에 감정을 풀고 산 따라 흘러간다.

문득 어떤 끌림이 느껴지는 곳을 바라보니 아래서부터 길게 올라온 바위가 밋밋한 모양만큼 무심하게 있다. 묘하게 풍겨지는 저 분위기에 나도 무심히 바라보고 있으면 코와 턱이 보이고 희미한 듯 움푹한 눈이 살아난다. 그 창백한 듯 고독한 시선은 알 수 없는 허무를 쓸쓸히 흘리고 있다.

산을 가다보면 저렇게 사람의 표정을 품은 바위들을 만나는데 그들의 시선은 하나같이 공허함을 풍기고 있다. 어쩌면 바위들은 시한의 세상을 초월하려는 고뇌가 역력하다.

저렇게 외면할 수 없는 허무를 헤아리고 있노라면 그 표정이 마음으로 들어와 나도 까닭 없는 허무를 탄다. 아무것도 아닌 것 같은 무심한 바위에서 바위가 가진 감정을 느낄 수 있다면 그것이 자연에 드는 입문이다. 가만히 시선을 맞추고 있으면 말없이 통하는 사람을 만났듯이 숱한 의미들이 살아나, 세상에서 통할 수 없는 맑은 감정과 언어들이 바람의 이야기처럼 오간다.

바위와 등반이 재미있던 계단 설치 전의 용출봉. '96

완전한 물형으로 돋보이는 바위도 신기하지만, 이렇게 살피지 않으면 그냥 지나쳐버릴 은근한 추상성을 대하고 있으면 뜻밖에 좋은 사람을 만났듯이 매료되어 그만 터놓고 지내게 된다.

우리가 가끔 스치던 사람과 우연히 대화를 나누고 보면 무심히 스쳐갔던 날들도 정으로 살아나듯이, 산에서 스치던 바위도 어느 날 시선이 부딪히고 나면 정말 뜻밖의 감정이 교류되면서 지난 날들이 정으로 살아나 언제나 기다려지는 사이가 된다.

혜택은 감동의 깊이만큼

용혈봉과 증취봉을 보면서 가다가 하마등같이 넉넉한 바위를 올라선다. 바로 앞에 묘한 표정의 바위가 서있는데 의상봉에서 볼 때 지팡이를 짚고 가던 노인 모습의 바위다.

이단으로 포개진 윗면에 눈과 코는 음각으로 움푹하고, 입은 뾰로통하게 양각으로 돌출된 희한한 인상은 아무리 보아도 표만 찍힌다. 턱에 돋아난 가느다란 풀잎이 수염처럼 날리면 꼭 풍자를 띤 노인의 해학적인 표정이다. 마주한 얼굴의 희한함을 보고 웃다가 그 진지한 표정에 죄송함을 표하고 길을 간다.

능선을 올라서면 바위 아래 바람 솔솔한 구멍이 있다. 배낭을 베고 그 속에 누우면 구멍을 통과하는 선선한 바람이 내 속의 영양으로 들어와 숨으로 한바퀴 돌고는 세상 속으로 사라진 수명이 된다.

이렇게 지친 바람처럼 가다가 그늘처럼 머물고 다시 햇빛에 밀리듯이 산을 타

희한한 해학미를 띠고 있는 노인바위

다보면, 내 흐름은 머물다 쉬다 가는 바람의 패잔병이 된다. 세속을 떠나와 풍경
이 스며드는 산에서 바람과 어울리다보면 속 깊이 타던 열들이 풀어지면서 사람
들에게 받을 수 없는 잔잔한 안정이 순하게 스며든다.

저렇게 덤덤한 자연인 것 같아도 저 속으로 젖어들면 사람 세상보다 더 다양
한 활동들이 꾸려가는 온갖 어울림을 만나게 된다. 사람들은 사회적 동물이네
이성적 인간이네 하면서도 정작 사회에 대한 책임과 이성(理性)에 대한 양심이
부실하다. 그래서 자연에도 없는 법을 만들어 규제하지 않으면 결코 인간
다운 질서를 이루지 못한다. 외려 동물들보다 훨씬 난잡한 집단이다.

산에서 황옥처럼 잘 영글은 노린재 열매

때가 되면 산은 세상을 위하여 모습을 바꾸어가지만, 사람들은 세상을 위하여 자신을 바꾸기가 정말 어렵다.

언제나 산은 담담히 충실한 것이 세상을 위하는 최선임을 안다. 그래서 풀은 풀대로, 나무는 나무대로, 새들의 새로운 전갈에 맞추어 바람을 잡고 꽃을 피우며 자기 일들에 열중이다. 다가올 계절을 준비하기엔 아무리 열심이어도 넘치지 않기에 온갖 재해 속에서 꾸준히 꾸려가면서 인생도 조용히 꾸준해라 한다.

이렇게 자연에 빠져보면 세속에서 모르던 엄청난 새로움이 있다. 그래서 30년이 넘도록 빠져들다보니 산처럼 유유한 마음이 산처럼 바라보게 되면서 욕심으로 되지 않는 세속에서 욕심 없이 적응하는 오묘함을 누린다.

오랜 세월, 바위와 나무와 꽃들과 어울리면서 산을 타다보니 알게 모르게 세상 한 칸을 건너볼 수 있는 눈높이를 받았다. 그런데도 늘 즐겁게 어울리다가 내 행복만 안고 간다.

의상능선을 가며

한 구비 생을 돌아
더 거친 힘으로 봉우리를 오른다

산은 무엇이던가!
이렇게 힘든 길을 오르고 내리는…
인생이던가!
어려움을 지나야 깊이 들던 풍경처럼

능선 구비 구비
봉우리 정점마다
오르고 내리며 부딪히는 산의 파도는
인생의 굴곡만큼 다난하다

가사봉 올라서면
지나온 봉우리들이 자취처럼 바라보고
산을 내려오면
풍경은 그리움으로 맺힌다

아! 그렇던가!
산다는 것이 이 산행처럼
어렵게 거쳐와도 가져온 것은 없고
마음만
마음만 남는 그런 것이지…

포기는 또 하나의 성취다

바위구멍을 나서면 용혈봉 정상이다. 여유있는 곳은 아니지만 봉우리란 한 구간의 완성이고 다시 한 구간이 시작되기에 잠깐 멈추어보면 온 길과 갈 길이 훤하게 보인다.

저 아래에서는 알 수 없게 헝클린 능선들도 봉우리에서 내려보면 전체의 어울림이 이해되듯이, 무슨 일이나 피치를 이루었을 때 잠깐 멈추어 여유를 주면 내게 물린 전체를 볼 수 있다.

이곳을 내려가는 바위는 모서리 날을 잡고 직벽을 버티며 내려가는 레이백의 아주 까다로운 곳이기에, 확실한 실력이나 확보가 없으면 포기하고 우회해야 한다.

바위의 감각이란 어려운 코스를 이어져 올 때는 웬만큼 까다로워도 잘 맞추어 낼 수 있지만, 이 능선처럼 어렵지 않은 등반을 하다가 이런 직벽의 까다로운 레이백을 만나면 적응이 어려워 부서질 수 있다. 그래서 바위와 감성을 잘 가늠해 보고 확실한 자신이 없다면 그냥 돌아간다.

포기란 나약한 것 같지만 감당할 수 없는 실수로부터 부도날 현실을 보존하면서 재시도할 수 있는 기회를 준비하는 거시적 능력이다. 하여 시도와 포기 사이에서 자신의 능력을 잘 대조한다면 결코 나약도 오만도 아닌 슬기로운 선택이된다.

언제나 자신을 잘 간추려두지 않으면 현실이 띄운 분위기에 교묘히 떠있는 자신의 오차를 느낄 수 없다. 그런 감각으로 어려운 바위에 붙으면 성취에 비하여 결과는 너무 큰 투기다.

사실 마음을 띄워놓는 이 분위기 앞에 포기할 수 있는 결단성은 실패할 수 있는 확률 앞에 이제까지 형성한 큰 바탕을 지키기 위하여 작은 모험을 잠시 보류시킨 현명한 사려다.

몇 번을 내려보아도 확신이 서지 않아 포기하고 그냥 간다. 가다가 돌아보니 해볼 걸 그랬나 싶지만, 언제나 놓친 고기가 크고 포기한 것에 더 설치는 미련이다. 마음 내키는 날 멋지게 한판 붙어볼 것을 생각하고 오늘은 훌훌 털어버린다.

세상 위의 흐름을 느끼며

8월 말, 아직은 강하게 내리쬐는 햇볕과 푸른 잎에서 가을을 생각하기에는 이르지만, 그늘의 온도 무게와 바람에 묻어나오는 잎들의 꺼칠한 소리에서 계절은 이미 가을을 품고 겨울을 준비하고 있는 단계다.

우리가 일상에서 마음 한 칸을 비워두면 인과의 법칙에 있는 징조를 나무에서처럼 감지할 수 있어 알게 모르게 앞날과 공감된다. 그러나 예지는 알아도 모르듯이 고요하여야 감이 밝아지고, 주변의 경계나 스스로의 경망으로부터 보호될 수 있다.

증취봉 바위에 앉으면 나월봉의 크고 날렵한 절벽이 담대한 기상을 풍긴다. 첨탑처럼 솟은 촛대바위 잎에는 용바위가 긴 몸을 끌고 오른다. 좌측의 휴암봉 기슭에 작은 언덕처럼 솟은 곳에서 온화한 분위기가 풍겨진다. 가늠해보니 부왕사지다. 마치 품안의 품속처럼 안긴 저곳은 드러나는 분위기만으로도 느껴지는 작은 명당이다.

부왕사가 있어 저 골짜기를 부왕동이라 한다. 조선시대 이덕무(1741-1793, 실학자)의 유북한기에 "청하동문의 그윽하고 편안한 고요는 다른 곳과 비교할 바가 어렵다(靑霞洞門 其幽而寂 皆難與之)"하였으며, 부왕사 들머리에 청하동문(靑霞洞門)이 각인되어 있는데 푸를 청(靑)과 노을 하(霞)를 써 이해하기 어려운 의미다.

　무더운 여름날 저 골짜기를 오르다보면 느티나무, 단풍나무, 참나무, 층층나무들이 높이 덮은 푸른 잎으로 퍼들거리면서 빛을 이고 출렁거린다. 그 일렁거림을 보고 있으면 노을을 보듯이 진한 감흥이 일어나 비로소 푸른 노을이라고 비유한 대담한 표현을 이해할 수 있었다.

　어쩌면 자연의 감탄을 그렇게 파격적으로 구도할 수 있었는지, 참으로 보통 사람으로는 생각할 수 없는 옛 사람의 감성에서 산 속에 더 깊은 산처럼 사람 속에 더 깊은 사람을 느낀다.

　여기서 내려다보는 청하동은 마치 물을 내려다보듯이 일렁거리고, 물결처럼 희끗희끗 뒤집어지는 잎들이 흘려내는 상큼한 녹향은 더없이 감미로워 폐포 깊숙이 앉힌다.

　둘러보면 모아서 솟구치고 팽팽히 당기다가 쭉 놓아버리는 봉우리와 능선의 조화는 가깝게 만났다가 멀리 헤어지는 아쉽고 안타까운 우리 삶이다.

　저 흐름을 타고 봉우리에 서면 골짜기가 아득하고, 골에 앉으면 봉우리가 높다랗다. 마치 폭풍 속의 배처럼 파도에 얹히면 바다가 아뜩하고, 떨어지면 파도는 거대한 산으로 덮친다.

　그 바다의 격랑 같은 산의 세를 타노라면 모든 시름들은 바람에 흩어지는 격정의 포말이 되고, 심연 속에 잠기면 내가 어디에 있는지도 모르고 온갖 기억들이 휘감는 물밑 속을 떠돌다가 골짜기 옆에 걸려진 나뭇잎이 된다. 가끔 스쳐가는 솔바람 소리를 들으면 세상도 그렇게 흘러가고…

　이렇게 세상 밖에서 삶을 읽어보면 세속의 일들 대다수가 그냥 두어도 잘 흘러갈 것들인데, 괜히 작은 욕심으로 모서리 세워 설치다가 계산 맞지 않는 곳에 걸려 헤매는 것이다.

담담한 바위처럼 은근한 풀꽃처럼 열심이면 자연스레 흘러가다가 멈출 곳에
앉아서 고요히 세상 위에 흐를 수 있는데….

신의 은혜를 먹으며

내려와 큰 바위를 끼고 돌아가면 힘있는 바위틈에 멋진 아지트가 있어 세상에
서 가장 편안한 자세로 식사한다.

도시락을 얼넌 밥 내음처럼 스며드는 아련함이 있다. 어릴 때부터 방랑기 많
던 자식에게 숱하게 도시락을 싸주시던 어머니. 22살 꽃 같은 나이에 군대간 남
편을 잃고 친정과 시가의 가문을 위하여 참으로 어려운 세월을 헌신해오면서도
절도를 잃지 않던, 그 하늘과 땅만이 아는 인내와 절제의 세월이 아프다.

그 도시락을 물려받은 아내. 삶의 경쟁에 한창일 사십대에 직장도 팽개치고
뜬구름을 쫓아다니는 애달픈 남편인데도, 호주가 건강하여야 집이 바로 선다는
어머니의 관념이 대를 물린 도시락이다. 사실 이 속에는 밥알만큼이나 하고 싶
은 말들도 대를 이어왔을 것인데 묵묵히 담겨있는 쌀밥 같은 마음이다.

맨 쌀밥을 씹어보면 씹을수록 순하게 배어나오는 단맛은 세상의 어떤 음식보
다 깊은 맛이다. 가끔 맵싸한 김치로 간을 곁들이면 이 특별한 맛에서 살아있다
는 것이 확인되기도 한다.

먹는 것이 살기 위하여 먹는 것인지, 먹기 위하여 사는 것인지 모른다고들 한
다. 그러나 생명은 분명히 제 용도가 있어 나왔고, 그 용도를 실행하기 위하여
에너지 보충이 필수라면, 분명 살기 위하여 먹기에 고맙게 먹어야 건강하게 살

수 있다. 그렇게 귀중한 음식인데도 돈이 음식을 만들듯이 낭비하고 귀하게 여기는 것을 궁상스럽게 본다.

먹지 않으면 살 수 없는 목숨이기에 고맙게 먹고 즐겁게 움직이면, 심신이 만들어내는 질 좋은 호르몬들이 음식 속의 필수영양소들과 최상의 상태로 융합되어 건강을 높여준다.

마음과 호르몬의 작용, 양분과 체질의 오묘함, 아직도 과학이 규명하지 못할 만큼 신비한 미네랄과 단백질, 과수분해되어 모든 기능에 공급되는 아미노산의 작용, 그리고 그 물질들이 체내에서 일으키는 융합과 불협의 오묘한 균형, 그것들을 최상의 상태로 이끌 수 있는 것이 즐겁게 먹고 더 성실해지는 것이다.

생명에 귀중한 음식을 헤프게 먹으면 귀찮은 살이 게으름과 병으로 늘어나고, 먹는 것에 고마움을 느끼지 못하면 몸과 정서에 가뭄이 들어 심신에 이상이 발생된다. 그래서 고맙게 먹고 즐겁게 움직이는 것이 가장 건강하게 사는 근본이다.

나는 언제나 음식에 담긴 자연의 영양을 신의 은혜와 사람의 수고로 먹고 열심히 움직이기에 20년은 젊은 감각으로 산다.

은은한 부왕동의 사계

부왕동 길은 깊고 좋은 토질이다. 이제까지의 낮은 나무들과 달리 키 큰 활엽수들이 펼쳐놓은 훤한 그늘의 온화한 흙길을 걸어가면 참 푸근하다. 이 골짜기에 부왕사가 있어 부왕동암문 또는 소남문으로 부른다.

조밀 촘촘한 무늬로 잘 짜여진 부왕동 성벽

성문 바깥으로 나가서 문을 보면 나름대로 격을 갖춘 홍예 돌에 소남문(小南門)이라고 각인된 글이 희미하게 남아있다. 성벽 서쪽을 넘어 골 따라 내려가면 옛 삼천사 터가 숲 속에 묻혀 있다.

부왕동 성곽은 바깥으로 벽을 쌓고 안쪽은 흙을 메운 내탁(內托)식 공법이다. 평평한 안쪽과 달리 밖에서 성벽을 보면 장방형과 정방형의 크고 작은 돌들을 정교하게 짜놓은 무늬는 인공미라기보다 촘촘한 옥수수씨알처럼 얽힌 완벽한 자연미다. 성벽 축조도 굳이 능선의 굴곡 따라 휘청휘청 쌓은 모양새가 전략적인 치성 형태이면서도, 풍성한 숲의 자연 굴곡과 묘하게 어울려 변화를 조화시키고 있다.

두 번의 단풍이 드는 부왕동의 가을 풍경

이른 봄, 땅을 일구는 빛살에 쫓긴 바람들이 가지 끝의 마른 잎들과 실랑이할 때, 바람도 모르게 피운 생강꽃이 노란 빛깔로 다른 나무들을 깨우면 봄은 이내 연둣빛 톤으로 부풀어진다.

여름이면 방창한 녹음이 훤칠한 높이에서 푸른 노을의 청하동을 만들고, 가을이면 높은 곳을 태우던 현란한 단풍이 지고 다시 낮은 곳에서 펼쳐지는 빛깔 잔치에서 두 번의 가을이 열린다.

쌀쌀한 겨울바람이 몰아치기 시작하면 의지할 곳 없는 낙엽들이 성벽 아래로 몰려들어 지난 세상을 푸념하는 바스락거림 위로 늙은 성벽이 따뜻하게 볕살을 모아준다.

언제나 이곳을 걸어보면 혼자 있는 고적지의 조용한 숲은 사람을 깊이 빠져들게 하는 희한한 힘이 있어 꼭 전생의 어느 순간을 거닐듯이 묘한 분위기에 젖어든다.

윤회하는 생명의 안식처

오래 쉬어서 젖고 녹은 몸과 마음을 풀고는 오르막을 오른다. 물기 많은 급경사를 오르면 용바위 꼬리에 서게 되고, 훤해지던 시야가 갑자기 휑– 한 허공이 된다. 소나무를 잡고 숨을 사려보지만 철렁한 깊이는 그저 냉한 한기만 날릴 뿐이다.

담처럼 길게 쳐올린 용바위 따라 오르면 나월봉 정상 아래다.

깊은 절벽의 냉랭한 기운을 받은 촛대바위가 소소리 솟구쳐 있고, 길게 펼쳐서 높이 세워놓은 절벽은 보통의 기세가 아니다. 저 서늘함이 등반감의 묘미지만 봉우리의 상징인 촛대바위에 사람들이 오르면 훼손될 구조이기에 바라만 보고 가게 되었다.

의상능선에서 가장 멋진 나월봉. 맨 왼쪽이 용바위 정상의 촛대바위

질감 다른 결을 겹겹이 쳐놓은 비봉능선

　　정상을 우회한다는 것은 등반자들의 자존심을 포기하는 것과 같지만, 이 좋은
자연을 보호해야 할 책임이 모든 등반자들에게 있기에 빛나는 자존심으로 돌아
간다.
　　용바위 앞에서 절벽 중간을 가로지르는 40m의 밴드길을 트레버스하면 머리
위에서 내려보는 높이도 불안하지만, 어쩌다 발끝에 걸린 돌이 한참 떨어지는

철렁함에 숨죽여간다. 이곳을 건너 16m의 바위틈이 끝나는 곳에서 우측으로 올라 퍼석길을 가로질러가면 21m의 슬랩이 있다.

보기보다 촉감 쫀쫀한 바위를 올라서면 공간 건너 굵직한 능선들이 짙은 무게에서 점차 옅어지는 질감으로 아스라이 겹쳐간다.

제일 앞의 승가봉에서 내려가는 능선은 표정 속에 감추어진 성질처럼 튀고, 사모바위에서 내려가는 매봉(응봉)능선은 탄탄한 힘줄기다. 비봉을 지나 향림봉으로 가는 능선은 일어나고 일어나는 불굴의 힘이다.

척박한 능선에서 바람의 모습을 다듬어낸 낮은 소나무 사이로 걸어가다가 돌아보면 나월봉을 형성하고 있는 바위 모양이 참 기이하다. 하나가 떨어지면 우르르 무너질 것 같은 여러 개의 바위들이 스크럼을 하듯이 봉우리를 감싸고 있다. 저 위태로운 구조로 천 년을 수천 번으로 지나올 수 있었던 것이 오묘한 수수께끼다.

그 뒤로 나월봉을 지나 증취, 용혈, 용출봉들이 돌탑처럼 촘촘히 서 있다. 고개 돌리면 우람한 삼각산의 걸출한 봉우리들이 뽀얀 빛을 풍기며 참으로 함축성 높은 기상을 이루고 있다. 저 강건한 기상을 대하고 있으면 아무렇게나 던진 것이 우연히 목표를 맞추듯이 무심히 생각을 쳐주는 깨달음이 얼마나 절묘한지!

사람들은 이 땅에서 계절의 이파리처럼 살다갈 것이지만, 자연은 먼 조상에서부터 아득한 후손들까지 지켜줄 영구 보호자다. 그런데도 제 주머니에 드는 이익이 아니라서 소중하게 보지 못한다.

이 산도 그런 사람들 때문에 어렵게 버티어 온 세월을 빠르게 잃어가고 있다.

무리를 이루어 애달픈 전설을 만들어주는 형상석들

내 글이 어떻게 표현되어야 자연의 훼손이 급료에서 떼는 세금만큼 안타깝게 여길 수 있을 것인지! 혹 호기심만 쏟을 것은 아닌지 마음이 무겁다.

아득한 어느 전생, 그때도 자연에서 태어나 자연의 덕으로 살았고, 지금도 자연의 품에서 부모와 또 내 자식들과 살고, 어느 후생에도 지금처럼 살아갈 것이다. 그런데도 이 지구가 수없이 윤회하는 생명의 안식처인 줄 모르고 자신의 한 세상 것으로 함부로 한다면, 더는 맑은 자연을 누릴 수 있는 밝은 생명으로 다시 태어나기 어려울 것이다.

이처럼 자연은 인류 대대의 공유 재산이기에 그 훼손은 인류적 범죄임과 동시에 조물주의 배려를 훼손하는 대죄가 된다.

인간의 영원한 안식처인 이 지구에서 태어나고 죽고 또 태어날 생명들을 위하여 맑게 가꾸자는 것은, 곧 다음에 태어날 자신을 위하여 그렇게 보존해달라는 의미다.

세상의 가장자리에서

앞의 능선 끝에 한 무리의 바위가 모여 있다. 맨 앞의 바위는 수건을 쓴 여인이 아기를 업고 누구를 기다리는 모습인데, 푹 덮은 포대기에서 추위가 매섭다. 그 뒤 두 개의 낮은 형상바위는 주인을 지키고 있는 충직한 개이며, 뒤에서 망부석처럼 지켜보고 있는 혼령바위에서 애절한 전설이 풍겨진다.

이렇게 무구한 구성으로 마음을 풀어주는 자연의 배려를 자자손손 누릴 수 있도록 기원한다. 세월이 흘러 백 년 어쩌면 더 뒤에 내가 태어나 이 산을 가면, 그때도 지금처럼 목숨 깊은 곳에서 배어나오는 아득한 그리움을 느낄 수 있을 것인지!

길 옆에 무리지은 연자주색 며느리밥풀꽃이 왠지 초췌하다. 표 나지 않는 듯

시련을 극복하고 곱게 영글은 팥배나무 열매

하여도 스며드는 계절의 무거움을 이기지 못하여 빛바랜 꽃과 치렁치렁 매달은 마른 잎에서, 허무와 투쟁하고 있는 생명의 막바지가 참으로 쓸쓸하다.

제 철을 만난 쑥부쟁이의 해맑은 연보라 빛에서 더욱…

세월이 빠른 것인지! 내가 무감한지는 몰라도 청청한 하늘의 무심한 깊이는 불가항력 앞에 버티는 외로움을 더 애처롭게 만들고, 무게 실은 바람만 빛깔 익어가는 팥배나무의 지난 날을 스산하게 치고 간다.

언제부터 세속에서 멀어지기 시작한 나는 홀리듯이 산으로 산으로 빠져들다 보니, 하루하루에 물려가던 계절이 어느새 몇 해로 가버렸는데도 촉각 잃은 곤충처럼 덤덤하다.

세월이 가는 것인지! 정신이 없는 것인지!

아니면 세상이 나 몰래 가는 것인지!

그렇게 흘러가는 모든 것들을 가만히 잡아보면, 푸른 잎 속에 드는 단풍처럼 산이 내 속에 들어와 조용히 바꾸어내는 변화를 실감할 수 있다. 이곳에서 마음 열고 저 바위처럼 지켜보면 세상의 변화에 흘러가는 인생이 다 들어와 산다는 것이 지극히 간단하다. 그런데도 한두 가지 관념을 바꾸지 못하여 한두 가지 어려움에 물려 전체를 길게 헝클고 산다.

우리가 그렇게 열심히 살아도 인생의 전체를 맞추어가는 생활이 아니라 물질의 부피가 기준이 되어 있기에 얼마나 부실한 전체인지! 위세있게 흔들어도 결론을 모르고 산다.

그래서 무섭고, 그래서 더 부풀어지는 탱탱한 풍선이다.

그 뻔한 결론 앞에 흔들어대는 빈 포장이 너무 실없어 산 위에서 훌훌 털어버린다. 삶은 현실을 볼수록 조급해지고 마지막을 생각할수록 차분해진다.

젊은 날 알기 위하여 앞뒤 모르고 부딪히고 넘어지지만, 나이 들어가면서도 앞뒤 모르고 헤매는 것이 얼마나 불쌍한 것인지! 떠날 날은 다가오는데…

사람들은 너무 쉽게 편리대로 사는데, 나는 그 쉬운 것이 너무 무서워 어울려 들 수 없다. 문득! 내가 너무 멀리 지나와 돌아갈 수 없는 곳에 서있다.

내가 무엇을 하기 위하여 어떻게 살아왔으며, 지금 왜 이 길을 걷고 있는지! 알 수 없는 아득한 그때도 이렇게 걸었던 것 같은 느낌 따라 가보면, 모르던 곳도 결코 처음이 아니듯이 찾아가고 어떤 곳에선 습관처럼 쉰다.

나는 왜 세속의 일보다 바위와 소나무 곁에 있으면 이토록 평온해지는 것인지! 세속의 일이 재미없는 것만 아닌데도, 도대체 튀기며 사는 모습들이 부풀린 농담 같아서 아무리 진지하게 보려 해도 왠지 헤픈 웃음처럼 마음이 닿지 않는다.

해탈할 수 있을까?

절벽 옆의 성벽 따라 오르다 나한봉을 올려다보면 나무들이 꼭 포슬포슬한 머리카락처럼 봉우리를 감싸고 있다. 비워놓은 절벽 앞면은 먼 허공을 주시하는 아라한의 얼굴처럼 기상이 범상치 않아 결코 우연히 붙여진 이름이 아님을 짐작케 한다.

예로부터 불러진 지명을 잘 풀어보면 그곳의 환경을 품고 있는 뜻밖의 선견이 세월을 넘어 현대의 눈을 깨워준다. 그러기에 옛것에는 어떤 것도 그 경지에 이르지 않고는 섣불리 결론지을 수 없다. 옛것에는 옛것만 아닌 고금을 통할 수 있는 선지자의 안목이 감추어져 있기 때문이다.

봉우리 올라가는 절벽 끝엔 몇 가지의 꽃들이 작은 뜨락처럼 한적하게 피어

투구 같고 합창하는 새들 같은 돌쩌귀꽃

빛살과 바람을 즐기고 있다. 줄기에 꽃을 달고 있는 돌쩌귀는 꼭 나뭇가지에 앉은 새들이 종잘거리듯이 깜찍한 모습이다.

나한봉에 오르면 평평한 참나무 그늘이 시원하게 받아주어 딴 세상이다.

봉우리엔 지형 따라 쌓은 치성이 남아있고 주변엔 역사의 잔해 같은 기와조각들이 널브러져 있다. 그 와편 한 조각을 들고 한 많은 역사를 물어보면 깨어지고 무디어진 결의 아픔이 느껴져 몇 번 쓸어주고는 살며시 놓아준다.

남쪽으로 나가면 갑자기 커튼을 열어재끼듯이 비워버린 거대한 허공이 붕 - 떠있어 그늘에 있던 정신이 쨍- 하고 깨어진다.

시원한 그늘과 아찔한 절벽. 마치 깨달은 자의 평온 속에는 그 길을 지키려는 절제의 칼날이 감춰져 있듯이, 작은 그늘 밖의 엄중한 이 절벽에서 깨달음의 지킴은 죽는 날까지 칼날을 다루듯이 어려운 것임을 알게 된다.

내가 서있는 곳이 봉우리의 이마이고 보면 부처가 세상을 보는 시야가 되어 은연중에 가피를 입었듯이 저 세속이 애틋하게 보여 나도 모르게 합장한다.

(.... ....)

신앙을 갖지 않아 절에서도 해보지 않은 합장을 무의식 속에 하면서 움트는 희망, 나도 해탈할 수 있을까!

협력은 배려만큼 온다

나한봉을 나서면 가사봉능선이 참 무뚝뚝한 힘이다.

산길을 걸어가는 내 감성은 보호할 것들을 위하여 바닥을 보면서도 감상을 높이려고 부지런히 주변을 살피는 고도의 활동체다.

속뼈가 드러난 나무뿌리를 밟지 않기 위하여 발을 옮기다가 개미가 있어 얼떨결에 뿌리를 밟으면서 경신술(輕身術)을 쓰듯이 무게를 줄인다. 개미를 밟으면 당장 죽지만 나무는 일단 버틸 수 있어 급히 신세지지만 참 미안하다. 어떤 때는 절벽에서 개미나 풀꽃을 피하려다 아찔한 순간도 있었다.

이렇게 다른 평온을 해치지 않으려 하여야 이 배려가 주변 질서와 융합되면서, 발은 바닥의 뿌리와 벌레들을 살피고, 눈은 꽃들과 풍경을 찾으며 즐거움에 빠질 수 있다. 사실은 이것이 위험한 바위에서 내 목숨을 보존시킬 수 있는 가장 큰 대비책이다.

이런 이야기를 하면 사람들은 그렇게 복잡하여 어떻게 감상적일 수 있느냐 한다. 그러나 정말 깊이 느낄 수 있는 감상이란 자신만의 감성으로는 결코 자기 쪽을 벗어날 수 없다. 마치 무엇으로부터 설명을 받듯이 주변의 배려를 받을 수 있어야 자기 이해의 한계를 넘어 또 다른 깊이와 하나 둘 어울릴 수 있다. 그래야 여러 가지 색실들이 모여 빛깔 아름다운 천을 엮어내듯이 많은 것들과 곱게 엮어지게 되는 것이다.

산다는 것이 여러 생명들의 협력에 의하여 살아가는 것인데도 다른 영역을 훼손시켜놓고 자신의 목적이 유지될 것이라 생각한다면 참으로 가슴 아픈 착각이다.

이 산의 나무들이나 사람들도 다른 여건으로 태어나고 제각각으로 살아간다. 이것이 언젯적에 만든 자기 바탕에서 이루어졌고 또 하는 대로 앞날이 만들어진다는 것을 모르고 있다면, 왜 가장 아까운 곡식을 씨앗으로 뿌리고 더 열심히 가꾸는 고생을 하는지 모르고 사는 삶이다.

가사봉 이름을 찾아주며

낮은 잡목들이 숲을 이루고 있는 능선 같은 봉우리에 서면 이곳이 가사봉이다. 현재 이 봉우리를 상원봉으로 부르고 있지만 어디에도 상원봉으로 입증할 자료는 없는 반면에 가사봉임을 입증하는 기록들은 많다는 것이다.

1. 북한지에 나타난 상원봉의 위치
1) 산계(山谿) 편에서
인수봉에서 성을 쌓은 능선 따라 봉우리를 나열한 다음 성 안의 봉우리를 열거하면서 상원봉이 나오는 것에서, 상원봉은 성곽을 쌓은 능선에 위치한 봉우리가 아님이 증명된다.

2) 궁전(宮殿)편에서

"행궁(行宮)이 상원봉 아래 있다" 하였는데, 이곳이 상원봉이라면 행궁은 가늠조차 안되는 위치로, 원래 행궁지는 상원암의 절터로 그 뒤쪽의 봉우리가 상원봉이다.

2. 조선 조정의 기록에 나타나는 가사봉의 사료들

1) 정조(1752-1800) 때 안찰어사로 성을 조사하고 임금에게 올린 신기(申耆)의 서계에 "수구에서 대서문을 돌아 의상봉이 되었고, 용출봉, 용혈봉, 증봉, 나한봉, 가사봉을 거쳐 문수봉 앞에서 성이 끊어졌으며"라는 기록과, 또 성곽 상황에서 "가사봉에서 용암봉까지는 성첩이 잘 연결되어 있습니다"라는 대목에서 가사봉의 분명한 존재가 확인된다.

2) 숙종(1661-1720)실록인 비변사등록의 북한축성 별단에 보면, 대서문 - 청수동암문 - 부왕동암문 - 가사당암문 순으로 기록되어 있어 성문과 봉우리 위치가 일치된다.

3. 결론

위의 사실에 의하여 이 봉우리를 가사봉으로 잡아준다.

비 오는 날 가사봉에서 세상을 지위버린 자욱한 구름에 갇히면 낯선 세상을 헤매는 기분이다. 언뜻 구름이 밀리는 허공에서 거대한 사람 형상이 나타나는 기묘함에…

온 세싱을 헝클듯이 천지를 휘몰아가는 구름 속에서 갑자기 나타난 거인이 홀로그래피 영상처럼 사라졌다 드러났다 할 때는 얼마나 신비한 일인지! 가슴만 두근댈 뿐이다.

비구름 속의 문수보살

마음을 진정시키면, 구름 속에서 명암이 없어신 봉우리가 머리에 터번을 두른 직고 도톰한 얼굴로 비스듬히 기대어있는 사람 형상에, 정말 문수보살을 만났듯이 떨리던… 어쩌면 오랜 등반에서 막연히 기다리던 특별한 행운을 은연중에 본 기쁨이다.

가사봉을 내려설수록 드러나는 칠성대엔 갖은 형상바위들이 다채로운 전시회를 열고, 병풍처럼 펼쳐진 절벽을 적셔내는 저녁햇살의 농후한 물빛을 보고 있으면…

오! 세상에 어느 화가가 져가는 시간으로 음영의 은은한 물빛을 마음의 무게 같은 느낌으로 드리워낼 수 있는지!

움직이지 않고 진행되는 조용한 변화에 감탄이 차오른다.

가사당암문의 본 이름

내려가는 길이 성곽 위가 되면 내려와야 한다. 이 가사당암문은 무너지던 것을 복원시켜 놓았기에 잘 보존해야 한다.

이 암문은 현재 청수동암문이라는 문패가 걸려있지만 지나온 의상봉과 용출봉 사이에 있던 가사당암문의 명패를 이곳에 붙여놓아야 한다. 사실을 모를 때는 그냥 지나쳤다. 그러나 이 산의 역사를 조사하면서 분명하게 잘못되어 있는 성문이나 봉우리를 볼 때마다 정말이지 내가 남의 이름을 달고 있듯이 걸렸다.

1. 이곳이 청수동 암문이 아니라는 증빙은

1) 숙종(1674-1720)실록, 비변사등록 북한축성별단의 기록에 의하면 대서문 – 청수동암문 – 부왕동암문 – 가사당암문 순으로 기록되어 현재와 다른 상황이며

2) 정조(1776-1800) 때 북-한산성의 안찰어사였던 신기가 성을 점검하고 임금께 올린 서계를 보면 "의상봉과 용출봉 사이는 국녕사암문이며, 증봉과 나한봉 사이는 원각사암문이며, 가사봉과 문수봉 사이에는 가사암문이며, 문수봉 우측엔 문수봉암문이 있었는데 지금은 대남문이 되었으며"라는 확실한 기록에서 봉우리와 성문이 일치하고

3) 가사봉이 확인되면서 가사당암문의 이름도 일치하는데 비하여, 청수동암문은 어떤 근거도 찾을 수 없다.

2. 논증

1) 위의 1) 2)항처럼 가사봉과 가사암문은 조정실록에 일관된 기록이 있지만, 청수동은 성 안 어디에도 확인할 수 없다. 북한지에는 이 골짜기가 잠룡동으로 되어 있으며, 다만 석가봉(칼바위) 아래 정릉계곡이 청수동으로 되어 있다.

2) 현재 성곽에 걸려있는 암문의 명패는 북한지의 기록과 또 알 수 없는 누구에 의하여 잘못 붙어있다. 그리고 북한지를 검토해보면 거기에도 착오가 더러 있는데, 예컨대 큰 성문을 표기한 성지(城池)편을 보면, 북문 –

대동문 – 대서문 – 대성문-중성문으로 기록되어 대서문과 대성문의 순서가 바뀌었고, 암문 표기에 대성문이 있는데도 소동문을 중복하였고, 역시 소남문과 부왕동암문을 중복 기록하였으며, 당시엔 대남문이 개축되지 않았기에 문수봉암문이 있어야 하는데도 빠져 있고, 산계편의 봉우리 나열에서 나한봉이 빠져 있다. 이것이 집필 작업에서 생길 수 있는 착오에 비하여, 전 1) 2)항은 국가 공식보고서로 일치를 이루고 있다.

3. 결론

위 사항에서 이곳을 청수동암문으로 주장할 근거가 없는 반면에, 가사당암문은 확실하여 본 이름으로 불러준다.

문수봉과 칠성봉을 바로잡으며

길 따라 오다가 성곽에서 우측 봉우리로 올라간다. 현재 이 봉우리를 문수봉이라고 하는데 이것도 잘못되었다. 이곳은 칠성봉이고 진짜 문수봉은 대남문의 북쪽 봉우리다.

숙종실록의 축성논의에서(1710) 훈련대장 이기하, 어영대장 김석영이 임금의 명을 받고 북-한산성을 축성할 지형을 답사하고 올린 보고에 의하면 "만경봉은 동쪽으로 구불구불 흘러가면서 석가현과 보현봉, 문수봉이 되었고, 문수봉이 날개를 펼치며 형제봉 두 봉우리가 되어 남쪽으로 뻗어서 구준봉과 백악이 되었습니다. 다시 문수봉에서 한 가지가 뻗어나가 칠성봉이 되고, 칠성봉에서 두 가지가 뻗어나와 한 가지는 떨어져 나한봉 증봉 의상봉의 여러 봉우리가 되어 중흥동 수구에 이르고, 다른 한 가지는 서쪽으로 달려가며 승가봉과 향림사 후봉이되었습니다"라는 기록에서, 분명히 형제봉 구준봉 백악(북악)이 문수봉에서 펼쳤다 하고, 또 문수봉에서 서쪽으로 나온 한 가지가 칠성봉이 되어, 여기서 의상능선과 비봉능선이 갈라졌다는 것이다.

이렇게 되면 문수봉으로 알고 있는 이 봉우리가 의상능선과 비봉능선을 만든칠성봉이다. 그리고 정조 때의 북—한산성의 안찰어사 신기가 올린 서계에 "문수봉 오른쪽에 문수봉암문이 있었는데 지금은 대남문이 되었으며"라는 것에서 분명한 위치가 보충된다. 또 이덕무(1741~1793. 조선시대 실학자)의 "유북한기에문수사 옆에 대가 있는데 칠성대다. 여기서 밥을 먹고 북으로 문수성문으로 들어갔다"에서의 이곳이 칠성봉이다.

그런데도 이곳이 문수봉으로 되어있는 것은 사람들이 여러 사료와 대조해보지 못했고, 아니면 정확하지 않는 북한지 내용대로 했거나 또는 문수사가 있어그렇게 불렀을 것이다.

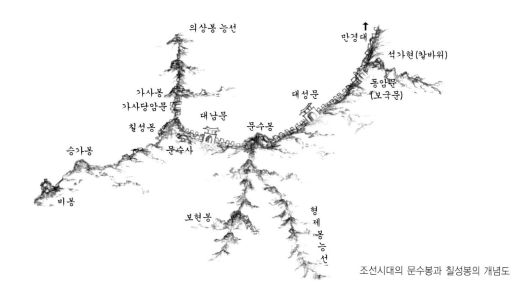

조선시대의 문수봉과 칠성봉의 개념도

계속해서 이곳을 문수봉이라 하면 칠성봉은 남의 이름을 달고 있고, 저기 진짜 문수봉은 제 이름을 빼앗기고 이름 없는 봉우리로 있는 것이다.

현재 이 산의 봉우리와 성문이 여러 사료에 의하여 검토된 것이 아니라 북한지와 일제 때의 표기대로 되어 있다는 것이다.

성능스님의 북한지는 축성 후 34년(영조21년,1745)에 출간된 삼각산과 북-한산성에 관한 최고의 역사서로 한편의 보물이다. 더러 중복과 누락된 오류도 있지만 집필이라는 어려움을 내가 알기에 있을 수 있는 잘못들을 바로잡아드리려는 성의다.

이 산의 역사 규명을 위하여 많은 시간과 어려움을 겪었지만, 이것은 나의 최선일 뿐 다른 사람들에 의하여 더 상세히 정리될 수 있는 역사다. 역사란 사실을 원하는 사람들의 지독한 결벽증에서 바로 깨어나고, 많은 사람들로부터 깐깐하게 검증되어야 바르게 세워지는 것이다.

새가 되어 나르는 봉우리에서

눈 아래 능선엔 갖은 모양의 바위들이 전람회를 열고, 참선대엔 거대한 바위가 선매에 몰입한 도인처럼 앉자있는 주변으로 기하적인 바위들의 희한한 모습들이 참 다양하다.

능선을 타고 오면서 파도처럼 밀려오는 봉우리 하나하나를 넘길 적마다 마음 한 칸 한 칸을 세워가던 산행이 이 봉우리에서 하염없이 풀어지는 바람이 된다.

홀로 산을 타면서 혼자이기에 더 동화될 수 있었지만, 저 거대한 과묵함과 넓

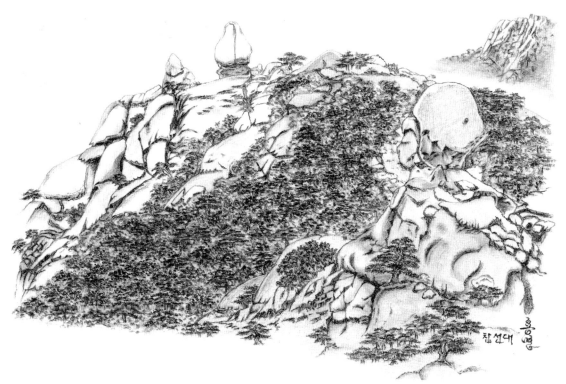

희한한 바위들이 기하적인 구조를 이룬 참선대

은 시야의 맑은 바람은 정말 감미로운 은혜다.

언제나 바람이 멈추지 않는 이곳은 동남과 서북의 능선이 길을 트는 교차로다. 이쪽에서 봉우리들이 끌어오고 저쪽으로 끌어가는 능선들의 활동 속에서, 오는 바람을 받아주고 바람으로 가는 것을 지켜보는 저 바위의 인내로 버티고 있으면 바람을 익힌 몸이 바람 속에 있는 고요를 타고 서서히 세상을 날게 된다.

이렇게 보던 깃보다 더 깊게 볼 수 있는 마음이 열리면, 진한 감동이 자연의 힘을 품고 심성을 진동시켜, 산의 품성을 닮게 하면서 유전자를 개선시킨다. 그렇게 개선된 인성은 넓어진 가치관으로 하여금 운명을 향상시키는 정신의 바탕이 된다.

일상에서 자존심 한 칸을 높이면 교만이 발효되어 성질의 냄새가 나지만, 한 칸 낮춘 겸손에는 거품 없는 물이 되어 하늘이 비친다. 그렇게 산 흐름에 씻어온 산행이기에 걷기만 하는 등반에서는 보이지 않던 의미를 깨우치게 된다.

누구나 등산을 하면서 등산 이상의 것을 생각하지만, 아무도 이루지 못한 등산의 능률을 나는 인생의 깊이로 이루어 살아있는 산을 느낄 수 있다. 그래서 봉우리에 서있으면 한 마리 새가 되어 하늘을 나른다.

복원은 복제처럼

내려와 전망 좋은 바위 터에 서면 바로 아래 문수사가 보인다. 짙고 연한 색의 크고 작은 지붕들은 빨아서 널어놓은 누더기가사 같아서 참 소박한 불심이 다복한 느티나무 속에 있었는데, 어느 날 번쩍거리는 동(銅) 지붕으로 변하여 옛 풍경을 그리워하는 나를 업신여긴다.

내려가면 안부를 지키는 대남문(입구에서 5,541m)의 초루는 제법 묵직하게 앉아도 양쪽으로 펼친 새 성곽의 하얀 빛깔은 이질감이다. 이 대남문은 축성 당시(1711) 문수봉암문이었던 것이 정조(1776-1800)때 이미 대남문으로 바뀌어 있는 것으로 보아 개축이 있었다.

내려오면서 복원시킨 성곽을 보면 마치 촬영장의 세트 같다. 복원이라면 원형을 복제하듯 정교하여야 옛 숨이 같은 리듬으로 호흡할 수 있지만, 기계로 양산된 돌들을 옛 원형 위에 버젓이 얹혀놓은 몰염치는 참으로 옛 솜씨를 훼손시키

278

는 파렴치함이다.

옛맛이 우러나오는 부왕동의 곰삭은 성곽을 생각하면 도대체 현대의 기술과 인내가 저것밖에 되지 않나 싶고, 저런 것을 복원이라 해야 할지 훼손이라 해야 할지 그 정의가 어렵다.

과학의 분석이 불가능을 극복해가는 현대에서도 옛것의 복원은 불가능에 가깝다. 그것은 우리가 보는 옛 구조들은 공학과 공예가 복합적으로 형성된 인고의 예술이다. 그래서 복원에는 갈고 다듬는 인고의 인내가 있어야 솜씨의 기교도 살아나고 구조와 규모가 조화를 이루어 눈과 감성을 설득할 복원이 될 것이다. 사실 예산의 부실을 떠나 지금 우리에게 그렇게 인내할 수 있는 혼이 없어 어설픈 모방을 하고 있을 것이다.

성문의 초루를 지나가면서 산산이 터진 기둥들을 보면 저것 하나 제대로 말릴 수 없는 급한 성징으로는 옛 사람들이 생각하던 세세손손의 장인정신을 결코 이해하지 못할 것이다.

옛 문화는 있는데 그 혼이 없다면 복원이나 보수 때마다 달라지는 문화재들은 국적 없는 유형으로 변해간다. 하여 옛 기술을 갖추지 못한 복원은 마치 미숙한 인턴에게 수술을 맡긴 것처럼 많은 부작용이 있을 것이다.

원형을 살려내어야 하는 옛것의 복원은 복재처럼 정교하여야 할 필요는 있지만 결코 급히 만들어야 할 이유는 전혀 없다.

산과 환경의 함수가 있는 보현봉에서

대남문에서 바라보면 커가는 봉우리 중에 맨 뒤의 제일 높은 곳이 보현봉이다.

저곳으로 가면서 곳곳에 드러나고 감추어진 형상들의 회화를 즐기다보면,

아! 저리 희한할 수가…

정상에 서면 한양 도성이 능선 사이로 펼쳐지고,

다소곳한 북악산과 점잖은 인왕산은 사대부가의 내외가 앉은 모습이나.

저렇게 주산을 북악으로 두면 인왕산과 낙산이 격을 맞추지 못하고,

앞을 막은 남산에 시야가 막혀 안으로 다투게 된다.

그렇게 자연 구조는 알게 모르게 마음에 작용되어

사람들의 인심을 만드는 풍토가 된다.

저녁 무렵의 황홀한 노을 앞에 서면 지는 것이 얼마나 아름다울 수 있는지!

장엄한 능선이 억겁의 무게로 가라앉는다.

칠성대에서 본 보현봉능선, 맨 우측 한칸 위에 북악산 건너서 남산

태어난 운명은

첫 바위에서 바라보는 보현봉

대남문을 나와 좌측 숲길로 127m 가면 비스듬히 서있는 ⛰첫바위를 오른다. 올라서면 앞에서부터 거칠게 돋은 작은 봉우리들이 점차 커져가다가 저 앞에서 세상 한쪽을 막고 선 보현봉의 위세는 당차게 우뚝하다. 경복궁에서 보현봉을 보면 북악산 뒤를 넘겨보는 형상이다. 동국여지비고에 보현봉을 잘 올랐다는 세조가 어쩌면 저 봉우리에서 도성을 내려다보고 야심을 품지 않았을까 싶다.

바라보고 있으면 어떤 감정이 봉우리처럼 크레셴도(crescendo)하게 휘몰아가려 해도 나는 데크레셴도(decrescendo)한 마음으로 저 봉우리들의 기개와 방만하게 펼쳐놓은 풍경들을 자근자근 누릴 것이다.

삐쭉삐쭉 돋은 바위를 건너 길이 끊어진 곳을 건너 낮은 소나무 길을 가면 유난히 짙은 솔향이 감성을 잡

284

는다. 이 척박한 환경을 극복하느라 볼품없이 야위어 있어도 푸른 생명을 펼쳐놓으려고 서로 협력하여 군락지를 이루어가는 갸륵한 나무들이다.

그 수고에 살그머니 잎을 쓸어주면, 아! 작은 잎들의 꺼칠한 질감에서 생각보다 뿌리가 고된 모양이다. 그런데도 서로 격려하듯이 풍겨내는 솔내음은 진한 인정처럼 뭉클하다.

살기가 어렵더라도 서로 돕지 않으면 더 척박한 땅이 되어 모두 살 수 없다는 것을 아는 나무들이 서로 위로하듯이 풀어내는 체취를 맡고 있으면, 텁텁하면서도 진한 솔내음이 깊이 스며들어와 나도 인간미 진한 생명이 된다.

이 어려움을 견디고 있는 가지들을 칭찬해주고 있으면 나무들 속의 나는 꼭 아이들과 어울려 있는 기분이다. 가끔 마른 잎에서 싸– 하게 풍기는 내음은 내일쯤 비가 올 것 같지만, 삼 주일도 넘게 생명을 달구는 이 마른 땡볕을 적실 수 있도록 기원한다.

고만고만한 나무들의 아담한 군락지를 빠져나오면 집에서 보던 아이들의 모습이 나무 사이 여기저기 맺힌다. 지금 우리 집도 경제 가뭄이 들어 필요한 것 한창인 아이들이 이 나무들처럼 갈증을 극복하느라 얼마나 기특하게 노력하는지…

이 나무와 아이들을 해갈시켜주지 못하는 내 무능이 아프지만 나무들은 수백 년을 살기 위하여 자연으로부터 능력을 단련받고 있고, 아이들은 먼 인생을 위하여 어려움 속에서 의지를 키우고 있으며, 나도 영원한 목표를 위하여 아픔 하나하나 헤아리며 최선을 다한다.

나무들이나 내 아이들도 제 현실을 불평할수록 적응력이 부실하여 어려움을 이기지 못하여 고사 직전에 있는 저 나무처럼 될 것이다. 그러나 어려움 속에서도 질기게 노력한다면 시련으로부터 터득한 지혜가 운명을 반전시키는 능력이 되어 저기 더 어려운 곳에서도 운치있게 자란 큰나무 같아질 것이다.

많은 나무들 중에도 정말 운치있게 굵은 나무가 많지 않고, 수없이 설치는 사람들 중에도 인간미 맑은 사람은 쉽지 않다.

이 나무들이 하필 척박한 곳에서 자라고, 내 아이들이 하필 부족한 내게 인연을 틀고, 나도 욕심만큼의 부모를 못 만난 것도 내 인과에서 맞추어진 것이기에 복종하지 않을 수 없다. 그래야 불만을 줄일 수 있어 서로 덜 불편해지고, 어려움도 알고 기쁨도 아는 건강한 사람이 된다. 하여 태어난 운명은 결정 사항이 아니라 거기서부터 시작하는 출발점일 뿐이다.

인생은 수용만큼

두 번째 봉우리의 평평한 바닥에 앉으면 따가운 햇빛에도 그저 편안하고 훤한 기분이다.

스스로 선택한 고행의 길이기에 당연히 만나는 어렵고 고달픔 속에서, 햇빛 한가운데면 어떻고, 소나기 속이면 어떨 것인가. 어려울수록 극복의 의미가 크기에 거부할 수 없는 현실에 잘 적응하는 것이다. 그래서 이 어려움들 하나하나 씹어보면 운명이 물고 있는 일들을 감지할 수 있어 더러는 예방 가능한 어려움으로 소멸시킬 수 있는 것이다.

인생과 운명. 정말 좋아하는 일이나 재미에 빠지듯이 내 습성 속에 있는 약점의 문제와 장점의 성취도를 구분하고, 지나온 것에서 만들어진 현재와 여기서부터 만들어갈 앞날을 구성해본다. 그리고 사람들에게 인식된 내 이미지와 역할들을 분석해보는 습관이 되면 그 논리적인 사고력에 의하여 어느 날 세월이 준 훈장처럼 능숙한 인생 전문가가 되어 있다. 그렇게 되면 사람 속에 어울려 살아도

성벽 너머 기상이 힘찬 삼각산 주봉우리들. 맨 우측이 보현봉 첫봉

산처럼 살 수 있을 것이다.

길을 가다가 맞는 바람처럼 인생에서의 어려움이란 피할 수 없다. 헝클린 실타래 풀듯이 하나하나 가려내어야 전체를 제 길이대로 쓸 수 있는 운명이 되지만, 책임감 부실한 요령과 습성은 급할 때마다 함부로 끊어 쓰기에 결국 빨리 버려진다.

산다는 것이 자신을 깨워야 할 책임과 세상에 도움이 되어야 할 의무가 있다. 그런데도 핑계가 잘 돌아가는 사람은 갖은 요령으로 피하면서 책임감 강한 사람을 둔하게 보지만, 세상이란 것은 의무와 책임을 못하게 되면 결국 세상으로부터 버려지는 폐품이 된다는 것을 생각하지 못한다.

스무 살을 넘으면 모든 일 대부분이 자신의 원인이 아닌 것이 없다. 자신의 생각과 행동이 얼굴을 만들고 말과 표정이 그것을 나타낸다. 늘 나와 다르게 움직이는 세상에 부지런히 적응하지 못하면 나태한 습성과 편견이 내 생각을 갉아먹는다. 결국 내가 키운 습성의 벌레에 내 인생이 먹히는 것이다.

대응 원리에서 상보성을 띠는 빛깔처럼 객관성이 부실해질수록 상대적인 아집이 설친다. 그래서 아니라고 말하는 여러 사람들의 시야에 내 생각을 놓아보려 하지 않고, 움직이기 어려운 여러 사람들의 생각을 내게 맞추도록 바란다. 그래서 세상의 벽은 갈수록 두꺼워지고 미래는 그만큼 얇아지는 것이다.

그렇게 깨달으면 내 두께도 모르면서 더 거대한 세상의 벽을 멋대로 생각하다가 초라하게 깨어진다는 것이다.

이 더위 속에 바람이 불어주면 더없이 고맙고, 없으면 없는 바람이기에 갈 길을 간다. 내 능력으로 조절하지 못하는 바람이라 더워도 걷다가 그늘을 만나면 쉬고, 식으면 또 땡볕을 간다. 인생의 길에서 세상 일이라는 것은 땡볕 속의 바람 같아서 결코 내 의도대로 불지 않는 것을 탓하면 나만 더운 사람이다.

어려움엔 순한 인버다

지나온 첫 봉우리가 닭 벼슬처럼 돋아있는 뒤로 백운봉을 둘러치고 있는 거대한 기상들은 과히 침범할 수 없는 결성(結成)의 진수다. 길게 뻗쳐간 가사봉능선의 무거운 음영 앞으로 햇빛을 이고 있는 흰 성벽이 유연히 등마루를 넘어간다.

한번 헷갈리면 홀드가 보이지 않는 굴통바위 . 둘째. '95

돌아서면 더 높고 넓어진 보현봉 앞으로 느긋하게 기댄 셋째 봉우리엔 기이한 형상석들이 많다.

아래쪽의 평평한 바위에 머리는 곰이고 몸은 사람 모습이 웅크리고 있는데, 꼭 곰이 인간으로 전환되고 있는 순간을 새겨놓은 것 같다. 위쪽엔 야윈 짐승 한마리가 올라가다가 아쉬운 듯 돌아보고, 우측엔 여러 형상의 동물들이 긴장되어 지켜보고 있는 분위기는 꼭 단군신화에 나오는 웅녀이야기다.

바위 끝에서 우측으로 내려가면 깊고 좁은 6m의 침니가 있는데 이곳이 어려운 ▲굴통바위다. 위에서 딛고 잡을 곳을 계산해두고 침니 속으로 내려와 다음 동작을 취한다. 어딜 잡아야 하는지… 방금 기억해놓은 세 가지 동작을 잊어버리고 헤맨다. 도대체 내 머리가 몇 자린지…

바위는 가끔 마술사의 손놀림 같아서 분명히 홀드를 보았는데도 잡으려하면 아니듯이 사람을 홀린다.

문득 디딘 곳이 불안해지는 순간 달라지는 숨소리를 기다렸듯이 바위가 주변을 흔들며 나를 가지고 놀기 시작하고, 나는 바위에게 시달리기 시작한다. 유연히 내려가려던 생각은 나의 착각이었고, 현실은 엄청난 고수에게 걸려 진기를 소진시키고 있다.

마음을 잡을 만한 홀드를 더듬어도 걸리는 것마다 너무 작다. 그래서 더 불안해지고 더 어려워진다. 그러나 어떤 어려움도 그 속에는 절묘한 해결 방법이 감추어져 있는데 이상하게도 어려울 때만 되면 더 보이지 않는다.

이럴 땐 무엇보다도 부드러운 인내가 밝은 눈이 되어주기에, 천천히… 천천히 주변을 익히면서 숨을 늦춘다.

떨고 있는 굴통 속에서 조금만 잘못하면 깨어져 후회할 고통만큼이나 질기게 버티면서 몰래 몰래 기력을 회복시킨다.

본 것을 다시 보면서 꾸준히 확인하고 있으면 문득 홀드가 돋아난다. 분명히 조금 전에는 없던 곳에서 보이는 이 괴상한 의문을 덮어두고, 이쪽 잡고 저쪽 재어보면, 아! – 뭣이 헐렁하게 풀리는 것에 뭣 땀시 헤맸을까 싶다.

다 내려와서 몰려나오는 숨을 서서 회복시키고 있으면 새삼 바위의 힘이 얼마나 은근한지, 이렇게 어려움을 맞으면 정작은 지혜보다도 관찰하는 인내가 더 밝은 눈임을 실감한다.

나이는 껍데기다

내려와 삐쭉삐쭉 돋은 바위를 슬금슬금 넘어 올라가다가 돌아보면 지나온 굴통 주변의 바위들이 참 다난하다.

잘게 결을 세운 바위들은 꼭 울타리처럼 촘촘하고, 그 우측에 미끈하게 솟은 바위가 메뚜기 형상이다. 사각형의 앞면에 굵은 목과 다리 그리고 통통한 몸집에서 정말 메뚜기다. 또 침니 좌측 위에는 엎드린 호랑이가 반질반질한 등을 낮추어 뒤돌아보며 타라는 동작이다. 뒤에 앉은 바위의 얼굴 윤곽은 희미하지만 맑은 표정과 길게 내린 수염에서 인자함이 풍겨나고, 어깨에서부터 매끈하게 흘러내린 선은 부드러운 천을 걸치고 있는 산신령 같다. 아니 꼭 산신각의 호랑이와 산신령의 친밀한 그림이 자연 속으로 나와 있다. 이렇게 바위가 만든 조각 같고 판화 같은 형상들은 고대 유적지에서 보는 기이한 모양과 상형문자처럼 뭔가를 감추고 있는 의문이다. 그 오묘함을 즐기다보면 억겁의 변화를 순리대로 맡겨온 자연에 매료되어 나도 모르게 아하! 한다.

앉으면 서서 봉우리를 보라 하고, 서면 낮은 자락들처럼 조용하라 한다. 이렇게 낮은 듯이 높이 맞추어주는 거대함은, 가만있어도 다 느껴지고, 그래서 다시 살펴보면 아무리 보아도 어렵다.

여기서 돌아보니 그렇게 열심히 보고 느끼며 왔는데도 새삼 낯선 풍경들이 너무 많아 내가 지나온 길이 맞나 싶기도 하고, 어쩌다 저런 것들을 빠뜨리고 왔나 싶다. 그처럼 오를 때의 시야는 목적에 잡힌 직진성이 되어 내 생각 외에는 보지

산신각의 그림을 닮은 자연조각

못한 것들이 얼마나 많은지!

　그래서 생각해야 할 것들을 얼마나 놓쳐버리고 왔는지…

　분명히 지나온 길인데도 다른 방향에서 바라보니 모르는 것들이 많듯이, 세월을 돌아보면 지나왔는데도 잊어버린 날들이 너무 많다. 가령 10년인 87,600 시간을 생각해보면 짧은 마디처럼 떨어지는 기억들은 불과 몇 시간도 채우지 못한다.

　가만히 분석해보면 우리는 자신의 99% 이상을 모르고 있다. 그것은 언제나 자신의 99%를 편리대로 전환할 수 있거나, 자신의 편리를 위해서 99%를 잊을 수 있다는 것이다.

　사실 생생하게 기억될 것 같은 얼마 전의 일들도 거슬러보면 내 위주로 생각한 몇 가지만 남아 있을 뿐, 결코 그 순간의 많은 것들, 더욱이 내 생각과 달랐던 것에 대해서는 너무 알지 못하고 있다. 하여 지나온 길을 기억하지 못하면 지나와도 모르는 길이듯이, 세월을 보내고도 모르고 있는 것이 많다면 그만큼 나를

왼쪽에 북악산 오른쪽이 인왕산, 가운데 남산, 인왕산 오른쪽이 안산

잃어버렸다는 것이다.

그렇게 잃어버린 날을 살고도 세월만큼의 나이라고 말할 수 있을 것이며, 그렇게 내 자취를 모르면서도 분명할 것이라는 착각에서 깨어나지 못한다. 그저 대나무 마디처럼 이어온 나이가 제법 길게 보여도 정작 세월 먹은 속은 비어있듯이.

바위에서 수백 년을 살아온 소나무는 모든 것을 잊지 않으려고 가지 속마다 배배 틀은 결을 차곡차곡 감고 있는데 나는 대나무 마디 같은 편리로 쑥쑥 지나쳐버렸다.

앞만 보고 산을 오르면 방향만 틀어져도 낯선 곳이 된다. 내 생각에 집착하면 생각과 조금만 달라도 들리지 않는다. 그래서 남들이 다 아는 내 결점을 나만 거부하고 있다. 그런데도 결코 뒤지지 않는 것처럼 자존심을 세우고 있다. 그래서 곧게 서서 푸르다고 대범한 척한다. 그래서 대나무들은 빈속에 든 바람을 삭히지 못하여 실바람만 스쳐도 와스스, 아니 바람이 없어도 제 빈속에서 바람이 나와 부스럭거린다.

서울의 풍수구조

봉우리 오르는 곳곳에 새겨놓은 이름이나 표시들은 영구한 바위에 짧은 생명의 흔적이라도 남겨두고 싶은 얄팍한 소망이지만, 그것이 제 운명에 낙서한 영구 흉터가 된다.

자연을 자연으로 두고 어울려야 사람도 자연이 되는 무위자연(無爲自然)이 되어, 모든 것이 자연스레 이루어지는 무위이화(無爲而化)가 되어 애써 욕심 부리

결성의 진수를 이룬 삼각산. 좌로부터 영취봉, 북능에 뾰족한 시자봉, 제일 높은 백운봉, 인수봉, 만경봉, 용암봉, 앞쪽 중앙이 노적봉

지 않아도 잘 풀릴 것이다.

정상에 서면 갑자기 높은 세상으로 솟은 듯이 깊은 아래가 거대한 서울을 깔고 넓게 멀리 펼쳐 있다.

한반도는 백두산의 한줄기가 남으로 뻗쳐서 골격을 이루었지만, 세계의 산에 비하면 백두산은 결코 높은 산이 아니다. 하지만 깊은 땅속의 기운이 솟아서 그 형상이 만들어지고 정수리엔 하늘을 담은 신령스런 천지가 있다. 그 기상은 세계의 어떤 산에 비하여도 그 위엄의 감탄이 부족하지 않을 것이다.

이 삼각산도 큰 산군은 아니지만 기상의 봉우리들이 함축성 높게 결집한 형세는 어느 산군에서도 찾을 수 없는 옹골찬 지세로 힘의 기골과 지혜의 기상을 갖춘 문무 겸비의 산이다. 이것이 삼각산과 조화되는 통치자형이다. 그래서 반도의 복부에서 확실한 구심력으로 전 국토를 순환시키는 큰 산의 역할을 하고 있다. 그래서 그 기상이 보통 드세지 않다.

이처럼 산은 분명 대단한 산이다.

풍수지리를 신봉했던 이 태조가 전국의 자연환경을 조사하게 하여, 그 중에 삼각산 자락을 천혜의 길지로 보고 도읍을 정하였다. 그러나 기상만큼 좋은 역사가 못되는 것은 무엇인가 어긋남이 있다. 즉 갖출 것은 다 갖추었는데도 살아나지 않는 능률은 전체를 살릴 핵심을 잡지 못했다는 것이다.

그런데도 정도 600년 동안 서울의 풍수지리에 대하여 무엇이 어떻게 잘못되었고, 어떻게 하여야 바른 것인지를 누구도 분명하게 분해한 사람이 없었다. 그것은 산의 전체 성격과 부분에 대한 용도를 읽지 못했기 때문이다.

이 산은 한북정맥에 이어진 것이 아니라 독립된 산군을 이루어 우이령을 분수령으로 남 삼각산과 북 도봉산을 형성하고 있다.

삼각산이 제왕이라면 도봉산은 제왕의 기세를 돋우는 봉황의 지세로 왕도의 격이 잘 갖추어졌다. 그것에 대한 정확한 증빙은 하나의 영토에서 통치 다른 두 개의 나라가 존재하면서 평양이 서울의 기세를 이기지 못한다는 것이다.

지금처럼 북악산(342)을 주산으로 둔 경복궁에 서보면 오른쪽 울(우백호)이 되는 인왕산(338)은 큰 봉우리와 여러 개의 산을 거느린 것에 비하여, 왼쪽 울(좌청룡)이 되는 낙산(111:동대문 옆 이대병원)은 능선 끝자락의 작은 산이 되어 같이할 수 없을 정도로 격과 균형이 기울어졌다. 그리고 안산에 해당하는 남산(262)은 북악보다 큰 부피로 시야를 가로막고 있어 멀리 보지 못한다. 자연히 안으로 다툼이 잦아지는 것이다. 또 강 건너 관악산(629)의 큰 덩치는 등 뒤의 보현봉과 더불어 앞뒤에서 엿보는 구조가 되어 통치자는 불안과 의심이 높아진다.

　그처럼 비례되어야 할 구조가 격이 맞지 않으면 보는 눈에서부터 잠재되는 의식의 불균형이 되어 안정감이 얕아진다.

　그러나 동향인 인왕산에 서보면, 남향의 경복궁에서 볼 때와 달리 답답하던 남산은 북악과 균형을 이루어 좌우로 도열시킨 문무백관 같은 탄탄한 울이(좌청룡 우백호)되어 격과 균형이 맞추어지고, 낙산은 앞문을 지키는 충실한 문지기가 된다.

　바라보면 훤하게 열린 앞으로 성군의 생각 같이 맑은 청계천이 흘러나가고, 서북풍이 스치는 북악산과 달리 인왕산은 동남풍이 안긴다. 안산에 해당되는 아차산(286)이 알맞게 조아려있는 정중한 구조는 멀리서부터 좋은 소식을 물고 오는 상이다.

　남쪽으로 서면 앞이 막히고 기울은 구조에 옆으로 새는 청계천이 되지만, 동쪽으로 서면 양쪽 밸런스가 이루어지면서 앞으로 들어오고 나가는 바른 활동이 된다.

　튼튼하게 앉은 인왕산 뒤로 백련산과 안산이 넘보지 않는 울을 둘러치고, 좌측엔 인수봉을 닮은 지혜로운 북악이, 우측엔 만경봉을 닮은 듬직한 남산에서 삼각산을 이루는 백운봉 주변과 닮은 구조다.

　우리가 시조로부터 대를 이어가다보면 어느 대에서는 시조를 닮은 자손이 나와서 번영을 이루듯이, 산도 정점에서 흘러가면서 닮은 곳을 두게 되고, 그곳에 가장 좋은 환경이 잠재되어 있어 그곳과 성격이 닮은 사람이 통치를 하면 가장 발전이 높아진다. 유전적 생리 같은 현상이 산의 구조에도 존재하는 것이다.

안테나로 전파를 잡아보면 구조의 방향 따라 화면의 선명도가 다르듯이, 산의 구조에도 에너지 방향이 있어 조화를 이룰수록 혜택이 높아지는 것이다.

건전하지 못한 사람과 어울리면 자신도 모르게 옳게 되고, 바른 사람과 있으면 자연스레 닮아간다. 좋은 자연 속에 있으면 결함 있는 성격도 좋아진다. 그래서 좋은 스승을 찾듯이 능률 높은 자연환경을 찾는다. 이것이 풍수지리다.

조선왕조는 천혜의 길지를 잡고도 구조와 일치가 되지 못한 남쪽을 선택하였기에 그 혜택이 부실하여 왕손의 기상과 나라의 기력이 왕성하지 못해서 발생된 어려움을 그대로 다 겪었다. 그리고 현대의 여러 통치자도 저곳으로만 들어가면 눈멀고 귀 어두워지면서 독단만 두드러지는 것이다.

600년 고목을 옮겨심는 일

현재 정부에서 서울의 과밀 해소와 지방 발전의 균형을 위한다며 수도를 옮기려는 천도를 추진하고 있다.

600년의 수도를 옮긴다는 것은 마치 600년 동안 마을을 지켜온 고목을 옮기는 일과 같다. 수없는 세월을 살아오면서 그곳의 환경을 만든 큰 나무를 옮기고 나면, 그 환경에 체질화 되어있던 마을과 나무에 많은 변고가 일어난다.

수 없는 세월의 온갖 변화를 극복하면서 우람하게 존재해온 고목의 생태와 마을의 함수관계를 짧은 시간에 얼마나 분석할 수 있을 것인지. 물론 사람이 하는 행정 시스템과 나무의 삶은 다르겠지만, 힘의 바탕인 뿌리가 내리면서 가지를 뻗칠 위치를 확보하여 주변을 점령해가는 생태계의 오묘함은 사실 완벽한 통치의 본질이기 때문이다.

도읍지란 나라의 구심점이 되어온 세월만큼 정치 경제 문화 풍토를 형성한 거대한 중심 세력이다. 오랜 세월 동안 거대한 작용을 하던 구심력이 비어버리면 어떤 변수가 얼마만큼 발생될 것인지 얼마나 예측하고 대비할 수 있을까!

아프면서 낫는 상처도 있지만, 부작용을 일으켜 심각해지는 상처도 있다.

사람들이 큰일을 하다가 실패하는 주요 원인은, 자기 머리로 다 알지 못하는 일을 하려고 하면서도 계산하지 못하는 변수에 대하여 폭넓게 준비하지 못하기 때문이다. 그래서 제 머리 밖의 이변을 만나면 대책이 없다.

수도란 그 나라 인문 지리의 대표적인 곳이다. 그곳에 잠재된 위치 에너지가 전국을 보이지 않게 움직이는 운동 에너지로 작용될 만큼 자연 조건이 구비되어야 한다. 그런 조건이란 안정된 기상을 모으는 산의 구조에, 풍요의 들과 교류의 강이 바다와 네트워크를 이루는 곳이다. 그래야 거대한 기력이 보이지 않는 뿌리를 뻗쳐서 주변을 확장할 가지를 키워내듯이 전 국토를 수용할 수 있는 국가의 구심지가 될 수 있는 것이다. 그런 곳이라야 사람들의 기상도 높고 인심도 넉넉해지면서 문물의 교류와 문화의 커뮤니케이션이 넓게 이루어지는 것이다.

원래 천도란 천재지변, 전쟁, 영토 변동 등의 부득이한 경우에 하는 것으로, 거대한 에너지 축을 옮기는 천도는 짧게는 정권의 운명이 걸리고, 크게는 국가의 운명이 움식이는 거대한 모험이다. 역사와 우리 삶에서 무리하여 새집을 짓고 망하는 경우가 있듯이 어려움과 혼란 속의 큰일은 너무 큰 투기성이다. 작은 성과에 비하여 실패는 전체가 참담한 후유증이 된다.

천도란 그 땅의 운명이 다하지 않으면 결코 순조로이 이루어지지 않는다. 이 삼각산은 아직도 그 기상이 완연하여 수도를 잃을 징조가 없다. 믿거나 말거나지만 제4공화국이 천도를 추진하다가 정권의 운명이 종결되었고, 지금은 그때보다 더 어려운 징조를 품고 있는 속에서 아주 세심하게 분석하여야 할 것이다.

좋거나 싫거나 해방 60년 전후하여 통일이나 연방제가 이루어진다. 그러면 서울과 평양 사이에 연방 정부나 통일 수도를 만들어야 한다. 그러나 준비되지 않는 통일은 민족의 대 환란이 된다. 그래서 북한의 몫까지 준비하여야 할 우리는 조금도 아주 조금도 노력과 경제를 낭비할 수 없는 위태로운 시기다.

죽도록 뛰어야 보이는 풍수지리

인간과 자연환경. 살아가면서 느리게 깨닫지만 가장 영향을 많이 받는 것이 주거지며, 그곳을 품고 더 큰 작용을 하는 거대한 집이 자연환경이다. 하여 좋은 곳에서 더 나은 곳을 찾으려는 것이 풍수지리다.

그 능률은 체질과 음식 같아서 융합이 좋을수록 서서히 향상되는 체력과 같고, 구조와 조화되지 않을수록 원인 모르는 병처럼 알 수 없는 결함에 시달리면서 성격도 나빠지는 것이다.

우리가 좋을 때는 웬만큼 나쁜 일도 너그럽게 넘길 수 있어 나빠질 것이 나빠지지 않는다. 그러나 뭔가 칙칙하거나 메마르면 기분도 지랄같이 과민하여 나빠지지 않을 것을 나빠지게 한다.

자연의 분위기는 기분을 만들고 기분은 현실을 대처하는 행동이 되어 반복될

수록 체질이 된다. 그래서 자연의 장엄함과 아름다움을 많이 체험하고 느끼다보면 유전자도 자연의 기상을 받게 되면서 그 자연을 닮아가는 것이다.

자연의 환경을 주도하고 있는 산의 구성을 보면, 전체 환경을 형성한 주산이 있고, 거기서 종으로 주능선이 뻗어가며 곳곳에 지봉(支峯)을 세우고, 지봉들은 또 횡으로 지능선을 낳아 갈래로 퍼져가면서 세봉(細峯)들을 낳는다. 세봉에서 낮은 갈래로 퍼져가는 그 속에 큰 마을도 있고 작은 마을도 있다.

그런 산을 분류해보면 자락을 펼쳐내는 편안한 야산(野山 : 500m 미만)과 나름대로 틀을 잡아서 준수한 경관을 간직한 준산(俊山 : 1,500m이하)이 있고, 높고 넓어서 일대를 지배하는 웅장한 거산(巨山 : 1,500m 이상)이 있으며, 빛의 힘을 품고 밝은 기상을 뿌리는 지혜의 명산(明山)이 있다. 그리고 나라에서 으뜸이 되는 성산(聖山)이 있고, 나라의 구심점인 수도를 품고 역사를 지키는 종산(宗山)이 있다.

백두산은 성산이며, 지리산은 거산이며, 금강과 설악은 명산이며, 삼각산은 종산이다. 산도 사람처럼 덩치가 아니라 위상의 격이 있다.

삼각산은 작은 규모로는 빼어낼 수 없는 명산의 기상을 갖추고, 거산처럼 넓은 들을 포용한 당찬 지세다. 간결한 봉우리와 정렬된 능선의 메커니즘이 기상을 형성하고, 풍요의 상징인 강과 들이 바다와 네트워크를 이룬 천혜의 입지 조건이다.

우리가 사람을 잘 알기까지는 오래 사귀어보아야 하듯이, 산도 아주 오랫동안 체험하고 탐구하다보면 산의 모습이 품고 있는 분위기를 사람의 관상처럼 느낄 수 있다.

그런 감이란 수백 수천 번의 산을 오르면서 낮과 밤을, 안개 속에서, 구름 속에서, 바람 속에서, 폭풍 속에서, 눈보라 속을, 어둠 속을 헤매고 자면서 몸으로 부딪히고, 감성으로 느끼면서 좋아서 감동하고 무서워 떨어보고, 죽음과 겨루면서 사무치도록 체감하지 못하였다면 결코 익혀지지 않는다.

그래서 풍수지리는 글로 되는 것이 아니라 산을 체감으로 받을 수 있어야 느껴지는 것이다.

옛날의 스님들이 풍수지리에 밝았던 것은 오랫동안 산과 땅을 체감으로 겪었기 때문이다. 가령 남도 끝의 절에서 북쪽의 절까지 가려면 수많은 산길을 밤과 악천후에도 걸어야 했다. 그 속에 끊임없이 시달리고 겪는 의미를 풀어가다보면 산이 형성하고 있는 성격이 감으로 작용되는 것을 깨우칠 수 있는 것이다.

사실 자연을 터득하고 섭리를 호흡하기란 쉽지 않다. 그러나 우리가 그 근원에서 만들어졌기에 바람을 타는 이파리처럼 천진하게, 세상을 바라보는 봉우리처럼 무심히, 계곡을 흘러가던 물이 쉬면서 풍경을 담듯이 편안하게 사물을 대할 수 있다면, 맑은 물그림자 고요히 드리우듯 가슴에 비쳐드는 것이 자연이다.

한번 뿐인 인생을 위하여

높은 곳에서 넓게 보고 멀리 생각해보면, 과거에서 흘러온 산이 현재까지 고고하고 미래에도 저렇게 펼쳐 있을 것이다. 사는 듯 살아도 사람들의 마음속엔 저 산처럼 이루고 싶은 꿈과 욕망이 안겨있고, 그 꿈을 위하여 현실을 바꾸어보고싶어 하면서도 숱한 탓으로 허무히 삭아간다.

한번만 마음을 바꾸어 노력해보면 다른 방법을 찾을 수 있다.

그런데도 사람들은 제 편리에 길들어진 습성에 잡혀 모양 다른 생각을 받아들이지 못한다. 그래서 남들보다 높아질 수 있는 자신 속의 적성을 찾아내 더 발달시키지 못한다. 그래서 산다고 살아도 늘 꼭 같은 바람에 펄럭거리고 살 뿐이다.

어릴 적부터 위인전 같은 꿈이 있었고 정말 별난 말썽꾼으로 자랐다. 그러면서 내게도 세계 최고가 될 것이 있다는 희망을 버린 적이 없었다. 세상에서 성공한 사람들 대부분이 어려운 환경을 극복한 것에서, 같은 사람으로 나도 그렇게 될 자신이 있었다. 그래서 열심히 나를 다듬은 결과 약 서른 가지의 취미를 어울릴 수 있는 수준에서 리드할 수 있는 프로급까지 되었고, 내 심미안과 시야도 그만큼 넓어갔다.

그러나 나이가 들고 아이들이 커가는 생활이 되다보니 환경과 여건은 내 기대와 달리 언제나 할 수 없는 조건을 더 많이 붙여주었고, 내 꿈도 점점 멀어지면서 마음은 늘 가을바람이었다.

사람들 역시 결코 미래를 준비하며 사는 삶이 아니었다. 그래서 현실과 미래를 4년 동안 분석한 끝에 결론을 찾았다.

인생은 한번 뿐이다. 그래서 잘 살아야 하고, 잘 살기 위해서는 무엇인가 죽도록 해야 하고, 한다는 것에는 무엇이나 어려움이 있기 마련이다. 어차피 사는 것이 어려움 속이라면 정말 하고 싶은 일에 죽도록 탈진해보는 것이 성공의 확률도 높고 후회 없는 생명으로 질 수 있을 것이다.

영원한 정복은 없지만 세계 최고의 산 글을 쓰게 되면 그 분야에서 세계를 쟁취한 정복자가 될 수 있는, 그 꿈을 위하여 산에 대한 집필을 시작했다. 글에 대한 능력이 있는 것도 아니면서 글이라는 무한의 어려움에 뛰어든 것은 사실 글을 몰랐기에 할 수 있었다. 마치 위험한 절벽이 있다는 것을 알았다면 가지 않았을 산을, 알지 못하였기에 무조건 넘어가보자 하여 죽도록 헤매고 떠는 우여곡절을 겪었듯이, 내겐 그런 무식한 무모함이 많다.

그러나 산은 헤매는 것에서부터 새 길이 생기고, 세상의 새로움은 보통사람들의 계산이 끝난 곳에서부터 생겨난다.

그렇게 42살에 직장도 버리고 몰두하면서 인생의 황금기인 40대를 혹독하게

다 보냈다.

높은 봉우리일수록 많은 어려움을 겪어야 했듯이, 세계 최고가 되려면 세계에서 최고로 고생해야 된다. 그것을 깨닫고는 사람들이 열심히 돈을 벌 때 나는 최고가 되려고 목숨 걸고 죽도록 노력했다. 그 9년 만에 첫 작품을 출판하게 되었다.

생각해보면 여기까지 얼마나 많은 고통을 겪었는지! 오로지 돈만 통하는 현실에서 돈 없이 꿈을 좇는 비애 앞에 몇 번이나 찢으려 했던 글. 그 한계에서 죽지 않았으니 해야 한다는 고통은 절벽에서 떨고 떠는 수천 번의 공포보다 더 시련이었다.

정말 아픔 많은 세월이었지만 결국 그 고통의 산을 아름다운 풍경의 산으로 내 속에 얻었다.

정말 잘 살고 싶다면, 정말 하고 싶은 일을 죽도록 해보면 그 열정은 결국 성취의 산을 세우게 될 것이다. 해보지 않았던 일 앞에 너무 계산하면 계산과 준비에 걸려 할 수 있는 것이 없다. 골짜기에서는 알 수 없던 지형도 오르면서 보이듯이 지혜를 높여주는 시련에 의하여 목적에 다가간다.

세상은 그렇게 꿈과 실천의 의지가 강한 자들의 것이지 결코 아무나 논다고 좋게 되는 곳이 아니다.

내 꿈을 이루기 위하여 가족들과 어려움을 다듬어가는 생활이지만, 삶의 기준이 물질로 변화된 사람들의 눈엔 궁핍한 생활을 자초하는 내가 어리석기에 앞서 신이 인간을 만들어놓은 의미만큼 이해하기 힘들 것이다. 그러나 나는 이미 성공과 실패를 떠나 내 속에 서있는 산으로 하늘을 안으며 살아간다.

저 아테네 법정에서 행한 소크라테스의 "나는 죽기 위하여, 여러분은 살기 위하여 떠나지만, 그러나 우리들 중에는 어느 쪽이 더 좋은 곳으로 가는지는 신만이 아실 뿐 아무도 모릅니다"라고 한 그 맑은 자신감을 이제는 이해할 수 있다.

제3의 에너지를 받는다

언뜻 하늘 한쪽이 띠우는 색감에서 시간이 많이 지난 것 같다.

봉우리에서 한 칸 내려 벽을 따라가면 바위에서 자라는 나무 같지 않게 펄펄한 소나무가 있다. 그 등걸에 손을 짚고 더 튼튼하게 자라라 하고 나가면 꼭 절벽 끝에서 마지막 배려를 받듯이 기분이 묘해진다.

절벽 끝의 고랑에서 양쪽의 홀드를 잡고 내려간다. 움직이고 돌아갈 때마다 아득히 떨어진 깊이가 지옥의 눈길처럼 쳐다보는 섬뜩함에 떨린다.

절벽 끝을 발로 더듬는 더듬바위

세상의 끝 같은 절벽 틈에 앉아 산의 한곳을 집중하고 있으면, 계곡을 흘러가던 물이 소에서 바닥을 돌다가 잠잠히 풍경을 품듯이 초점을 잡은 곳이 내 속에서 가만히 자리 잡는다.

아늑함보다 깊은 고요에 들기 위하여 마음을 가라앉히고 있으면, 문득 나를 지켜보고 있는 어떤 느낌에서 나는 이미 무엇으로부터 관찰 대상자가 되어 있다. 마치 보이지 않는 어둠 속에서 상대를 알기 위하여 숨을 느끼려 하듯이 나를 지켜보는 산의 리듬을 타려고 내 숨을 고른다.

팽팽한, 그런데도 전혀 다툼이 없는 이 공백이 길어질수록 결코 다른 환경에서는 경험하지 못하던 공명이 어디와 닿아있다. 고요한 수면이지만 은밀히 흐르는 바닥처럼 잠잠한 미동 속은 너무 넓고 편안하다. 어떻게 이런 세상이 내 속에 있었나 싶게 보이듯이 느껴지는 고요가 알 수 없는 깊이로 움직이고 있다.

언제부터인가 아득한 곳으로부터 모여들던 은근함에 주위는 태초의 직전처럼 팽팽해지고, 한편 그 무게를 벗어나려는 듯이 미묘한 기운이 일렁거린다. 그러다가 어디에선가부터 새로운 기운이 슬그머니 섞이는가 싶더니 뚝 끊어지고…

그렇게 떨어지면서 순간적으로 마음을 치는 산의 위치는 얼마나 극적인 희열인지! 꼭 저격자가 조준권에 든 찰나를 당기는 공명음이다.

이 미열 속의 희열 같이 알 수 없는 오묘한 활동은 산이 나를 움직이는 것인지, 아니면 내가 산의 분위기를 타는지 알 수 없다. 그러나 분명한 것은 내가 제3의 힘을 느끼고, 미감처럼 오묘한 그 리듬에 나를 놓을 수 있다는 것이다. 그래서 수십억 년을 깔고 앉은 산처럼 고요히 감성을 깔고 있는 것이다.

모르고 살지만 세상엔 이렇게 은밀한 제3의 에너지가 끊임없는 리듬으로 우리 몸과 교류하기에 살아갈 수 있고, 우리가 죽는다는 것은 그 교류가 끊어진 것이다.

우리 몸이 중력에 적응하기 위하여 외부 기압만큼 내부 압이 버티고 있듯이, 생명은 제 속의 에너지와 제 밖의 에너지가 이루어내는 균형에 의하여 살아간다.

이처럼 물체와 감성 사이에 작용되는 제3의 에너지는 생각보다 깊다. 그래서 늘 보던 것도 어떤 때는 다르게 느껴지고, 꼭 같은 것들 속에서도 뭔가 다른 감이 풍겨지는 것이다. 하여 알 수 없는 기운들이 인체와 접속되기에 어떤 때는 이상하게 설레거나 움직임이 능률적이고, 어느 때는 왠지 무겁거나 뚝 떨어진다.

그렇게 제3의 에너지가 활동하기에 결점 많은 생명들이 부족을 협력받으며 각각의 개성체로 숨을 터고 살아가는 것이다.

생명은 빛으로 산다

고랑 따라 내려가서 벽면 아래의 좁은 크랙을 잡고 2m 옆으로 옮겨가면 왠지 이제까지와는 다르다는 느낌이다.

모서리를 넘어서 내려다보면 아니나 다를까 내려갈 곳이 보이지 않는 횅한 공백이 참 난감하다. 저곳이 발로 홀드를 더듬어서 내려가야 하는 ⛰더듬바위다. 어쩌면 이번만큼은 무사하기 어려울 것 같은 생각도 든다.

호흡을 다스려놓고 끝으로 다가가 홀드를 잡고 한 발을 내려 살살 더듬어보아도 걸리는 것이 없다. 설마하니 싶지만 눈도 없이 더듬는 발끝에 온갖 불안이 달리면 정말 무섭다.

다급해지는 숨을 누르며 더 깊이 더듬어보는 불과 십초 미만의 시간이 얼마나 길게 흔드는지, 비스듬하게 걸리는 바닥을 다시 더듬어 살짝 내리면 폭발 직전의 숨이 터진다.

올려다보니 홀드가 괜찮은데도 보이지 않아 그토록 떨었다. 떠들어도 나는 보이는 것에만 우쭐대는 부실한 인간이다.

절벽틈을 가다보면 홀드들이 잘 맞춰주는 알맞음은 험한 절벽 속에 감춰진 인정처럼 살갑다. 이 과묵한 고마움을 안고 몇 구비 내려오면 보현봉을 다 내려왔다 (대남문에서 576m).

빛이 명도를 잃어가듯이 서서히 세상이 풀어지면서 하루는 또 태초의 전야처럼 어둠을 맞을 시간을 재고 있다.

저 위에서 내려올 때만 하여도 기골 선명하던 바위들이 져가는 빛살따라 잃어가는 기력이다. 기세 높던 한낮의 힘도 햇빛이 세워주던 명도의 힘이었던 것에서, 생각해보면 사람도 힘이 되어주는 어떤 빛이 있어야 기가 살아난다.

그래서 빛은 보다 훤하게 살려는 의미로 모두 좋아하지만, 정신을 밝게 하기 위하여 제 속에 빛을 밝히는 사람도 있고, 또 자신을 드러내고 싶어 빛을 걸치는 사람도 있다. 하여 빛은 좀더 잘 살 수 있는 것에서 보다 높이 살려는 목표다. 그러고보면 우리는 아침마다 빛 중의 빛인 생명의 빛이 연장되는 소원을 이루고 살면서도 그것이 어떤 소원보다도 큰 것인 줄 모른다.

세포 하나마다 30억 개의 정보가 있고, 제 몸을 태워야 빛이 나는 촛불처럼 노력을 태워야 업그레이드 되는 정보에 비례되어 나아지는 것이 삶이다. 그런데도

도도한 성채처럼 범할 수 없는 위용을 과시하는 보현봉 남면

얇은 행운은 기다려도 두꺼운 노력은 부실하여 세상에 도움될 빛 한번 밝히지 못한다.

언제나 내 편일 것 같으면서도 정말 필요할 때는 철저히 외면하는 것이 요행이며, 늘 적과 같이 귀찮게 하여도 결과는 빛나는 능력자로 만들어주는 것이 노력이다.

노력은 힘들지만 이루어질 확률이 높으면서 같은 성과를 사용할 수 있는 지혜의 빛이 된다. 그러나 요행은 우연처럼 만나기에 기쁘지만 쉽게 잃고 같은 것을 다시 만날 수 없는 어둠이다. 그래서 요행을 좋아하는 삶은 물위의 거품처럼 부실하고, 노력하는 사람은 차랑차랑한 물이 되기에 삶에 거품이 끼이지 않는다.

사실 행운도 밝은 여유가 있어야 오는 것이지 여유가 없으면 마음이 어두워 행운도 외면한다. 그리고 행운은 행운을 관리할 능력이 되어야 결과로 남게 되지만, 행운에 취하게 되면 이제까지 만든 바탕도 날려버리는 불행이 된다.

그래서 행운은 쨍-하게 오지만 그 끝은 운명의 혼란이다.

얇은 바람도 원인이 있는 인과의 법칙에서 적절한 노력 없이 기대를 거는 사람은 일생에 뜻있는 일 하나를 이루지 못하지만, 의지가 강한 사람은 결코 큰 일에 필요한 행운을 작은 요행에 소모시키지 않기에 큰 뜻의 막바지에 결정적인 힘이 되어준다.

큰 능선엔 작은 능선들이 필수적으로 이루어지듯이 큰 일에 집중하다보면 작은 도움들은 자연스레 발생된다. 이제까지 빛을 볼 수 있는 하루하루를 이어왔기에 희망을 만들 수 있었다. 그래서 생명의 가장 큰 소원은 내일도 노력할 수 있는 빛을 받는 것이다.

자신의 의미에 목숨을

능선을 가다가 뒤돌아보면 문득 낯선 절벽이 우람한 기세로 하늘을 가리고 있다. 긴가민가 바라보지만 내려올 때의 감각과는 너무 다른 모습이다. 도대체 언제 뽑아올렸는지 모를 웅장함이 난공불락의 요새를 만들어놓은 저 도도한 구조는 산의 힘과 능선의 세력이 모여서 거대한 성채를 우뚝 세워놓았다.

봉우리 우측의 비행기바위는 금방이라도 뜰 것 같다.

소나무 숲을 벗어나면 2개의 사자봉이 보이고, 모서리 높은 능선의 울퉁불퉁

어스름한 운무 속에서 꿈틀거리듯이 생동감을 치는 사자봉능선

한 바위들을 잡고 오르내리다보면 능선을 가는 것이 아니라 흔들리는 절벽을 타고 균형을 잡는 몸부림이다.

저 위에서 내려볼 때도 울퉁불퉁한 바위가 뿌연 운무 속에서 희끗거리며 허옇게 퍼들거리더니, 실제로 가보니 살팍한 능선이 오달지게 굽이 틀고 꿈틀거리듯이 좁고 거친 바위들은 꼭 요동치는 것을 타고 가듯이 묘한 기분이다.

곳곳에 두드러지거나 숨어서 은근히 눈을 끌고 마음을 당기는 기이한 바위들은 봉우리를 다 지날 때까지 다양하게 배치되어 있어, 광활하면서도 다채로운 전시장이다.

이 넓은 곳에서 장대한 스케일에 감탄하고 섬세하고 오묘한 표현에 심취되면 저 작품들은 내 소장품처럼 애착이 가면서 왠지 엄청난 것을 가졌듯이 가슴이 벅차다. 아무도 가져갈 수 없고 그냥 두어도 잃어버리지 않을 이 거대함을 누리고 있기에 내 재산은 언제나 산이다.

그러나 물질적 부자는 자신도 모르게 물질에 소유되어 있어 액면가 외에는 자신의 무엇이 부족한지를 모른다.

사실 물질이란 생각과 실천의 부산물로 좋은 생각을 잘 쓰면 저절로 해결되는 것이다. 그래서 나는 능력을 만드는 노력을 할 뿐 물질에 집착하지 않아 물질로는 조정할 수 없는 시간을 내 의미에 맞출 수 있다. 그래서 하루도 이틀처럼 늘려 쓰고, 몇 일도 즐거운 하루처럼 쓸 수 있으며, 이토록 넓은 천지를 누리고 있으니 부자보다도 거대한 행복자다.

이렇게 모자라듯이 느리게 살다보니 정작은 빨리 뛰어 많이 하려는 것보다, 느려도 잘 다듬은 하나가 세월의 바람에 날아가지 않던 것임을 알게 된다.

언젠가 돈을 벌기 위하여 시간을 바쁘게 쓸 때보다 훨씬 어려운 것이 생명을 섭리에 숙성시켜내는 일이고, 그 어려움도 가능하게 되면서 삶은 부피를 초월시키는 작업으로 전환된다.

살아가면서 일가견을 이룬 사람은 다른 사람보다도 훨씬 어려운 과정을 거쳤기에 세상의 협력자가 될 수 있었듯이, 생명엔 질긴 노력이 없으면 이승이나 저승에서 설 자리가 없다.

시간이 지나갈 때마다 떨어지는 아까운 목숨에 좋은 주특기하나 만들어 자신을 깨우고 세상에 협력하지 못했다면 태어난 책임을 유기한 불행이다. 시간을 아까워하지 않으면 시간도 나를 아껴주지 않아 남의 뒷전이나 헤매게 될 것이다.

육신을 다스려 능력을 만들어가는 삶에서 가장 비참한 인간은 나쁜 의미로 주변을 오염시킨 것이고, 가장 가난뱅이는 아름다운 의미를 남겨두지 못한 것이며, 가장 무능력자는 의미 없이 시간을 흘러 보낸 낭비다. 진짜 부자는 금쪽같은 시간으로 금보다 값진 의미를 만들은 생명의 성공자다.

목숨이 귀한 것은 그만큼 할 일이 많다는 것이며, 그것도 시간보다 생각이 깊어야 시간을 이길 의미를 만들 수 있다. 하여 정말 어려운 일은 시간을 이길 생각을 하는 것이고, 세상에서 가장 소중한 것은 시간에 지워지지 않을 의미이다.

지는 것이 아름다운 저녁

능선을 지나 사자봉 앞의 계단 같은 바위를 차곡차곡 올라 봉우리에 서면, 올라온 높이보다 뜻밖의 깊이를 깔고 있다.

구기동 쪽에서 사자능선을 바라보면 원뿔형의 돌탑처럼 돋은 이 봉우리가 보현봉 품에서 보호받듯이 신비하게 안겨 있다. 이곳에 있으면 뭔가 미묘한 일렁거림이 마음을 설렁거리게 한다.

이제 나무 사이로 비치는 저녁햇살이 투박한 황색 광선으로 걸쳐진다. 서 섯을 일컬어 쓰러지는 빛이라 한다.

잠겨드는 세상에서 하루를 수고한 해가 서쪽하늘 한 자락을 장엄하게 물들이고, 종일을 풍미한 해는 마지막으로 세상을 깨우려는 듯이 하늘을 태우고 강도 태우면서 마음도 태운다.

해를 등진 비봉은 광배처럼 빛나고, 억겁의 침묵을 드리운 능선엔 형언할 수 없는 장엄한 무게가 고독처럼 흐른다. 저 거대한 거룩함에 스스로 교화되는 이 보천지하(普天之下)의 저녁풍경에서 문득 삼만다발날라 필수발타를 음송하며 무한 섭리를 찬양한다.

장엄한 해인의 풍경을 만든 홍황색의 하늘 속에서 해는 조금씩 제 안식처로 들여놓는다. 낮아지던 하늘 끝이 간신히 물고 있는 빛은 마치 검붉은 흑장미 색을 묻혀놓은 듯이 진한 매혹스러움이다.

종일을 밝게 비친 해는 마지막을 저리 고운 세상으로 만들어놓아 지는 것도 저토록 아름다운 물결을 이룰 수 있는 것인지…

황홀한 물빛의 장엄함에 내가 감동한다.

아침처럼 태어나 저녁처럼 돌아갈 한 세상의 힘든 굴레 속에서 얼마나 밝게 살아야 죽는 것이 이 저녁처럼 곱게 질 수 있을 것인지! 아침에 생각한 아름다움을 저녁까지 지키려하듯이 그렇게 일생을 밝은 생각으로 지켜갈 수 있을 것인지…

내일 아침 풀잎에서 빛나는 해맑은 이슬처럼, 돌아간 세상을 맞을 수 있을 것인지!

보현봉의 품 속에서 신비한 돌탑처럼 돋은 사자봉

하늘도 태우고 한강도 태우는 노을

저녁 무렵의 보현봉

기운이 맑은 저녁 무렵
보현봉 절벽 속을 태어나듯 내려서면
하늘이… 하늘이…
강을 태우고 마음도 태운다

장엄한 풍경
맑게 보낸 하루라야 고운 물이 드는
천지간의 황혼 앞에
멋대로 달려온 지난 날이 무겁다

일생을 맑게 지나면
마지막 드는 순간도 저리 고운 마무리

해를 걸친 비봉은 광배처럼 빛나고
고요한 능선은
억겁을, 침묵을 담고 있다
지는 세상이 저리 고요할 수 있는지
저리 장엄하게 돌아갈 수 있을지

아침에 생각한 아름다움을
저녁까지 지킬 수 있을 것인가!

저녁과 밤 사이에서

올라간 곳으로 도로 내려와 건너편의 작은 봉우리에서 바라보는 큰 사자봉의 절벽선이 참 우아하다. 저녁 실루엣으로 서있는 봉우리의 묵묵한 무게 앞으로 깔끔하게 깎은 절벽 선의 불그스레한 보풀이 져가는 세상에서 마지막 기품을 풍긴다. 수직 절벽 아래쪽의 소나무는 삭막한 절벽에 생명을 수용한 우아한 포인트가 되어 이 저녁의 피날레로 앉히고는 길을 간다.

어느 틈에 짙어졌는지 공간을 잃은 나무들이 하나의 검은 덩어리로 모여들기 시작하면서 마음은 허전한 어스름 속에서 갈 곳 없이 어슬렁거리는 방랑자다.

서울의 불빛이 살아나는 능선 모서리에 서면 다양한 형상의 고만고만한 바위들이 모여앉아 저들만의 어떤 분위기를 풍겨낸다. 천천히 슬랩을 내려가면 주변에 무엇이 있는 것 같아서 둘러보면 아무 것도 없고 그저 바위들만 있다. 혹! 저 바위들끼리 무슨 의미를 주고받는 것은 아닌지! 그래서 이런 감이 풍겨지는가.

가만히 있는 바위지만 때로는 어떤 기운과 표정을 거침없이 표현하는 것을 절벽에서 수없이 느껴왔는데도, 저 과묵함 속에 잠겨있는 억년의 인내를 헤아리지 못한다.

바위는 풍상으로 숨을 쉬고 사람은 바람으로 쉬기 때문이다.

바위가 끝나고 순탄한 능선에 서면 서울의 불빛들이 현란한 보석 전시장 같다. 뭔가 잊어버린 생각에 하늘을 보니 언제부터인지 넓은 천장 가득히 별들이 깜빡거리고 있다. 현란한 땅의 불빛과 달리 맑게 반짝거리는 별들에겐 세속의 불빛이 따르지 못하는 총명함이 있어 조금만 바라보고 있으면 천진스럽게 반짝거리는 빛 속으로 빠져버린다.

길을 가면서 시야를 넓게 잡으면 눈 위에는 하늘의 별들이, 눈 앞에는 땅의 불빛들이 펼쳐주는 찬란함과 황홀함에 잡혀간다. 문득 보지도 않고 가는 걸음이 신기하여 내려보는 순간 깜깜한 바닥을 헛디뎌 넘어질 때는 물 속으로 곤두박질 치듯이 찡하다.

정신을 수습하면 이제까지 발이 어떻게 찾아왔는지…

이처럼 빛깔에 물이 들면 볼 수 있는 눈이라도 제 감성을 잃어버려 외려 꾸준히 더듬어온 발보다 서툴다. 인생도 물질의 현란함에 홀려들면 순리가 보이지 않는다. 요란하게 치장하여도 둥둥 떠내려가면서 서로 부푸는 욕심의 거품일 뿐이지, 정작은 무딘 듯 순박하게 사는 사람들보다 쓸 만한 것이 없다.

어둠이 두려운 것은…

이제 골짜기로 내려간다. 산란된 빛이 어스름하게 비쳐주던 능선을 걸어올 때와 달리 숲으로 들어갈수록 앞도 분간하기 어렵다. 랜턴을 켤까 하지만 산 속에서의 불빛이란 바로 앞을 확인할 뿐이지 결코 불빛을 압축해오는 어둠의 힘을 벗어나지 못하기에 조용히 더듬으며 간다.

내 의지가 건강하지 못했을 땐 견딜 수 없이 험하게 무섭던 밤의 계곡도, 바위에서 의지를 단련하고 갔을 땐 두려움 속에서도 나를 지킬 수 있었다. 역시 자연은 바른 의지는 받아줄 뿐 결코 꺾지 않는다는 것을 깨닫게 되었다.

어둠 속에서 밤바람과 나뭇잎이 무엇을 하는 부스럭거림은 전혀 작지 않게 들린다. 그런데도 주변은 희한하게 잠잠하여 나만 모르는 일이 있는가 하다가 뭔가에 예민해지기 시작한다.

이렇게 마음이 흔들리기 시작하면 걸을수록 어딘가로 빠져드는 느낌이 되고, 어둠은 무덤 속처럼 험한 공간을 만들어 몸도 정신도 굳어진다.

가끔 밤새들이 치는 음울한 소리가 괴이한 여운을 띄우면 한 단계 더 높아진 상상은 느껴지던 기척들을 움직이는 혼란으로 만들고, 마음은 바람을 받는 숯불처럼 서서히 타기 시작한다. 이제 나는 기름종이 위의 물방울처럼 용해도 수용도 안 되게 웅크린 마음으로 어둠과 대치하여 스스로를 혹사시키고 있다.

주변을 감싸고 있던 어둠이 두려움의 두께로 죄어오기 시작하면 나는 보이지 않는 적들과 겨루게 되면서 스스로 더 많은 적을 만들어 혼란에 빠진다.

정말 감당할 수 없는 이럴 땐 차라리 경계하지 않고 적응하는 것이 최대의 묘수다. 그래서 죽을 수 있던 바위에서 목숨을 맡길 때처럼 나를 어둠에 맡기면, 어둠은 경계하지 않는 나를 나무와 바위처럼 받아줄 것이다.

가만히 촉각을 세워보면 무엇이 있는 것이 아니라 오며가며 흔드는 바람들과 있을 만한 것들의 여러 기척에 내 속의 불순물들이 편승되어 만들어내는 자작극이다.

사실 어둠이 두렵다는 것은 어둠보다 내 속이 더 어둡기 때문이다. 답은 그렇게 간단하다. 그런데도 현실은 답이 아니다.

생각해 보면 아무것도 보이지 않는 이 어둠을 왜 두려워하는지!

나도 태어나기 전엔 보이지 않는 영혼이었고, 뭔가의 목적이 있어 보이는 존재로 태어나 그 과정을 겪고 있다.

그러고보면 생명엔 보이지 않는 어떤 약속이 있고, 어둠으로 가는 생명의 끝엔 그 책임이 있다.

그래서 어둡고 보이지 않으면 본능적으로 두려워지는 것이다.

알 수 없는 기운으로 모든 것을 감추어놓은 이 어둠을 극복하기 위하여 바위에 앉아 눈을 감는다. 어둠보다 더 진한 어둠이 머리 속을 메우면 마치 기다렸듯이 몰려오는 무리들이 금방이라도 어떻게 할 것처럼 에워싸고 기척과 느낌으로 때리고 불안을 휘둘러댄다. 그러나 결코 이 어둠이 나를 어떻게 할 수 없을 것이라 믿고 질기게 눈을 감고 있다.

조용히… 바위에 얹힌 돌처럼 조용히 마음을 고른다.

거세게 불던 바람도 느끼고 있으면 그저 바람이듯이 그렇게 때리고 들끓던 온갖 잡념들도 결국 거사를 이루지 못하고 조용해지면서 마음은 더 담담해진다.

천천히 눈을 뜨면 나무와 바위들이 모여들듯이 여기저기 서있고 그 뒤로 희미한 듯 깊은 어둠이 아주 은밀한 농도로 가만히 움직인다. 가끔 바람이 몰고가는 속으로 밤새가 여운을 울리면 큰 공명 속에 작은 공명이 고요히 일렁거리는 파동에…

오! 어둠이 이토록 은밀하게 움직이는 거대한 힘인지! 감추어진 세상에서 느껴지는 신비에 전혀 새로운 감동을 받는다.

새삼 어둠이 얼마나 신비한 깊이며, 눈으로는 볼 수 없는 속에서 마음으로 만나는 거대한 힘을 느끼면서 새삼 보이는 것에 설치던 육신이 너무 왜소해진다.

사는 하루의 절반이 밤인데도 언제나 어둠을 너무 모르고 살아왔기에 그 절반의 세상을 잃고 살았다. 그래서 안다고 알아도 반쪽밖에 몰랐기에 그토록 완성이 어렵던 것이다. 진정 인간이 성숙해지려면 제 속의 어둠에서 벗어나야 잃어버린 반쪽을 볼 수 있어 온전한 하루를 가질 수 있는 것이다.

하루 중 아침은 근시적인 욕망의 시작이라면, 밤은 낮을 정리하고 먼 진로를 생각하게 하는 거시적 질서다. 누구나 볼 수 있는 낮은 공유이지만, 아무나 활용할 수 없는 이 어둠은 자신의 어둠을 아는 사람만이 쓸 수 있는 깊이다.

아무리 오래 살았다 하여도 어둠의 깊이를 평온의 무게로 제 속에 진동시켜보지 못했다면, 낮이 얼마나 많은 허상을 안고 우리를 혼란스럽게 하는지! 빛이 지고나면 어둠이 지배하는 세상이 되는 것에서, 어둠을 알지 못하면 낮 또한 유능하게 쓸 수 없어 설쳐도 반쪽의 관념으로만 살아가는 삶이다.

육십 억의 협력을 위하여

우리가 생각의 어둠에서 벗어나려고 지식을 배우듯이 마음의 어둠에서 벗어나려고 섭리를 익히다보면, 밤이 되니 이렇게 알 수 없는 것에 세상이 움직이고 있다는 것을 알게 된다.

하여 다 알고 있듯이 여기던 내 자신도 알 수 없는 것들에 의하여 움직이고 있는 것에서, 새삼 나와 세상에 대하여 너무도 어둡게 살아왔다는 무력함을 깨닫는다.

언제나 욕심을 포장한 생각으로 살다가 거대한 어둠 속에 소외되어보니, 평소의 이기성이 주변과 성분 다른 물질로 살면서 얼마나 질서를 훼손시켰는지! 작은 생각으로 크기도 모르는 세상을 재어보면서 얼마나 함부로 잘라왔는지!

그래서 내 수준은 결코 세상을 바로 볼 수 있는 객관성이 아니라, 내 색깔만 볼 수 있던 색맹이었고, 내 계산에 부풀린 거품 덩어리였다는 것에서 지난 날이 너무 미안해진다.

살아오면서 순하게 받고 곱게 어울려들고 싶으면 순하게 주고 곱게 협력하면서 맺힐 때를 기다려야 한다. 그래야 천지에 불던 바람도 때가 되어 스쳐가듯이 준비된 바탕으로 지나가는 내 때를 잡을 수 있는 것이다. 그런데도 사람들은 급한 이기심을 다스리지 못하여 제 것 하나에 너무 많은 기대를 빠르게 바란다. 그래서 큰 세상과 조급한 성격 사이에 있는 자기 부작용에 걸려 잘 안되거나, 꼭 같은 사람들이 너무 쉽게 무시하는 것에 열을 받아 죽네 사네 한다.

나 역시 나만을 생각하는 습성을 바꿀 수 있어야 세상에 많이 쓰일 수 있고, 쓰인 용도만큼 능력도 높아진다. 그래야 나이 들수록 좁아지는 생각의 덫과 이기의 그물에 걸리지 않아, 좋은 생각에서 더 넓은 생각을 할 수 있고, 깨달음에서 더 깊은 깨달음을 이루어, 내게서 주변으로, 주변에서 세상으로, 세상에서 영원을 향하여 곱게 어울려들 수 있는 것이다.

그렇게 세상의 입장에서 생각해보면 크고 좋은 일들이 너무 많지만 늘 내가 기준이 되다보니 내 습성을 벗어나지 못한다. 그런 눈으로 주변을 구분하다보면 모든 것이 경계할 것들로만 보이고, 일단 협력하면서 욕심을 털면 어울릴 동료가 된다.

이런 진리 속에서 나만을 위하려 하면 60억 인구는 경계의 대상이 되지만, 나를 협력자로 전환하면 60억의 거대한 협력에 접속되는 멋진 삶이 된다.

지금 이 어둠이 산의 어느 부분만이라면 결코 세상을 가둘 방대한 힘을 형성하지 못하고, 주변 나무들도 더 많은 나무들과 어울리지 않았더라면 숲이라는 더 큰 힘을 만들 수 없다. 많은 사람들의 협력으로 살아가는 나 역시 더 많은 사람들에게 협력할 수 있어야 내 하나의 생각에서 벗어나 많은 사람들의 시야로 세상을 볼 수 있다.

그렇게 모든 것을 협력자로 여기면 두려움처럼 서있던 나무들이 동료들처럼 다가오고, 어둠은 다감한 공간이 되면서 이기심에 퇴화된 감관을 살려주는 촉매가 된다.

이제 마음의 눈을 뜬 내 걸음이 어둠에서 태어나던 그때보다 많은 협력을 받으며 서툴지 않게 가는 것을 이 산의 모든 것들이 보고 있다. 나 하나만을 생각할 땐 두렵던 어둠도 내 어둠을 깨우쳐주는 상대성이라 여기니 밝아진다.

나를 위한 일은 내 생각뿐이지만 전체를 위하는 일은 전체의 협력을 받을 수 있기에 나는 기꺼이 넓게 협력하며 살지 않을 수 없다.

이것이 봉우리가 세상을 보는 눈이고, 그 눈높이로 얻은 내 속의 산으로, 세상을 읽고 인생을 다스려가는 내 시야다.

삼각산 등반 코스와 길잡이

등반 용어 해설

부록

원효봉, 영취봉,
백운봉 남능코스

교 통 | 지하철 3호선 구파발역에서 1번 출구 북한산성으로 나와 156번 버스를 타고 10분쯤 가면 북한산성 입구다.

입구에서 매표소를 지나 좌측의 계곡 가는 길로 가다가 경국사 앞에서 계곡으로 간다. 서암사지(입구에서 1,293m)를 지나 상가 광장 옆의 보리사에서(입구에서 2,030m) 백운봉 가는 길로 310m 가면 등반 입구인 개연폭포 위가 된다(입구에서 2,340m).

이곳에서 원효봉을 올려다보면 신 중턱의 우측으로 길게 내린 벽면이 올라갈 대슬랩이다. 계곡 따라 80m 가서 좌측의 슬랩을 84m 올라 소나무 아래서, 올라온 일직선에서 우향 18°의 방향을 잡고 190m 오르면 7m의 검은 벽면이 블라인드처럼 주름을 이룬 곳이 첫바위다. **(p27)** 좁은 모서리는 딛고 잡기가 까다롭지만 손끝과 발끝에 힘을 주어 올라서면 122m의 길이에 45~60°의 대슬랩이다. **(p30)** 바닥에 부스러지는 바위 껍질을 조심하며 오른다.

올라와 서쪽 숲에서부터 벽면 아래로 가다가 210m 지점에 막장이 나오는 곳이 고공길 입구다.(P34)

좌측 구석으로 올라 벽면에 있는 2단 밴드를 타고 우측의 튀어나온 바위로 이동하면 절벽 중간을 트래버스하는 87m의 고공길이 열린다.

건너와 능선 바위터에 오르면 원효봉이다(입구에서 3,231m). 능선 따라 내려오면 북문이다(입구에서 3,602m).

성곽 아래 능선을 422m 오르면 상처 많은 소나무가 있는 4.5m의 홀드 양호한 바위를 오른다. 슬랩바닥을 계단처럼 파놓은 곳을 올라서면 배포바위와 마주하고, 앞쪽 벽 아래 고랑바위(p50) 두둑을 타고 10m 오른다.

능선을 타고 가다가 봉우리 아래 서면 길이 없어진다. 소나무 있는 곳에서 절벽 앞쪽의 좁은 모서리에 올라서서―가운데 크랙에 왼손 잼잉하며 발을 우측 슬랩에 딛고―오른손 뻗어 당겨올린다. 틈이 깊은 바위로 건너뛰어 벽면 우측 끝에서 양쪽 모서리 어퍼지션(양쪽으로 벌리듯이)으로 오른다.

벌림바위(p55) 모서리 위에 서면 V자로 벌어진 홈이 4.9m 떨어져 있다. 아래 풋홀드에 내려, 오른 손으로 크랙을 잡고 한 칸 내려서, 우측 벽에 힙을 붙이고 다리 앞 벽 밀며 내리다가, 마지막 끝에서 자세 바로잡고 살짝 뛴다. 능선을 막고 있는 둥근 바위에서 슬랩을 힘차게 오르던지 좌측으로 돌아오르면 영취봉 테라스다(입구에서 4,267m).(p56)

테라스에서 북쪽으로 한 칸 내려 옆으로 된 크랙 곰보바위 모서리 잡고 발을 벽면에 딛고 5.9m 내려간다. 이때 발을 딛는 벽을 한번만 보면 울퉁불퉁한 홀드가 보여 쉽지만, 보지 않으면 목숨을 새빠지게 고생시킨다.

능선 따라 쭉 내려오면 날개바위가 있고, 길을 가로막고 있는 4.5m의 담 바위에서 좌측의 성곽으로 돌아가던지 소나무 뒤의 벽을 오른다. 쭉 걸어가면 안부에 닿는다(입구에서 4,693m). 넘어가면 숨은벽 대슬랩과 연결되고 복능은 우측으로 오른다.

백운봉 북능 코스

안부에서 39m 오르면 1.5m의 바위가 만만쌀쌀바위다. 맨 위 모서리 뒤의 홀드로 두 손을 잡고―그 아래 왼발 버티고 탄력으로 튕겨―오른발과 몸을 턱 위에 올린다.

좌측을 돌아 틈 사이를 올라서면 좀더 높고 복잡한 공식을 요하는 3m의 난감바위다. 벽면 중간 볼록한 홀드를 잡고―그 위의 가로크랙에 올라 위의 크랙에 오른손 끼우고―왼손은 그 뒤쪽을 잡고 오른다.

좌측으로 돌아가면 크랙이 혼합된 코스를 올라서 둥근바위를 돌아가면 유명한 말바위다(입구에서 4,856m).(p69) 총18.7m 중 55°의 슬랩 10.6m를 올라 절벽으로 1.5m 내릴 때 벽 아래 홀드를 잡고―배를 모서리에 걸치고―왼발 벽을 버티고―오른 발 뒤로 멀리 내린다.―좁은 밴드에서 모서리 양손을 모으고 오른다 (벽 아래 크랙에 발을 끼우면 빠지지 않아 위험하다).

안부를 건너 우뚝 솟은 바위를 올라서 좌측으로 올라가면 8.3m의 직각을 내려가는 구석바위다.(p73) 맨 위의 홀드 잡고 뒤를 돌아―왼발 크랙 안쪽에―오른발 벽면 딛고 크랙 속의 돌들을 잘 점검하며 내린다. 벽을 돌아가면 개구멍바위다.(p76) 7m의 절벽 틈 속을 엎드려 기어가다가 중간에서 몸을 돌려 바닥의 얕은 홀드를 손 끝으로 잡고 옆 걸음으로 나온다.

앞의 모서리 바위를 올라 좁은 고랑을 건너서 올라가면 백운봉 정상이다(입구에서 5,078m).

백운봉 정상 옆의 마당바위에서 우측으로 내려가면 남쪽 절벽을 내려가는 41.2m의 깊이가 **갓바위길**이다.**(p97)**

1피치 : 24m 크랙모서리 잡고 슬랩으로 내려가다가, 좀 넓은 곳에서 크랙 안으로 들어와 발로 양쪽 버티며 내려온다. 맨 끝의 1.7m 오버행에서-왼팔 크랙에 깊이 넣고-몸을 돌려 우측 벽면을 발로 밀면서 왼발 내린다.-발을 아주 단단히 옆으로 버티어야 미끄러져 떨어지지 않는다. 아래 밴드에서 모서리 잡고 3m 옆으로 와서 2.8m 슬랩을 내린다.

2피치 : **(p105)**17.2m 크랙슬랩. 서쪽의 구멍홀드를 잡고 건너서 크랙 모서리 잡고 뒤로 내려가서, 가운데 돌출된 뒤쪽의 크랙 따라 내려간다.

능선으로 내려오다 끝의 소나무 우측 두 번째 바위로 간다.**(p109)** 절벽 끝의 짧은 슬랩을 내려 작은 바위 몇 곳을 지나면 고랑 가운데 디딤돌 있는 곳을 넘어 능선 끝에서, 바위 모서리 잡고 한 칸씩 내려가다 맨 끝에서 크랙 잡고 왼발 벽 밀고 오른발 내려 백운봉암문 위에 선다(입구에서 원효봉을 거쳐 5,369m).

숨은벽 능선, 호랑이굴 능선 코스

교 통 | 지하철 3호선 구파발역에서 1번 출구인 북한산성으로 나와 156번이나 34번 '북한산 경유 송추 의정부행'을 꼭 확인한다. 북한산성 정류장에서 3구간 더 가서 밤골에서 내린다.

숨은벽 능선 코스

마을 뒤쪽으로 296m 빠져 나가면 늙은 밤나무 숲에 있는 밤골매표소가 있다. 시멘트 다리(입구에서 596m) 지나 숲 속의 작은 길로 들어 260m 지점의 갈림 길에서 좌측 개울의 합수점 사이의 좁은 길을 찾아 186m 가면 색시폭포가 있다 (입구에서 925m).**(p118)**

폭포로 떠나 437m 가면 숲 그늘이 벗어지고 암반이 훤한 곳에서 식수 준비하고 좌측 소나무 숲의 오르막으로 올라간다. 평탄한 능선을 280m 지나 다시 오르막 314m 오르면 능선 위가 되고, 바위틈은 올라서면 소나무 있는 아담한 공간이 숨은벽 첫바위다(입구에서 2,302m). 2.6m 위의 바위 모서리에 테이프 슬링이 있다. ─중간 언더 홀드를 잡고 아래턱에 서서─ 오른손목에 슬링을 감고 왼손 벽 밀고 오른발 버티며 왼쪽으로 당겨 오른다.

능선 따라 가다가 능선이 끊어지듯이 안부를 이룬 곳에서 우측 아래로 가면 북능이고, 위로 오르면 대슬랩이나(입구에서 3,104m). **(p137)** 슬랩 옆에서 올라 긴 너 벽 아래까지 18.5m 쳐올라 벽 아래로 26.5m 올라간다.

올라와 우측을 돌아 오르면 고생바위가 18.5m의 크랙 슬랩을 세우고 있다. **(p139)** 눈높이 모서리 뒤의 홀드를 두 손으로 잡고 발 벽에 버티어 탄력으로 튕겨 올라 슬랩이나 크랙을 오른다. 맨 위의 틈에서 왼발로 모서리 밀어올린다.

올라서면 둥근 바위의 슬랩에서 우측의 바위로 올라 6.5m 경사 높은 슬랩을 쳐올라 동쪽(왼쪽)으로 7m 감돌아간다.

바위가 계단처럼 패인 곳을 넘어 서면 한줄기 모서리가 치켜든 25m의 좁은 슬랩이 겹나는 말목슬랩이다(입구에서3,277m). **(p144)** 만일 확보자가 두 명 이상이면 로프 양쪽 끝을 이어 끌어올린 줄을 내릴 수 있도록 회전되게 한다. 양쪽이 깊은 절벽이라 아주 단단한 확보를 해야 한다.

1.8m의 안성맞춤바위에서 끝의 모서리 잡고 아래 디딤돌에 내려 앞의 좌측 모서리를 타고 오른다.

능선을 따라 오르다가 작은 바위 하나를 올라서 왼쪽은 우회로 우측은 2.9의 코너 크랙을 레이백 하는 코스다. **(p147)** 두 손으로 모서리 당기고-두 발로 반대쪽 밀며 올라가다가-맨 위의 모서리 잡고 선다.

능선 모서리가 좁아지는 곳이 숨은벽 꼭지점이다.

작은 안부의 1.9m 위를 내려 골짜기로 내려가 우측 벽면의 황색 홀드를 잡고 올라 미끄러운 푸석 바위를 조심스레 오른다.

절벽 끝의 소나무 아래를 지나 195m 올라 길을 막은 길쭉한 바위 왼쪽을 오르면 등반 끝 지점이다(입구에서 3,519m).

숨은벽 등반을 마치고 백운봉 쪽으로 내려오면 좁은 안부가 있고, 그 안부를 넘어 좌측의 절벽 아래가 코스다. **(p164)** 내려가 2.3m의 바위로 올라 안쪽으로 가면 바닥의 돌무늬가 꼭 무슨 자국 같다. **(p160)** 옆의 슬랩에서 틈 위의 모서리 잡고 5m 옆으로 횡단할 땐 바닥의 이끼를 조심하여야 한다. 틈이 높아진 곳에서 생각보다 더 낮추어 안으로 들어가 우측으로 빠져 나온다. 8m의 크랙슬랩 **(p166)** 에서 왼손으로 모서리 당기고 슬랩을 밀면서 올라가면 대호굴이다. 나올 때는 입구 우측으로 올라와서 넓고 긴 바닥을 오르면 선글라스 전망대다. 뒤쪽의 바위 틈 사이로 들어가면 바위방이다. **(p177)** 앞의 바위를 올라 처마처럼 만들어진 안쪽 크랙을 잡고 3m 돌아간다. 바위고랑에서 다리 벌려 침니 자세로 올라서면 백운봉 정상까지 간다.

만경대 능선 코스

구파발 코스 | 지하철 3호선 구파발역에서 1번 출구(북한산성)로 나와 156번, 34번 버스를 타고 북한산성 입구에서 내려, 원효봉을 거쳐 백운봉암문(5,369m)에서 오른다. 또는 보리사에서 바로 백운봉으로 올라온다.

우이동 코스 | 지하철 4호선 수유역에 내려, 3번 출구로 나가, 6-1번 버스타고 종점에서 도선사입구 광장에서(2,200m) 도선사 매표소를 지나 용암문(1,653m)으로 오르거나, 광장 매표소에서 백운봉으로(1,887m) 올라간다.

백운봉 암문을 지키는 **수문장바위는(p185)** 총 31m의 슬랩＋침니로 되어 있다. 성곽 끝의 V 홈으로 된 7.2m 올라 발바닥만 걸리는 절벽 끝을 왼손 언더홀드로 5m 건넌다**(p186)**. 안쪽으로 돌며 미끄러운 크랙 슬랩 두 군데를 올라 막장에 선다. 양다리 팔 벌려 침니 자세로 오르다 좌측 돌출된 바위로 올라간다. 벽 모서리 뒤의 홀드를 잡고 다시 좁은 침니 안으로 들어가 발 버티고 등을 밀어올린다. 다 올라와 성곽따라 120m 오르면 만경봉 정상이다. 봉우리들 사이로 들어 우측으로 58m 내려가면 벽면에 설치된 와이어로프를 잡고 건너면 그 아래 10.3m 내려가는 곳이 **골바위다(p193)**. 한 칸 내려 우측으로 비스듬히 패인 곳으로 갈 때

334

흔들리는 돌을 잘 점검하여 나무위의 스탠스에 선다. 그곳에서 좌측의 홀드를 잘 보아두고 내린다.

벽면 모서리를 건널 때는 맨 아래 쪽의 풋 홀드로 사용하여 건너면 벽면 아래로 60m의 바위길이 이어진다.

능선 모서리 길을 가다가 벌어진 바위에 호수가 패인 곳이 띔바위다(백운봉 암문에서 330m). 1.2m 건너뛰면 투스텝에 멈추어야 하고, 호수 모서리 잡고 아래로 내려서 건너 오른다. 내려가는 좌측 아래의 얇은 밴드에 겨우 발을 얹을 수 있다.

능선을 가다가 길이 막힌 바위 앞에 서면 좌측으로 내려가는 코스가 균형바위다(암문에서 371m). 1.6m 아래 바닥이 기울어져 있어 끝의 홀드잡고 내려도 몸이 완전히 균형을 잡을 때까지의 놓으면 안된다. 앞의 슬랩을 올라서면 솟은 바위가 전망바위다. 크랙 따라 10m의 슬랩을 쳐오르면 평평한 바닥이다. 내려가는 곳은 앞으로 한 칸 내려 동쪽 끝의 크랙 코너에서 바위 끝의 홀드를 잡고 매달려 우측 벽에 힙을 대고 발은 앞을 버티고 크랙에 오른손 잼밍하여 중심을 잘 잡아야 한다.

내려오다 숲을 지나 바위 좌측을 돌아가면 능선 모퉁이 절벽위로 나있는 15m 모퉁이슬랩을 뒤로 내려간다. 옆의 크랙으로 가면 아래서 내리지 못한다.

내려서 내려오면 너럭바위다.**(p211)** 앞의 모서리로 나가면 바위 끝에 멋진 길이 8.5m 있고, 그 끝에서 5.9m의 크랙은 스탠스에 내려 벽면 크랙을 왼손으로 벌리고 우측 힙과 다리 반쯤 넣어 내린다.

내려서면 만경능선이 끝나고 용암봉이 시작된다(암문에서 610m).

능선 따라 143m 가면 능선 모서리의 날바위다. 1.8m의 짧은 곳이지만 칼날같이 미끄러운 모서리를 잡고 뒤로 내려간다.

내려서 우측 바위벽 아래 고랑 따라가면 15.3m의 용암봉 슬랩이 지그재그로 이어진다. 벽 아래 홀드를 잡으면 양호하다.

내려오면 그 유명한 **피아노바위**다(암문에서 793m).**(p224)** 절벽 중간을 가로지른 17m의 모서리를 잡고 옆으로 건너간다. 중간에 끊어진 곳에서 바위를 안고 돌아 바로 앉은 다음 건너간다.

벽 아래를 내려가다가 좌측의 소나무 있는 곳으로 내려서면 5.5의 **병풍암바위**가 **(p230)** 아뜩하게 깊은 절벽을 깔고 있다. 모서리 양쪽의 크랙 홀드를 천천히 확인하면 좀 양호다. 내려와 우측의 5m 벽이 넘어가는 바위다.

작은 바위를 내려와 안부에 서면 용암봉 끝이다(암문에서 848m).

의상 능선과
보현봉 코스

교 통 | 지하철 3호선 구파발역 1번 출구로 나와 북한산성행 156번이나 34번 버스를 타고
북한산성 입구에 내린다.

의상봉 코스

매표소를 지나 좌측의 소로 길로 들어가면 479m의 호젓한 길이 된다. 소로를
벗어나 큰길과 연결되면 우측 아래 자연보호 헌장비가 있고, 그 맞은편의 용암
사 길이 의상봉 가는 입구다(입구에서 1,155m).

용암사로 들어가다가 비석 있는 곳에서 우측의 숲 길로 들어 능선으로 올라간
다. 능선에서 정상을 향하여 460m 가면 암반 위에 큼직한 바위 하나 놓은 뒤쪽
이 첫바위다(입구에서 1,709m). 침니에서 좌측으로 올라-우측 크랙에 오른발
딛고-그 위의 홀드를 잡고 왼손은 모서리 잡고 10.4m 오른다.

첫 바위로 올라 20m 가서 소나무 사이를 지나 굵은 가지를 늘어뜨린 소나무 우
측을 올라가면 앞이 막힌 고랑이 두 번째 바위다. 올라서면 18.7m의 질 좋은 슬
랩이 나온다. 바위 끝의 이끼를 조심하여 오르면 요상한 형상바위가 눈을 잡는다

(p242).

몇 곳의 슬랩과 바위로 지나면 의상봉 정상이다(입구에서 2,134m).

내리막을 내려 안부에 닿으면 국녕사 암문이다. 다시 오르막을 쳐오르면 용출봉이며, 능선을 가다가 **노인바위(p251)**를 지나 봉우리에 오르면 용혈봉 정상이다(입구에서 3,202m). 길이 떨어진 곳에서 우측 아래 V자로 패인 8m의 침니에서 앞쪽 벽을 밀고 바닥 경사 버티며 내린다. 가파른 오르막을 오르면 증취봉이다(입구에서 3,394m).

증취봉에서 우측의 슬랩 10m를 뒤로 내려가다가 끝 모서리 잡고 내린다. **부왕동 암문**(입구에서 3,765m)**(p259) 나월봉**(입구에서 4,202m)**(p261)**에서 절벽중간을 40m 트래버스하여 16m 협곡을 내려서 우측으로 올라가 좌측으로 가면 21m의 슬랩을 오른다.

나한봉(입구에서 4,776m) 가사봉(입구에서 4,798m) 가사당암문(입구에서 5,050m) 칠성봉(5,451m) 대남문(입구에서 5,541m)

보현봉 코스

대남문에서 좌측 숲길로 127m 가면 첫바위다. 홀드 양호한 12m를 올라 그 앞의 4m 오른다. 삐죽삐죽하게 돋은 바위를 넘어 길이 끊어진 곳에서 바위 앞쪽 크랙을 딛고-오른손으로 우측의 윗 모서리 잡고-왼손으로 좌측 옆모서리 잡아-오른발 앞쪽 크랙에 딛고 왼발 뒤로 내린다.

모서리를 세운 바위를 돌아가면 우측 아래 내려가는 3m의 고랑을 뒤로 내려간다. 내려서 33m 오르면 두번째 봉우리다.

북동쪽으로 돌아가면 깊고 좁은 6m의 침니가 있는데 **굴통바위**다.**(p289)** 벽면의 홀드를 잡고 굴통 위로 이동하여 침니 속의 스탠스에 내려 벽면의 홀드와 크랙을 찾아 내려야 하는 까다로운 곳이다.

내려와 봉우리 쪽으로 오르면 보현봉 정상이다(대남문에서 491m).

정상에서 내려가는 길은 북쪽 벽 아래 푸른색 간이 초소 보이는 곳으로 가면 5m의 홀드 양호한 직벽을 내려 벽면 따라 내려간다. 절벽 끝의 9m 고랑에서 양쪽 벽의 홀드 잡고 뒤로 내려(**p305**) — 서쪽으로 6m 돌아가면 나오는 짧고 넓은 고랑은 우측 벽의 홀드를 잡고 내려 — 또 우측으로 돌아간다.

3m의 고랑 따라 내려가면 벽면 아래로 트래버스 하는 이곳이 공포의 더듬바위다.(**p306**) 벽 아래 크랙을 잡고 2m 가서 턱을 넘어 2m 내려가 절벽 끝에 홀드를 잡고 발을 내려 잘 더듬어야 풋 홀드가 걸린다. 내려서 4m의 침니로 발 버티어 내려간다. 앞으로 나가 우측으로 꺾으면 잘록하게 들어간 벽면에 손을 내밀 듯이 튀어나온 바위로 잡고, 발을 한 칸 내려, 그 위의 홀드를 두 손으로 잡으면, 그 절묘한 수순이 과잉 친절 같다.

그곳에서 왼쪽 끝으로 내려가 크랙 슬랩에서 턱 너머 크랙을 잡고 왼손은 앞의 크랙을 당겨 내려서서 — 그 아래 4m의 슬랩을 내려오면 보현봉을 다 내려왔다 (대남문에서 576m).

소나무 숲을 벗어나 능선을 가면 사자봉에 닿는다. 그 앞의 작은 사자봉을 지나 형상바위들이 모여 있는 아래 슬랩을 내려서면 능선에 서게 된다.

큰 사자봉에서 다섯째 봉우리 앞에서 좌측으로 우회하여 167m 가면 쪼개진 바위에서 길이 갈라지는데(대남문에서 1,593m) 바로가면 멀고 금지구역이 많다. 좌측으로 812m 가면 평창 제1매표소가 나온다. 매표소에서 우측으로 조금 올라 좌측 계단으로 쭉 내려가면 개울과 만난다.

개울 옆길을 따라가면 세검정 길이 나오고 우측에 북악파크 호텔과 버스정류장이다(평창매표소에서 1,201m). 북한리 입구에서 평창동 정류장까지 9,347m.

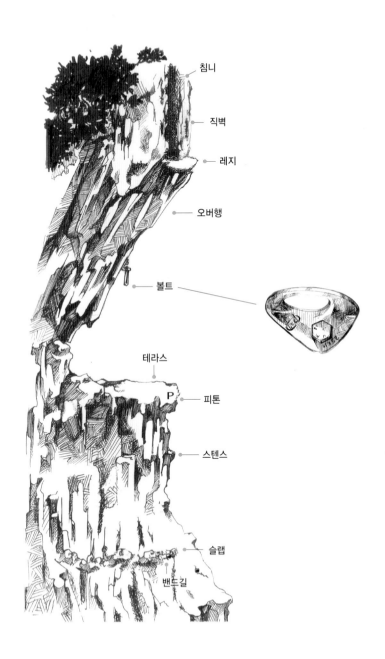

침니

직벽

레지

오버행

볼트

테라스

P 피톤

스텐스

슬랩

밴드길

침니(chimmey)	몸이 들어가 오를 수 있는 바위 사이의 틈
레지(ledge)	암벽에서 확보할 수 있는, 스탠스보다 넓은 곳
오버행(overhang)	수직을 기준으로 바위의 윗부분이 튀어나온 형태
볼트(bolt)	암벽 면에 캬라비너를 걸 수 있게 박아놓은 쇠고리
테라스(terrace)	절벽에 있는 바위 공간으로 레지 보다 넓어 등반 중 휴식할 수 있는 곳
피톤(piton)	하강을 위하여 로쓰늘 설 수 있게 바위를 피시 고정시킨 P자형의 쇠고리
스탠스(stance)	등반 중 두 발로 안정되게 설 수 있는 바위 공간
슬랩(slab)	반반하고 비스듬한 경사면
밴드(band)	암벽에 딛거나 잡을 수 있는 모서리가 띠처럼 이어져 있어, 벽면을 트래버스(횡단)할 수 있는 것
카랴비너(carabiner)	로프나 기구를 사용할 때 쓰는 알루미늄 고리
프렌드(friends)	바위틈에 넣어 확보할 수 있게 만든 기구

카랴비너

프렌드

잼밍(jamming)	바위틈에 손발 또는 몸의 부분을 끼우는 방법
안부	능선 사이 잘록하게 내려앉은 곳
레이백(layback)	크랙에서 바위 모서리를 두 손으로 당기고 발로 벽을 밀며 오르는 자세
록 클라이밍(rock climbing)	암벽을 오르는 등반
삼지점 등반	손과 발의 4지점 중 3곳은 안전을 확보하고 한 지점씩 옮겨가는 방법
크랙(crack)	손가락이나 발이 들어갈 수 있는 바위틈
트래버스(traverse)	바위나 산을 가로질러 횡단하는 것

손잼밍

릿지

안부

풋 홀드(foot hold)　　　　　발로 딛는 홀드

핸드 홀드(hand hold)　　　　손으로 잡는 홀드를 말함

홀드(hold)　　　　등반 중 손이나 발로 잡거나 디딜 수 있는 곳

자유 등반(free climbing)　　도구를 쓰지 않고 바위의 홀드만으로 오르는 방식

클라이밍 다운(climbing down)　도구 사용이나 확보를 하지 않고 손발로만 내려오는 방법

핸드 트래버스(hand traverse)　바위를 손으로 잡고 가로질러 가는 방법
　　　　　　　　　　　　　　(만경대능선의 피아노바위)

촉스톤(chockstone)　　　　바위틈에 자연적으로 끼어 홀드 역할을 하는 돌

트래버스

촉스톤

겉으로 보기에 평범한 야생초 관찰
일기이지만, 실은 사회로부터 추방
당한 한 젊은이가 타율과 감시 속에서 어떻게든 살아남
으려 했던 생명의 몸부림이기도 하다. 감옥 마당에서 무
참히 뽑혀 나가는 야생초를 보며 나의 처지가 그와 똑같
다는 생각이 들었다. 밟아도 밟아도 다시
살아나는 야생초의 끈질긴 생명력
을 닮고자 하였다.

— 황대권(서문 중에서)

MBC ! 느낌표
'책을 읽읍시다'
선정도서

2003 상반기 전국 서점 베스트셀러 1위!
중국 · 일본 저작권 수출!

황대권 글과 그림
신국판(올컬러) | 288쪽 | 8,500원